엄마는 너를 기다리면서,

희망을 잃지 않는 법을 배웠어

"Das ganze Kind hat so viele Fehler".
Die Geschichte einer Entscheidung aus Liebe
by Sandra Schulz

엄마는 너를 기다리면서,
희망을 잃지 않는 법을 배웠어

잔드라 슐츠 지음 | 손희주 옮김

우리 아이에게

목차

3장

장애아의 가족으로 산다는 것

"유감스럽게도 검사 결과가 완전히 깨끗하게 나오진 않은 것 같습니다." 의사가 말했다.

"운명의 장난이야." 엄마가 말했다.

나는 의사와 엄마의 말을 들으며 생각했다.

'우리 아이에 대해 함부로 말하지 마세요! 우리 딸이란 말이에요. 마르야라고요.'

하지만 나도 모르게 억울한 마음이 들 때도 있었다.

'왜 하필 나지? 다른 여자들은 다 건강하고 예쁜 아이를 낳는데 왜 나만 그러지 못하는 거야?'

때로는 스스로 생각해도 낯 뜨거울 만큼 부끄럽고 끔찍한 말을 해댄 적도 있었다. 나는 우리 딸을 '반쪽이'라고 부르기도 했다. 마음이 온통 슬픔과 실망으로 가득 차서 아이를 원하던 지난 몇 년간 터무니없다고 여겼던, 이전에는 생각조차 해보지 않은 질문을 스스로에게 던졌다.

'과연 내가 낳은 아이를 진심으로 사랑할 수 있을까?'

그런데 초음파로 아기의 모습을 본 순간, 마음속에 동요가 일면서 사랑이 느껴졌다. 마르야는 손으로 발을 쥐기도 하고, 팔과 다리를 움직이기도 했다. 가끔씩은 진단을 위한 탐촉자가 머리 위로 지나갈 때, 잠에서 깨어나는 모습을 볼 수 있었다. 나는 초음파 영상을 통해 아기의 작은 코와 턱, 볼록한 배를 보았다.

그러다 갑자기 다시 공포감이 밀려왔다. 아이가 태어나면 그 순간부터 내 인생은 끝이라는 두려움이 덮쳐왔다. 엄청난 부담이 나를 짓눌렀다. 나 자신과 내가 꾸던 꿈, 품었던 소망이 더는 중요하지 않게 될 것 같았다. 이제 나는 베풀고 배려하고 희생하기만 하는 사람이 돼야 한다. 아이를 포기해야 할까, 새로운 기회를 기다려야 할까. 나는 함정에 빠지면 안 된다는 생각이 들었다.

1장

아픈 아이를 낳아도 괜찮을까?
아이가 행복할 수 있을까?

완전히 깨끗하지는 않은 결과

2014년 11월 22일

검사 결과를 듣고 사흘 뒤, 나는 의사가 말했던 '완전히 깨끗하지는 않은 결과'에 대해 생각하며 눈을 떴다. 휴대폰을 보니 부재중 전화가 다섯 번이나 와 있었다. 모두 '의학유전학 전문의'인 젊은 여의사의 전화였다. 휴대폰을 서랍에 넣어둔 바람에 전화벨이 울리는 소리를 듣지 못했던 것이다. 혈액검사 결과가 벌써 나오리라고는 생각도 못 했었다. 손가락으로 번호판을 더듬는 와중에도 의사에게 연락이 온 것은 좋지 않은 징후라는 생각이 들었다.

과연 예상한 바와 다르지 않았다. 나는 임신 13주차에 거실과 복도 사이 문지방에 서서 '유감스럽게도 검사 결과가 완전히 깨끗하게 나오진 않은 것 같습니다'라는 말을 확인해야 했다.

"무슨 말씀이세요?" 내가 물었지만, 의사는 아무 말이 없었다.

"얼른 말씀해주세요."

의사가 어렵게 입을 뗐다. "21번 세염색체증입니다."

가장 먼저 든 생각은 마르야가 살 수 있다는 것이다. 13번 세염색체증이나 18번 세염색체증인 경우, 태어난 지 며칠 또는 몇 달 안에 대부분 사망한다. 내가 아이의 유전자 변형을 찾는 새로운 혈액검사를 했던 이유도 그런 상황을 우려했기 때문이다. 만약 13번 또는 18번 세염색체증이라면 곧바로 임신중절을 선택했을 것이다. 아홉 달 동안 뱃속에 품었던 아이를 땅에 묻는 일은 견디지 못할 짓이다.

"21번 세염색체증이면 다운증후군이라는 거죠?" 이미 알고 있었지만 분명히 해둬야 했다. 나는 전화를 건 의사에게 검사 결과를 보내달라고 부탁했다. 직접 내 눈으로 확인하고 싶었다.

나는 말없이 계단을 올라 창밖을 바라보았다. 포도밭으로 이어진 길과 노랗게 칠해진 교회가 눈에 들어왔다. 나는 좀 편하게 지내려고 집에 와 있었다. 아빠는 바삭하게 구운 베이컨으로 돌돌 만 칠면조 롤을 만들고 있었다. 엄마는 눈 수술 때문에 입원 중이었어서, 집에는 우리 둘뿐이었다.

"점심 다 됐다!" 아빠가 부르는 소리가 들렸다.

"금방 내려갈게요."

크리스토프에게 전화를 해야 한다고 생각했다. 우리 아이의 아빠이자 내 남편인 그가 누구보다 먼저 검사 결과를 알아야 하니까. 바로 전화를 걸었지만 연결되지 않았다. 사무실이라서 휴대폰 소리를 줄여놓았을 것이다.

"밥 먹으러 와!" 아빠가 이번에는 재촉하듯이 더 크게 불렀다. 식기들이 부딪치는 듯 주방에서 들썩이는 소리가 들렸다. 나는 계속해서 크리스토프와 통화를 시도했지만 소용없었다. 문자를 보낼까도 생각했지만 뭐라고 써야 좋을지 몰랐다. 우리 아이가 장애를 가지고 태어난다는 이야기를 문자로 보낼 수는 없었다. 하지만 당장 그와 대화를 해야 했다. 나는 문자를 보냈다.

'긴급! 전화 줘. 산전검사 결과.' 그러고는 생각했다.

'그이도 이제 결과가 좋지 않다는 걸 짐작하겠지.'

그러나 전화벨은 울리지 않았다.

결국 아빠에게 처음으로 검사 결과를 털어놓았다. 우리는 축 처진 채 서재에 어색하게 서 있었다. 둘 다 앉을 생각도 하지 못했다. 사실 더 이상 아무 말도 하고 싶지 않았다. 그래서 아빠를 쳐다보지 않고 책장에 꽂혀 있는 책으로 시선을 돌렸다.

"그래도 너는 그 아이를 똑같이 사랑할 거야."

침묵 끝에 아빠가 말문을 여셨다.

"그럼요." 내가 말했다.

아빠의 말은 나를 놀라게 했다. 모든 것이 너무나 분명하게 들렸다. 아이가 세상에 태어나리라는 것과 이 아이가 우리에게 가장 소중한 사람이 되리라는 것, 또 결코 사랑이 부족하지 않으리라는 것이 너무나 분명했다. 나는 이런 분명함에 마음이 뭉클했다. 아빠를 믿어도 되지 않을까?

할머니가 몇 년 동안 병상에 누워 계실 때 방에 꽃 그림을 걸고, 이야기를 나누고, 손을 잡아주던 사람이 바로 아빠였다. 아빠는 두꺼운 이불 아래서 매일 끙끙대며 아파하는 할머니 때문에 점점 말수가 적어지던 다른 가족들과 달랐다. 할머니가 아플 때, 나는 내 방으로 건너가서 문을 닫아버리곤 했다.

이메일을 확인하고, 첨부파일을 열었다. 의사와 통화한 뒤, 내 편지함에 들어 있는 서류를 이미 두 번이나 읽고 또다시 세 번째로 보는 중이었다. 나의 시선은 환자 이름, 단태아 임신이라고 적힌 곳을 지나 다시 어둡게 칠해진 그곳으로 향했다.

결과: 정상 범위에서 벗어남.

분석: 태아 21번 세염색체증 참조.

검사 결과를 두 번이나 읽는 동안에도 이 칸 아래로는 더 읽어 내려가지 않았다. 한 가지 정보가 빠진 사실을 알면서도 말이다. 산전 검사를 받기 전에 신청서를 쓸 때 '성별 확인 희망 여부'라고 굵은 글씨로 적힌 곳에 서명해야 했는데, 우리는 호기심에 '예'라는 칸에 체크했었다. 하지만 이 상황에서 그런 정보는 중요하지 않았다.

이번에는 그 부분을 계속 읽어 내려갔다. 몇 줄 아래에 '여아'라고 적힌 것이 보였다.

몇 시간이 지나서 크리스토프와 드디어 통화를 했다. 목소리는 평소와 다르지 않았고 회사라서 그런지 사무적인 톤이었다. 회의 때문에 전화가 온 것을 보지 못했다며 미안하다고 했다. "다운증후군이래." 나는 짧게 말했다. 잠시 침묵이 흘렀다. "그래?" 크리스토프가 말했다. 그다음에는 무슨 대화가 오갔는지 더는 기억나지 않는다. 조금 있다가 내가 "여자아이야"라고 말하자 크리스토프는 "귀엽겠다"라고 대답했다. 통화를 끝낸 뒤에도 그의 상냥한 말이 귓가에 맴돌았다. 나는 오후 내내 울지 않았다.

2014년 11월 23일

"마르야." 어느 날 저녁, 침대에 누워 있다가 내 입에서 이름 하나가 툭 튀어나왔다. "마르야, 이 이름 어떤 것 같아?" "응, 나쁘지 않은데." 크리스토프가 말했다. 아직 검사 결과를 알지 못했던 때였다. 임신 12주차가 끝나갈 무렵이라 나는 몹시 들떠 있었다. 임신한 사람이라면 누구나 거쳐야 할 첫 번째 관문이 임신 12주차다. 그 당시만 해도 나는 들국화로 화관을 만든 후 가운데 티라이트를 켜놓고 마르야의 '10주 생일'을 기념했다.

크리스토프는 내심 아들을 바랐다. 스키도 가르쳐주고, 돛단배를 함께 만들 수 있게 칼로 조각하는 법도 알려주고 싶어 했다. 크리스토프의 부모님이 아직 그대로 놔두신 남편 방에는 매치박스Matchbox 장난감 자동차가 50대나 있다. 그래서 우리는 남자아이에게 어떤 이름이 좋을지도 고심했다. 하지만 나는 톰이나 루이스라는 이름을 떠올리다가도, 어느새 여자아이 이름을 찾고 있었다. 'a'로 끝나는 이름이면 좋겠다고 생각했다. 언제부터인지는 기억나지 않지만 내 아이는 딸일 거라는 생각이 들었다. 상상 속에서 떠올렸던 딸아이의 이름을 한동안 텔레뱅킹의 비밀번호로 사용하기도 했다.

나는 굉장히 겁이 많은 사람이다. 때로는 난세포와 함께 두려움이 내 안에 둥지를 튼 게 아닐까 싶을 때도 있다. 그런데 어찌된 일인지 혈액검사 결과를 알기 전에는 이상하리만큼 하나도 무섭지 않았다.

우리의 결혼식 날이 떠오른다. 신부 입장을 15분 남겨놓고, 나는 레이스가 풍성하게 달린 순백의 웨딩드레스에 핏방울이 묻은 것을 발견했다. 결혼식장으로 가기 전에 마지막으로 머리 정돈이 잘됐는지 거울에 비추어 보려다가 드레스에 묻은 얼룩을 본 것이다. 크리스토프는 먼저 결혼식장으로 떠난 뒤였고, 아빠가 장식된 자동차 옆에서 나를 기다리고 있었다. 자동차 보닛 위에는 웨딩드레스 색깔과 잘 어울리는 하얀 거베라 꽃이 덮여 있었다. 아빠가 나를 위해 몰래 장식한 것이었다. 그런데 나는 비좁은 욕실에서 내 생애 입어볼 수 있는 가장 비싼 드레스에, 가장 비싼 머리를 하고, 귀 뒤에는 꽃을 꽂은 채 꼼짝 않고 서 있었다. 핏방울을 보고 나니 모든 기쁨의 불꽃이 꺼진 채 아무 말도 할 수 없었다.

나는 자동차에 올라탔다. 앞으로 다가올 몇 시간을 어떻게 버틸 수 있을까? 결혼식을 위해 독일 전역에서 달려온 80명이나 되는 하객의 쏟아지는 시선을 어떻게 견디지? 크리스토프에게는 뭐라고 말해야 좋을까? 아무 말 안 해도 괜찮을까? 임신을 확인한 지 이제 겨우 3일밖에 지나지 않았다. 하얀색 임신 진단 막대를 들고 욕실에서 있는 나를 보며 크리스토프는 함박웃음을 지으며 흥분된 목소리로 "성공했어?"라고 물었다. "성공!" 몇 년 동안 얼마나 이 순간만을 기다려왔나!

아빠에게 잠깐 차를 세워달라고 부탁했다. 아빠는 교회 앞 교차로에서 차를 세웠다. 교회 제단의 계단까지, 미래의 내 남편과 주례를 해주실 목사님이 기다리는 곳까지 불과 1백 미터도 남지 않았다. 나는 울지 않으려고 애썼다. 마스카라 때문에라도 울지 않으려 했다. 그때 결혼식 증인이 될 내 친구 도로가 하늘거리는 쪽빛 바다색 드레스를 입고 나를 향해 걸어왔다. 도로는 내가 왜 거기에 있는지 궁금해했고, 나를 바라보며 이야기를 들었다.

내 임신 소식에 도로가 얼마나 기뻐했는지 잘 안다. 파란 줄이 선명하게 떠오른 임신 진단 막대를 욕실 선반에 확실한 증거로 고이 놓아둔 날 아침, 나는 발코니에서 쏟아지는 햇살에 눈을 깜빡이며

도로에게 전화를 걸었다. 얼마 후 우리는 교회에서 결혼식을 올리기 앞서 시청에서 단출하게 결혼식을 했고 혼인신고도 마쳤다. 결혼식이 끝나고 샴페인 잔으로 건배를 할 차례, 도로는 다른 손님들이 눈치 채지 못하게 눈을 찡긋하고는 나에게 샴페인 대신 오렌지 주스를 건네주었다.

"아이가 없어지면 어쩌지?" 나는 도로에게 물었다. "때로는 우리가 할 수 있는 일이 아무것도 없어. 그냥 잘될 거라 믿는 게 최선일 때가 있는 법이야." 도로가 대답했다. 수년 전부터 암이 재발할까 두려움에 떨며 살아가는 친구가 해준 말이었다.

나중에 크리스토프는 그날 나에게 분명 무슨 일이 생겼다고 짐작했다고 말했다. 내가 그의 귀에 대고 속삭이기 전에, 우리가 함께 교회 안으로 들어가기 전에 이미 낌새를 알아차렸다고 말이다.

의학유전학 전문의가 전화를 준 다음 날 아침, 나는 우리 아이의 이름을 확정했다. 나 혼자 조용히, 오직 나를 위해서. 나중에 어떻게 될진 알 수 없지만 아이에게 이름이 있어야 한다는 생각이 갑자기 들었기 때문이다.

"마르야." 나는 크리스토프 집에서 아침을 먹는 도중에 마르야라는 이름을 말했다. 우리는 식탁을 사이에 두고 서로 마주 본 상태였고, 식탁 위에는 결혼식 때 받은 초가 타고 있었다. 우리는 특별한 일이 있을 때만 초를 켜기로 다짐했다. 초가 우리와 수십 년을 함께

해야 한다고 믿었기 때문이다. 나는 크리스토프에게 물었다. "마르야라는 이름이 마음에 들어?" 내 상상 속에서의 마르야라는 이름은 비밀에 싸인 채 까만 눈동자를 가진 현명한 여인의 모습이었다. 마르야라는 이름에서 무엇인가 특별한 느낌이 풍겼다. 작가나 예술가에 어울릴 법한 이름 같았다.

"장애가 있는데도 우리 아이에게 마르야라는 이름이 어울릴까?"

"당연하지, 무슨 소리야. 장애가 있다고 이제 와서 뜬금없이 삐삐라고 이름을 지어야 된대?" 그가 대꾸했다. 나는 다시 부끄러웠다. 맞다. 왜 나는 마르야라는 이름이 다운증후군이 있는 우리 딸에게 가당치 않게 너무 예쁘고, 앞날이 촉망되는 이름이라고 생각한 걸까? 그 순간부터 마르야는 우리 곁에 있었다.

2014년 11월 24일

임신 13주차 + 5일

위키피디아에서 다운증후군에 대한 글을 찾아봤다. '산전검사에서 태아가 다운증후군이라는 진단을 받은 임신부 가운데 90퍼센트가 임신을 중도에 포기한다.' 심지어 임신부의 94.5퍼센트가 임신중절을 선택한다는 다른 연구 결과도 있었다. "나는 우리가 나머지 5퍼센트에 속한다는 사실이 자랑스러워." 크리스토프가 말했다.

아이를 향한 그의 사랑을 보고 있자니 그가 너무나 사랑스러웠다. 동시에, 그럼에도 무엇인가가 나를 화나게 만들었다. 누가 아이를 데리고 재활 치료와 행동 치료, 언어교정 치료를 다닐 것인가? 크리스토프 아니면 나? 우리 둘 중에서 누가 시간제로 일을 할 수 있지? 나 아니면 크리스토프? 예전의 직장과 삶으로 돌아가기 위해 투쟁해야 하는 사람은 누굴까? 나 아니면 크리스토프?

나는 어떤 기준을 적용하든, 그것이 앞으로 발생할 모든 일을 결정하는 유일한 척도가 될 수는 없다고 확신했다.

크리스토프와 나는 기껏해야 1년 반 전부터 알고 지낸 사이고, 결혼한 지는 겨우 2개월째로 접어든 초보 부부다. 각각 다른 도시에서 직장에 다니느라 함께 살아본 적이 없다. 서로 500킬로미터나 떨어진 곳에 있는 각자의 집에 살았다. 둘 다 자기 일에 열심이었고, 그렇게 좋아하는 일을 새로 구하기란 쉽지 않을 터였다.

'이제 어떻게 해야 하지? 건강한 아이가 태어나도 어려움이 많을 텐데.' 그래도 나는 할 수 있다는 믿음을 접지 않았다. 어린이집이 훌륭하지 못한 엄마를 위해 마련된 나쁜 곳이라고 생각한 적도 없다. 아이가 태어나고 1년이 지난 뒤에는 직장에 복귀할 계획이었다. 나머지는 저절로 어떻게 될 것이라고 생각했다.

'그런데 상황이 이렇게 되었으니 이제 어쩌지? 장애아를 데리고 이사를 다녀도 될까? 집을 옮겨 다녀도 문제가 안 될까?' 다운증후군을 가진 아이는 일정하게 정해진 구조와 절차가 특별히 더 필요하다고 들은 적이 있다. 이미 익숙해진 것을 몽땅 빼앗기는 상황이 되면 아이가 극복할 수 있을까? 단지 지금 하는 일이 나에게 엄청나게 소중해서 현재 거주하는 지역을 포기할 수 없기 때문에, 우리 아이가 넓은 독일 땅을 가로질러 크리스토프와 내가 각각 따로 사는 집을 오가면서 살아야 한다면? 생각이 여기까지 미치자 벌써부터 미안해졌다.

그리고 동시에 화가 났다. 왜 이런 문제에 대해 나만 걱정하는 걸까? 왜 나만 직장에서 성공을 거두는 동시에 장애아와 함께 조화롭게 균형을 이루며 살아갈 수 있는지를 고민할까? 왜 나만 내 성공이 장애를 가지고 태어날 아이에게 어떤 해를 끼칠 수 있을지에 대해 이야기할까? 크리스토프나 나나 경력을 쌓기 위해 여태 많은 노력을 해온 건 마찬가지인데, 이런 상황이라면 둘 다 똑같이 양보할 준비를 해야 하는 것 아닌가? 자신이 처한 상황에서 많은 것을 바꿀 필요가 없다면, 착한 사람이 되고 임신중절을 반대하는 일은 누구나 당연히 쉽지 않을까?

아이가 '다운증후군'이라고 진단받은 임신부는 '의학적 근거에 의한 임신중절 요건'을 충족한다. 이에 따르면 나는 법적으로 정해진 임신중절 기한과 별개로 임신중절을 고민할 수 있다. 즉 수정이 되고 12주가 지났어도 '임신부의 신체적 또는 정신적 건강 상태에 심각한 해를 끼칠 위험'을 예방하는 차원에서 임신중절 수술을 받을 수 있다. 이전에는 이런 내용에 대해 몰랐다. 이 방침은 아직 태어나지 않은 아이에게 무슨 일이 일어날지는 중요하게 생각하지 않는다. 그것이 엄마에게 어떤 의미와 영향을 주는지를 더 중요하게 생각한다.

이 일정은 앞으로 발생할 공포를 말해줬다. 더 정확히 말해 공포라기보다는 끔찍함을 방지할 수 있다는 희망이었다. 나는 아이가 태어나지 않아도 된다고 생각했다.

임신을 중단한다고 결정하면 산부인과 의사가 '중절 수술'을 해야 한다. 결정한다면 되도록 빨리 수술을 받고 싶었다. 아이가 날마다 내 속에서 점점 커가고 무거워졌다.

혈액검사는
내가 그 '1'이라고 주장한다

2014년 11월 25일

나는 원하지 않는 나의 미래에 압도되어 아무 말도 못 한 채 침대에 누워만 있었다. 매일 아침 잠에서 깰 때마다 한동안 그런 상태로 있었다. 마치 움직이는 방법을 잊어버린 사람처럼 꿈쩍도 하지 않았다. 아무것도 생각하지 않는 냉랭한 상태로, 내면의 동사凍死 상태로 있을 때만 임신중절에 대해 생각할 수 있었다. 내면의 동사 상태에서는 '임신중절'이라고 말했다. '중절'이라는 단어가 아무런 감정도 섞이지 않은 듯 중립적으로 들렸다. 그 말은 오류가 발견된 무엇인가를 단순히 중단시킨다는 뜻이다. 이렇게 하는 일이 합리적이므로 그만 멈춘다는 것이다. 완성되지 않은 무엇인가를 단지 중단시키는 일은 그리 나쁘지 않다. 하지만 내가 온기를 지닌 채 따스함의 상태로 지낼 때는 다른 단어를 골랐다. 그런 다음에는 절규가 쏟아져나왔다.

"내 아이를 어떻게 죽여요!"

"죽이다니, 무슨 말이야." 아빠는 나를 위해 방어적으로 말했다.

우리가 아무것도 모를 때에는 점심 식탁에 매번 채소와 농담이 함께 올랐다. 아빠는 내 접시 위에 브로콜리를 가득 담아주면서 "너의 12밀리미터를 위해"라고 말하며 미소를 지으셨다. 초음파검사를 할 때 꼬물거리는 작은 것이 나를 보고 손을 흔드는 것 같았다고 말하자, 엄마는 다음번 검사 때 함께 가자고 했다.

3주 전, 크리스토프와 처음으로 함께 살 집을 보러 다니며 실용적이고 가족 친화적인 집을 고를 때였다. 그때만 해도 다음번에 이사할 집은 흔히 말하듯이 천장에 석고 장식이 있는 옛날 집이 아니라, 지하실에 세탁실이 갖추어져 있고 유모차를 놓을 공간이 마련된 창고가 있는 집이면 좋겠다고 생각했다(몇 년 전이라면 절대 고르지 않을 스타일이었다). 우리는 골목 끝에 놀이터가 있는 타운하우스를 선택할 것이라고 확신했다.

우리는 부유함의 표지인 욕실의 번쩍이는 금색 수도꼭지와 조개 모양 세면대에서 눈길을 거두고, 대신에 아이가 있는 프랑스인 이웃과 환한 아이 방을 택했다. 다행히 내가 키우던 잭러셀 테리어 '프리다'를 데리고 이사와도 된다는 허락을 받아서 기뻤다. 엄마가 나에게 '우리 똥강아지 손주는 어떠니? 세상에서 가장 예쁜 우리 손주'라고 문자를 보낸 지 얼마 안 된 무렵이었다. 나는 이런 질문을 3주 전까지만 해도 별 뜻 없이 받아들였다. 나는 엄마에게 '프리다는 뼈다귀를 끌고 만족스럽게 거실을 돌아다녀요. 내 배가 문제지'라고 답장을 보냈다. 아랫배가 당겼다. 엄마는 조심하라고 누누이 당부했다.

그런데 지금은?

검사 결과를 확인하던 날에 아빠가 '너는 그 아이를 똑같이 사랑할 것'이라고 해주신 말에 담긴 분명함이 이제 사라졌다. 엄마, 아빠가 나에게 건넸던 말의 색깔이 바뀌어 '평생 책임을 져야지', '이런 짐', '절대 자립하지 못해' 같은 말이 돼버렸다. 반향을 일으키는 말들. 평생이라는 단어가 마치 종신형처럼 들렸다.

갑자기 모든 것이 마치 책에서나 볼 수 있는 이론적 비용과 편익 분석 관계가 된 것 같았다. A와 B라는 해결책이 있고, 가장 명확한 답은 내 손바닥 위에 놓여 있다. 물론 아빠나 엄마, 다른 사람들은 입 밖으로 꺼내지 않지만, 나는 마치 들은 것 같았다. "어떻게 건강한 애도 아니고 장애가 있는 아이를 낳기로 결정한단 말이야?" 마치 장애가 있고 없는 두 유형의 삶이 상품 가판대에 올라 사람들의 선택을 기다리는 것 같았다.

크리스토프와 나 외에는 아무도 우리 아이의 현재를 볼 생각이 없었고, 생각하지도 않았다. 그것 때문에 우리는 많이 외로웠다.

엄마가 우셨다. 나는 검사 결과를 확인한 뒤, 몇 시간 정도 지나 병원에 입원 중인 엄마에게 전화를 했다. 엄마는 수화기를 내려놓고 난 뒤 울면서 옆 침대에 있는 사람에게 우리 얘기를 하는 것 말고는 아무 일도 하지 못했다고 말했다. 엄마는 내가 아니라 내 뱃속에 든 존재를 점차 멀리했다. 분명 엄마는 내가 이 상황을 어떻게 느끼는지 모르실 거다.

어제 엄마는 내가 이전에 살던 곳의 산부인과에 같이 가주셨다. 내가 크리스토프 집에서 산부인과에 전화를 했을 때, 의사는 몇 번이고 아이를 다시 한번 봐야 한다고 강조했다. 나는 의사가 무슨 말을 하는지 이해하지 못했다. 도대체 아이를 왜 다시 봐야 한다는 거지? 장애가 있다는 게 확실한데. 하지만 낯선 도시에서 모르는 의사에게 가는 것보다 알고 지낸 지 몇 년이 된 의사를 찾아간다는 생각에 안심이 됐다.

의학유전학 전문의가 전한 청천벽력 같은 소식 때문에 먹을 때를 놓쳐 아빠가 요리한 칠면조 롤이 거의 터지고 난 다음 날, 아빠는 절망에 대처할 마스터플랜을 내놓으셨다. 산전검사 결과를 전한 다음 날 아침 7시 58분에 아빠는 나에게 '생각'이라는 제목으로 이메일을 보냈다. 크리스토프 집에 있는 나를 방해하고 싶지 않은 마음과 동시에 아빠의 계획을 완벽하게 이룰 수 있다는 확신을 주려는 의도로 메일로 이야기하는 방법을 택하셨을 것이다. 아빠는 우리가 새로운 집으로 이사할 때 기꺼이 도와주시겠다고 했다. 겨울 옷을 여행 가방에 넣고, 작은 상자를 싣고, 이삿짐 차를 예약하고, 날짜 정하는 일까지 맡아주신다고 해서 12월 중순이 아니라, 좀더 일찍 새 집으로 들어갈 수 있게 됐다.

아빠 덕분에 집 계약부터 이사 날짜까지 모든 것이 나를 거치지 않고 해결됐다. 더 이상 중요한 일정은 없었다. 여러 가지 일이 끝났다. 이제 유일하게 남은 일은, 한 가지 결정(어쩌면 약속)이었다.

나는 아빠가 하시는 일을 믿고, 이해했다. 당연히 실질적인 도움을 주려는 마음도 있었지만, 아빠는 크리스토프와 내가 이제는 같은 도시의 같은 집에서 함께 살기를 바랐다. 모든 꿈을 물거품으로 만든 소식 때문에 자기 딸의 새로운 인생이 망가지지 않도록, 딸이 어디엔가 홀로 덩그러니 앉아 있지 않도록, 뱃속에 장애아를 품고 있는 동안에, 행여 뱃속에 아기가 더는 없을 때조차 혼자 있지 않도록, 공동의 집 열쇠를 방패로 삼아 크리스토프와 내가 함께 지내기를 바랐다.

아빠의 메일에는 반드시 검사를 한 번 더 받으라는 이야기도 있었다. '한 번 더'를 굵은 글씨로 강조하고, '가능한 것은 다', '비용이 얼마나 들든 상관하지 말고'를 덧붙였다. 연구원의 실수로 표본이 바뀌었을지도 모른다는 희망에 500유로를 지불하는 일은 아무것도 아니었다. 또한 검사 결과는 이상이 있다고 나왔지만, 아이는 정상일 수 있다는 희망이 남아 있었다. 나는 이런 경우가 있다고 읽은 적이 있다. 검사법을 만든 사람도 '매우 드문 경우'지만 태내 아이에게 장애가 없었던 일을 언급한 적이 있다. 그러나 산부인과 의사는 그런 경우를 단 한 번도 본 적이 없다고 말했다. '태아의 21번 세염색체증에 관한 소견서'라는 문서에는 '검사 결과를 확정하기 위해 일반적으로 의사의 다른 설명이나 외과적 검사를 반드시 추천한다'라고 적혀 있었다. 외과적 검사라면, 양수검사였다. 하지만 바늘로 내 배를 찌르게 하고 싶지 않았다.

새로운 검사의 이름은 '하모니'였다. 어제 나는 우체국에 가서 내 혈액이 담긴 소포를 보냈다. 내 아이의 아주 작디작은 유전자 조각이 분석되는 동안 다시 기다려야 한다.

2014년 11월 26일

아이를 갖고 싶다는 꿈은 몇 년 동안이나 나를 따라다녔다. 장거리 연애에 임신은 사랑의 문제가 아니었다. 그것은 이동의 문제였다. 과연 이체에ICE 운행 시간표와 두 사람의 일정표, 그리고 스마일리를 전부 다 꿰는 것이 가능할까? 스마일리는 약국에서 파는 배란날짜를 표시하는 진단 막대의 창에 보이는 그림이다. 내가 내놓을 수 있는 유일한 답은 밤에 다른 도시로 가는 기차를 타고 달려가 자고, 다음 날 아침 기차역에서 곧장 사무실로 향해 커피를 잔뜩 마시며 새벽 1시까지 야근하는 것이었다.

이런 사이클이 사람을 지치게 할 수 있다는 사실은 이미 짐작했다. 빛이 반짝거리는 스마일리는 '높은 임신 가능성'을, 계속 불이 켜진 스마일리는 '최적의 임신 가능성'을 의미했지만, 2주가 지난 뒤에는 '최고의 실망'을 안겨주었다. 그럼에도 불구하고 신혼여행을 앞둔 며칠 동안은 우리가 고대하는 임신을 하기 좋은 시기였다. 결국 우리는 아즈텍의 피라미드를 볼 수 있는 장거리 비행 대신 시칠리아로 가는 크루즈 여행을 예약했다. 원시림의 텐트 속에서 자는 대신 리조트에서 묵기로 했다. 그때까지 어쩌면 임신이 될 수도 있을 테니까.

그러고는 9월이 되자 정말 제대로, 결정적인 테스트 결과가 나왔다. 나는 며칠 동안 진단 막대를 높이 들어올리며 햇빛 속에서 선명한 두 줄을 바라보았다. 산부인과에서 받은 파스텔톤의 산모 수첩을 마치 상이라도 받은 것처럼 자랑스럽게 집에 들고 왔다. 의사들은 마지막 월경의 첫째 날부터 임신 주기를 계산했다. 계산한 날에 2주 정도는 더해도 되기 때문에 임신 4주차라고 말해도 된다고 했다. 이것이 훨씬 더 듣기 좋았다.

나는 부풀어오르는 배가 자랑스러웠다. 크리스토프와 나는 처음으로 배가 볼록 나왔을 때의 모습을 사진으로 남겼다. 남들은 아침에 속이 메스꺼워진다는데, 나는 밤에 입덧을 하는 것조차 왠지 기분이 으쓱했다. 도로가 문자를 보내왔다.

'알은 잘 품고 있는 거야?'

'알을 품다'라는 표현은 몇 주 동안 내 인생에서 가장 귀한 문장이 됐다. 결혼식 날에 처음으로 하혈을 한 뒤 두 번째로 조금 더 심한 하혈이 있었다. 신혼여행지에 도착한 바로 그날, 팔레르모에서 종일 환하게 비추던 해가 저물어가는 저녁 무렵이었다. 호텔 로비에서 일하는 프란체스카가 종이에 이탈리아어로 몇 가지 단어를 써주었다. '첫 번째 임신', '임신 5~6주'. 프란체스카는 택시기사에게 자기 아이를 분만했던 병원 이름을 알려주며 우리를 그곳으로 데려다달라고 부탁했다.

택시기사는 총알같이 택시를 몰아 병원에 도착한 뒤 함께 위층으로 올라가서 복도까지 안내해주었다. 우리는 분홍색 목욕가운을 입은 만삭의 임신부, 공사장에서 분만실로 출두명령을 받아 급히 달려오느라 작업화를 그대로 신고 온 남자를 지나쳤다. 호기심 가득한 눈으로 나를 쳐다보는 다양한 사람들을 뒤로하고 복도 끝까지 발걸음을 재촉했다. 그곳에는 불안에 떠는 엄마가 될 여자가 있었고, 초조하게 서성이는 곧 아빠가 될 남자도 있었다. 택시기사는 그곳에서 의사를 찾아 손에 쥐고 있던 쪽지를 흔들어댔다. 덕분에 나는 드디어 이탈리아 병원의 진찰용 침대에 누울 수 있었다. 내가 아기는 괜찮은지 어설픈 이탈리아어로 'Bambino, si?' 하고 묻자 의사는 미소를 지으며 고개를 끄덕였다.

그때 나는 의사들이 내리는 지시사항을 철저히 따르고 누워만 있겠다고 맹세했다. 일어나지 않고, 숲속을 돌아다니지도 않고, 지중해에서 수영도 하지 않겠다고. 어떤 할머니가 '괜찮아요?'라고 물으면, 환하게 웃으면서 그녀가 내 팔을 쓰다듬는 것에 기뻐할 수 있도록 누워만 있기로 했다. 나는 자동차로 호텔이 있는 마을에 곧바로 돌아가는 것조차 삼갔다. 비포장도로를 달리다가 너무 많이 덜컹거릴까 봐 겁이 났다. 그렇게 조심한 데 대한 보상으로 신혼여행이 끝나갈 무렵에 마르야의 심장박동을 느낄 수 있었다.

나는 끈질기게, 대견스럽게, 그리고 약간 자기 연민을 가진 채 누워 있었다. 독일로 돌아와서는 의사의 처방에 따라 크리스토프의 소파에 누워서 지내는 일을 참고 견뎠다. 황금빛 가을로 물들어가는 창밖 풍경을 보면서 집 안에서 혼자 초코푸딩을 먹었다. 나는 드라마 〈하우스 오브 카드〉의 시즌1을 보면서 초음파검사 때 까만 얼룩으로 보이던 자궁 안의 혈종이 사라지기를 바랐다.

크리스토프와 나는 뱃속에 있는 존재를 '작은 마피아 단원'이라고 불렀다. 우리의 신혼여행을 망친, 피를 좋아하는 시칠리아 마피아. 나는 생일 때 크리스토프에게 한 편의 동화를 바쳤다. 동화에는 불법으로 영양보충제를 거래하는 사건에 연루된 태아가 등장한다. 이 작은 범법자는 몇 주 동안 회사의 성장 목표량을 달성하지 못해 불만이 가득하고, 세입자에게 종합영양보충제를 주지 않으면 생명이 위태로워질 것이라며 협박한다.

알록달록한 알약이 잔뜩 든 영양보충제는 가격이 50유로나 된다. 오메가3는 태아의 뇌 발달에 좋고, 철분은 세포 분열에, 칼슘은 뼈에, 엽산은 척추이분증이 생기지 않도록 하는 데 좋다. 나는 이 영양보충제를 매달 사서 먹었다. 팔레르모에서 받은 의사 진단서를 보관하던 두꺼운 종이로 된 빨간 파일에는 대문자로 '유산 위험'이라고 적혀 있었다. 나는 그 위에 '밤비노'라고 썼다.

그 당시에 나는 '왜 어떤 임신부는 정상적으로 생활할 수 없는 거지?'라고 생각했다. 지금은 건강한 아이를 낳을 수만 있다면 9개월 내내 침대에 누워서 지낼 수도 있다고 생각한다.

오늘은 내 생일이다. 엄마가 마사지 상품권을 선물해주셨다. 내가 유일하게 생각할 수 있는 실현 가능한 소원이 마사지였다. 엄마는 촛불을 켜고 생일상을 차려주고 싶었다고 말했지만, 나는 오늘이 나에게 특별한 날이라는 사실을 받아들이고 싶지 않았다. 다른 사람에게서 축하인사가 올까봐 두려워 휴대폰도 다른 곳에 두었다. 축하인사는 음성사서함에 남겨두면 되니까. 나는 침실과 거실과 부엌을 계속 오고 갔다. 크리스토프는 일 때문에 독일의 다른 끝으로 출장을 갔고, 나는 10시 30분에 초음파 전문의에게 진찰을 받으려고 예약을 잡아두었다.

의사는 태아 크기에서부터 목덜미 투명대 두께, 복부 둘레 등을 측정했고, 모든 수치가 정상 범위였다. 양수와 두개골 검사에서도 눈에 띄는 이상이 없었고, 전체적으로 '초음파검사상으로는 특이점이 없는 발달'이었다. 적어도 지금까지는 그렇지만, 나중에 심장 결손이 발견되기도 한다고 한다.

초음파 전문의가 쓴 소견서에는 21번 세염색체 이상에 대한 '위험'

확률이 1:109였다. 39세의 여성이 다운증후군을 가진 아이를 낳을 확률이 그만큼 크다는 것을 의미했다. 나는 오늘부터 39세가 됐고, 이보다 더 좋은 확률이 존재한다는 것도 안다. 하지만 이전에 어떤 상을 받거나, 세상에서 가장 아름다운 집을 얻거나, 한 명을 뽑는 어느 직장에 109명이 지원했을 경우, 내가 당첨될 기회가 이 정도라고 했더라면 다른 사람이 아닌 내가 뽑힐 거라고는 생각조차 하지 않았을 것이다.

검사를 마치면서 의사는 의학유전학 병원에서 받은 혈액검사의 결과를 알지 못했다면, 오늘 검사에서 의심될 만한 부분을 하나도 찾지 못했을 것이라고 말했다. 지금 막 검사한 초음파 표지자를 포함해서 계산하면 다운증후군의 위험 확률은 1:109보다 매우 낮을 것이라고도 했다.

내가 말했다.

"만약 그 정도로 다운증후군에 걸릴 확률이 불분명하다면…."

의사가 말했다. "1이라도 될 확률이 어딘가에 있다면 다른 것은 아무 의미도 없습니다."

혈액검사는 내가 그 '1'이라고 주장한다.

내가 낳을 아이가
낯설게 느껴졌다

2014년 11월 27일

임신 14주차 + 1일

어제 진찰실 침대에 누울 때였다. 묻지도 않았는데, 의사는 장애아를 둔 부모 가운데 80퍼센트가 각자 다른 길을 간다고 말했다. 나는 그 의사의 말을 머릿속에서 떨쳐버릴 수 없었다. 문득 10년 뒤에 내가 어떻게 살고 있을지 궁금해졌다. 장애가 있는 딸을 둔 40대 엄마 중 얼마나 많은 사람이 이혼하고, 싱글맘으로 일하면서 아이를 키우게 될까?

우리가 교회 제단 앞에 함께 선 지 두 달밖에 안 됐는데, 지금은 이혼율이 얼마나 높은지에 대해 생각하다니. 시칠리아에서 우리의 '밤비노'를 잃지 않으려고 애쓰면서 우리는 어느 때보다 훨씬 더 강하게 결속됐다. 병원에서 호텔로 돌아가면서 나는 엄마에게 문자를 보냈다. '크리스토프가 나를 정말 사랑해요. 정말 괜찮은 사람과 결혼한 것 같아요.'

과연 우리는 나머지 20퍼센트에 속할 것이라고 믿어도 될까?

2014년 11월 28일

나는 우리가 결혼식을 올리기 얼마 전에 알게 된 목사님에게 이메일을 보냈다.

'어떻게 해야 할지 모르겠어요. 크리스토프는 무슨 일이 있어도 아이를 낳고 싶어 해요. 하지만 현실적으로 보면 제가 부담을 가장 많이 떠안게 될 듯한데…. 우리가 처한 위기에 대해 상담받고 싶은데 목사님을 만날 수 있을까요? 시간을 내주실 수 있으세요? 오늘 아니면 수요일, 안 되면 목요일은 가능할까요?'

나는 목사님과 종교적인 논의를 하고 싶은 것이 아니다. 나는 목사님이 실질적인 가치를 중요하게 생각하는 사람이고, 두 아이를 둔 엄마이자 교회에서 일하는 것을 좋아한다는 사실을 안다. 그녀가 머리카락을 빨갛게 염색하고, 콧등에 작은 은색 피어싱을 하고 다니는 것을 알고 있다.

크리스토프와 나는 여름에 목사님과 햇볕이 잘 드는 교회 정원에서 대화를 나눴다. 이제는 벌써 잎이 다 떨어져 나무들이 앙상했다. 나는 혼자 목사님을 찾아가서 예전의 삶으로 다시 돌아가지 못할까 봐 겁이 난다고 말했다.

목사님은 아이가 태어나면 2년 동안은 장애가 없는 아이를 키우는 일도 별반 차이가 없다며 나를 진정시켰다. 장애가 있는 딸을 둔 친구가 있는데, 그 딸은 열여섯 살이 되자 집을 떠나 관리자가 상주하는 공동생활 시설로 들어갔다고 했다.

나는 그 순간에도 나에 대해 생각했다. '아직 태어나지도 않은 딸을 나중에 어디에 보낼 수 있을지를 공포에 떨며 고민하는 엄마는 도대체 어떤 사람인가? 내가 다른 사람보다 더 많은 것을 원하는 걸까?' 나는 단지 가족과 일, 친구, 여가 시간으로 채워진 이 세상 모든 엄마와 아빠가 원하는 그런 평범한 삶을 원할 뿐이다.

독일에서는 직장에 다니며 다운증후군이 없는 아이를 키우는 일조차 힘들기 그지없을 때가 많다. 나는 아이들이 저녁에 잠자리에 들면 다시 일을 하기 위해 책상에 앉고, 밤늦게까지 이메일에 답장을 하고, 프로젝트 초안을 짜는 사람들을 안다. 그러고도 다음 날 이른 아침에 가장 먼저 일어나 아이의 양치질을 돕고, 신발끈을 묶어주고, 도시락을 챙기거나 심지어 자기가 아침 일찍 주도하는 회의에 체리 케이크를 구워서 가져가는 친구들도 보았다.

목사님은 크리스토프도 한번 데리고 오라고 말했다. 이번 주말은 내가 사는 곳으로 그가 올 차례였다.

내가 돌아가기 전에 목사님은 둘째 아이를 임신했을 당시에 딸이길 간절히 빌었다는 이야기를 해주었다. 그런데 산부인과에서 초음파검사를 받는데, 의사가 분명히 남자아이가 태어날 것이라고 했단다. 목사님은 안타깝게 만나지 못하게 된 딸에게 긴 편지를 쓰며 이별을 고했다고 한다. 그렇게 해야만 태어날 막내아들을 기쁜 마음으로 맞이할 수 있을 것 같았단다. 그런데 아기가 세상에 나오자 조산사가 그녀에게 건강한 딸을 낳았다며 축하해줬다. 의사가 잘못 본 것이었다.

모든 것이 흔적도 남기지 않고 사라질 수 있을까? 그렇지 않다면 나는 어떻게 이별을 고할 수 있을까?

2014년 11월 29일

내가 낳을 아이가 낯설게 느껴졌다. 아이는 다른 장애아처럼 생길 테고, 내 눈을 닮지 않을 것 같았다. 얼굴은 납작하고 선이 부드러울 것이다. 자기 부모인 우리가 아니라, 삼중으로 형성된 염색체가 아이의 외모를 형성할 것이다. 나는 늘 익숙하던 문장에 이제 '못하다'라는 단어를 붙여서 생각한다. '아이에게 내가 보던 책들을 물려주지 못할 것이다. 아이와 세계 정치에 대해 대화를 나누지 못할 것이다. 내가 나이가 들면 아이가 나를 돌보지 못할 것이다. 나와 크리스토프는 손자, 손녀를 둔 할머니와 할아버지가 되지 못할 것이다.' 무엇보다 마르야가 40세나 50세에 치매에 걸릴 수 있다는 상상은 나를 미치게 했다. 다운증후군이 있으면 이른 나이에 알츠하이머 같은 퇴행성 뇌질환에 걸릴 가능성이 높다고 읽은 적이 있다. 내가 죽기 전에 겪게 될 일 가운데 최악은, 내가 평생 돌봐온 내 아이가 더는 나를 알아보지 못하는 일일 수도 있다.

크리스토프는 적어도 우리 아이가 극우주의자나 마약중독자가 될 일은 없을 거라고 말했다. 맞는 말이다. '아무렴, 우리 딸은 그렇게 되지 않을 거야. 우리 딸은 그런 사람은 안 돼.'

가끔씩 나 스스로도 어떻게 그럴 수 있는지 놀랄 만큼 말도 안 되는 생각에 움찔할 때가 있다. 어떨 때는 갑자기 내 작은 딸에게 예쁜 옷을 입힐 일이 아무런 의미도 없다고 느껴진다. 마치 우리 딸을 정상적인 아이처럼 보이게 꾸미려고 한다는 생각이 들었다. 남들 앞에 자랑스럽게 내세울 수 있는 딸처럼 보이고 싶어 하는, 속이 훤히 들여다보이는 절망적인 노력 같았다. '내가 아무리 그렇게 한들 아이의 장애가 사라지는 것도 아닌데. 얼마나 예쁘게 보이는지가 무슨 상관이겠어!'

눈앞의 그림을 머릿속에서 떨쳐내는 일은 굉장히 힘들다. 내가 상상해오던 아이의 모습을 포기할 수 없기 때문에, 아이에게 이별을 고하려는 것인지 의심이 생겼다. 뱃속에 있는 아이보다 머릿속에 자리 잡았던 아이의 모습이 더 중요한 걸까?

나는 결혼식 때 찍은 한 장의 사진을 자주 생각했다. 웨딩드레스를 입은 내가 친구 아들에게 허리를 깊이 숙여 인사를 하는 사진이다. 아이는 두 팔로 나를 꼭 안고 있고, 내 손에는 아이가 정원에서 직접 딴 꽃으로 만들어 선물한 꽃다발이 들려 있다. 그 아이는 파울인데, 파울은 여섯 살이고, 다운증후군이 있다. 마르야가 뱃속에 있다는 사실을 안 지 3일째 된 날이었다.

내가 파울에 대해 아는 것은 무엇일까? 파울과 파울의 부모를 알고 지낸 지 얼마 안 됐다고는 하지만, 그 짧은 기간을 감안하더라도 아는 것이 너무 없었다. 만날 때마다 파울이 나를 항상 꼭 끌어안는다는 것, 우리와 함께 있으면 말수가 적어진다는 것, 아직 기저귀를 차고, 자신의 배설물을 가지고 논다는 것 정도만 알 뿐이다. 곰곰이 생각해봐도 파울의 엄마가 우리 결혼식 때 파울과 함께 키즈 코너에서 그림을 그린 일, 파울에게 무리가 될까봐 다른 손님들이 모두 춤을 출 때 저녁에 일찍 집으로 간 일 정도밖에 떠오르지 않는다. 파울의 인생에서 중요한 것이 무엇인지 진지하게 궁금해해본 적은 없었다.

그런데 지금 물어볼 것이 굉장히 많아졌다. 하지만 나는 크리스토프에게 마르야의 검사 결과에 대해 파울의 부모에게 알리지 말아달라고 부탁했다. 두 명 모두 크리스토프의 친구이기 때문에 어려운 부탁이었다. 나는 파울의 아빠가 자신의 아들에 대해 말한 것을 기억한다. "나는 팝스타나 노벨상 수상자를 원한 게 아니야. 그냥 아이를 원했어.” 나는 내가 가졌던 의심에 대해 말하고 싶지 않았다. 판단하고, 부끄러워해야 하는 일이 두려웠다. 나는 부끄럽고 싶지 않았다.

안네가 하는 마사지 숍의 침대에 누우면 모든 것을 내려놓고 편안히 쉴 수 있었다. 마사지 숍은 집에서 매우 가까웠다. 원래 살던 도시로 돌아온 이후, 크리스토프와 너무나 멀리 떨어져 있을 때면 안네를 자주 찾아갔다. 누군가 내 몸을 만져주는 느낌이 기분 좋게 와 닿았다. 지금 내 몸은 생각과는 다르게 독자적인 길을 가고 있다. 내 몸은 정해진 일정 속에서 평가와 재평가를 요구받고 있다. 높은 기술 수준의 기계가 상태를 탐지하고, 연구실에서 분석되고, 의사의 소견서로 기록되고 있다. 이런 순간에 안네의 마사지 숍은 편안함으로 가득하다. 나는 침대 바닥에 등을 대고 누웠다. 아직 배가 나온 것은 아니지만 배를 누르는 게 싫었다. 안네가 내 팔과 다리, 발꿈치를 부드럽게 마사지했다. 나는 60분간 평화를 즐겼다.

안네는 잘 아는 친구의 아들에 대해 이야기했다. 열여섯 살이고 다운증후군이 있는데, 친구들과 여럿이서 음악을 연주한다고 했다. 어느 날 저녁에 아이가 브레이크 댄스를 추는 것을 보러 간 적도 있다고 했다. 그 아이는 사람들에게 박수받는 것을 즐기는 듯이 허리를 숙이고 또 숙여서 인사를 했고, 사람들은 손을 높이 들어 더 큰 박수로 화답했다고 했다. “그 애가 말도 해?” 나는 안네에게 물었다. “응.

다른 애한테 '음악 좀 켜'라고 소리도 쳤어." 안네는 다른 파티에서 아이를 다시 만났을 때 대화도 나눴다고 말했다. "그러니까 정말 제대로 된 대화를 나누었단 말이지?" "그래." 안네가 차분하게 답했다.

"사람들이 그 애가 뭐라고 하는지 다 알아들었어? 아니면 발음이 많이 부정확했어?"

나는 내가 무엇보다 중요하게 여기는 언어로 아이와 대화를 나눌 수 없을지도 모른다는 생각에 굉장히 슬펐다. 지난 20년 동안 친구, 남자, 거주하는 도시, 심지어 사는 대륙조차 전부 바뀌었지만, 내 책들만은 여전히 내 곁에 있다.

인터넷에서 우연히 발견한 패션 컬렉션의 제목인 '미니 미'라는 단어가 떠올랐다. 엄마와 딸을 위한 커플 룩이었는데, 예를 들면 엄마와 딸 모두에게 어울리는 하늘거리는 A라인의 면 원피스를 소개하는 것이다. 자신의 축소판을 낳았다는 환상에 꼭 들어맞는 완벽한 원피스였지만, 나에게 '미니 미'는 없다. 너무 많은 수의 염색체는 냉정함과 분명함을 가져온다. 속임수 전략은 절대 통하지 않는다.

어쩌면 나는 마르야를 통해 부모로서 가질 수 있는 가장 순수한 애정의 형태를 배울 수 있을지도 모른다. 요구와 기대, 훗날 아이가 내 삶을 책임져줄지도 모른다는 비밀스러운 바람을 완전히 벗어던진 순수한 애정을 말이다. 무엇보다 단순하면서도 커다란 소원이 하나 있다면 내 아이가 행복해야만 한다는 것이다.

부모님이 유일한 자식인 나에게 모든 기대를 걸어서 가끔씩은 너무 숨 막히지 않았나?

"나 같은 경우에는 모든 게 다 괜찮았어. 나는 부모님께 언제나 모범적인 딸이기도 했고." 안네에게 이렇게 말하면서 나는 엄마가 매년 크리스마스 때마다 친구와 친척에게 쓰신 편지를 생각했다. 한두 문장은 항상 내 이야기가 들어 있었다. '잔드라는 지금 대학에 다녀.' '잔드라가 정규직 자리를 찾았어.' '잔드라는 특파원이 될 거야.' 이제는 잔드라가 다운증후군이 있는 아이를 낳았다고 쓰시겠지? 장애아 이야기는 크리스마스 편지에 안 어울리려나?

부모님은 자신들의 손주에 대해 상상하면서 그려본 그림에 마르야가 어울리지 않는다는 말 같은 건 하지 않을 것이다. 어쩌면 나만 이런 생각을 하는지도 모르겠다. 부모님은 나에게 이 문제로 '신혼 생활'에 생길 부담을 견딜 수 있을지 생각해봐야 한다고 말씀하셨다.

나는 우리가 만난 목사님에 대해 생각했다. 목사님은 많은 사람들이 계속해서 똑같은 문제를 안고 살아간다고 말해줬다. 아버지와 힘든 관계를 반복하거나 어머니와 인연을 끊은 사람, 또 말 못 할 사연으로 수십 년 동안 가족이 갈라져서 괴로워하는 장애가 없는 성인이 많다고 했다. 그리고 다운증후군이 있는 사람이 자신의 부모와 싸워 영원히 관계가 끊어졌다는 이야기는 지금껏 한 번도 들어본 적이 없다고 덧붙였다.

내가 원하는 것은 그저 한 아이를 사랑하고, 그 아이로부터 사랑받는 일이다. 어쩌면 염색체를 여분으로 더 가졌으니 나에게 사랑도 더 많이 줄까? 어눌한 발음이라도 사랑을 표현하는 일이 아예 애정이 없는 것보다 훨씬 낫지 않을까?

목사님은 말했다. “이 사람들은 계산적인 사랑을 하지도 못해요. 매 순간 자신들이 어떤지를 있는 그대로 보여주거든요.” 왜냐하면 무엇인가를 추상화하고, 꾸미는 일이 불가능하기 때문이다. 이들은 주는 그대로 사랑받고, 어딘가 거짓이 숨겨져 있을 거라고 의심하지 않는다. 마르야는 분명 내가 바라던 아이가 맞다.

다비드라는 친구의 이야기로는, 다운증후군이 있는 젊은 남자가 다비드의 어머니 집에 정기적으로 전화를 건다고 한다. 나이는 20대 후반이고 어렸을 적에 한 친척의 집에 입양된 그는, 전화를 걸어서는 다비드의 어머니에게 ‘진짜 사랑합니다!’라고 말한다고 한다. 연로한 어머니는 그 말을 들을 때마다 언제나 진심으로 기뻐하신단다.

다비드는 한 극단에 대해서도 알려주었다. 장애가 있는 단원과 장애가 없는 단원이 모여 자기네 집 근처에서 함께 연극 연습을 한다고 했다. “거기에는 누구 하나 잘난 체하는 사람이 없어. 거만함도 찾아볼 수 없고.” 여러 신문에 이들의 연극에 대한 기사가 실렸고, 모든 단원이 각자 무대에서 맡은 역할이 있다고 했다. 다비드는 연극 연습이 끝나면 이들이 밖에 나와 앉아서 기분 좋은 얼굴로 바게트를 나눠 먹는 모습을 가끔 마주치는데, 모두 여유롭고 자신감에 가득 차 있다고 했다.

나는 다비드가 이 풍경을 묘사할 때 그가 무엇을 느끼는지 잘 안다. 다비드와 나는 알고 지낸 지 벌써 20년이나 된 좋은 친구 사이다. 내가 대학을 다닐 때 함께 연극을 한 적도 있다. 마르야가 언젠가 극장 앞에서 바게트를 나눠 먹는 사람들 틈에 섞일 수 있다면, 당연히 좋을 것이다. 그런데 장애가 있는 아이들도 진정한 친구를 만들 수 있을까? 마르야도 같이 까불고 허튼짓을 할 친구들이 생길까? 아니면 마음씨 착한 엄마들이 자신의 아이에게 마르야와 함께 놀아주라고 해서 동정심에 같이 놀아줄 그런 친구들이 생길까?

초등학교 시절에 친구와 나는 영화 〈하니와 나니〉처럼 12시에 심야 파티를 즐기기도 하고, 이불을 뒤집어쓰고 손전등을 켠 채로 그 안에서 감자칩을 먹기도 했다. 8학년 때는 친구와 어느 토요일 오후에 처음으로 학생 출입이 가능한 디스코텍에 간 적도 있다. 내가 영화 〈라 붐〉의 사운드트랙에 맞춰 처음으로 블루스를 함께 춘 남자아이에게 반했을 때, 그 친구가 함께 있었다. 도로는 나와 함께 스리랑카와 중국 남부 지역을 두루 여행했다. 둘이서 별을 바라보며 해변에서 밤을 지새고, 호스텔에서 잘 때는 모기장 속에서 기어다니는 바퀴벌레의 수를 셌다. 그리고 내가 웨딩드레스 숍의 탈의실에서 드레스를 입어볼 때 사진을 찍어주고 의견을 말해준 사람도 도로다.

마르야는 어떤 경험을 하게 될까?

도로에겐 지적 장애인 언니가 있다. 그녀는 자연으로 둘러싸인 아름다운 곳에 산다. 여러 작업장이 갖춰져 있고, 심지어 독자적으로 오케스트라도 운영하는 멋진 곳이다. 도로와 언니는 둘이서 가끔씩 영화관에 가기도 하는데, 〈아메리칸 뷰티〉를 보고 온 적도 있다. 나는 도로에게 정말 진심으로 비장애인인 다른 남자 형제와 똑같이 언니를 사랑하는지 조심스럽게 물어보았다. "응." 도로는 조금도 주저하지 않고 대답했다. 그러면서 자기와 다른 형제들이 어렸을 때는 마이케 언니를 장애인이라며 놀린 적도 있다고 솔직하게 이야기해주었다.

도로도 이제 아이를 둔 엄마다. 나는 도로에게 임신했을 때 어떤 검사를 했는지 물어보았다. 도로에 대해 굉장히 많이 안다고 생각했는데, 이상하게 이 부분에 대해서는 잘 몰랐다. 그러다 몇 년 전에는 혈액검사가 존재하지도 않았다는 것이 생각났다. 도로는 그 당시에 양수검사가 있었더라도 절대 하지 않았을 거라고 대답했다. 만약 그랬더라면 자신이 언니의 살 권리를 부정하는 느낌이 들었을 것이라고 했다.

마이케 언니는 지금 마흔 살쯤 된다. 도로네 집안 행사 때 마이케 언니를 본 적이 있다. 언니는 사람들 사이에 서서 손님과 이야기를 나누었고, 모두가 춤을 추면 같이 춤을 추었다. 나는 언니가 비장애인 남성을 보고 사랑에 빠져서, 그 때문에 자주 상처를 받은 일을 안다. 나는 다비드와 그 일에 대해 이야기를 나눴다. 계속해서 거절당하기만 하면 얼마나 마음이 아플까? 다비드는 그것은 우리 모두가 겪는 인생의 일부라고 말했다. 다비드는 누구든 거절당하고, 실망하는 일을 잘 헤쳐나가는 법을 터득해야 한다고 했다. 다비드의 말이 맞다. 내 아이가 장애아든 비장애아든 고통스러운 순간마다 내가 나서서 보호해줄 수는 없다.

그런데도 난 어른이 된 마르야를 상상할 수 없었다.

밤에 침대에 누워 휴대폰으로 인터넷에서 다운증후군이 있는 아이들 사진을 자주 찾아보았다. 귀여운 아이들의 모습을 보고 싶었다. 욕조에 앉아 있거나 담요 위에 누워 있는 아기들의 사진을. 나는 사진을 보면서 이 아이들은 누구를 닮았는지 질문하지 않을 수 없었다. 나는 깜깜하고, 조용한 곳에 혼자 누워 환하게 켜진 휴대폰 화면을 뚫어져라 바라보았다. 그러다 한 앨범의 표지를 오랫동안 바라보았다. 다운증후군이 있는 다섯 살 율리아나가 웃고 있고, 가장 친한 친구 두 명이 키득대면서 율리아나의 귀에 무엇인가 속삭이는 장면이다. 까만 머리를 양쪽으로 땋은 작은 소녀의 영상도 보았다. 거울 앞에서 노래를 부르는 여자아이가 너무나 귀엽고, 또 행복해 보였다.

2014년 12월 2일

임신 14주차 + 6일

크리스토프와 나, 목사님 이렇게 셋이서 각자의 손에 찻잔을 든 채로 목사님 책상에 모여 앉았다. 목사님이 A4용지 한 장을 가져왔고, 나와 크리스토프는 종이에 우리의 인생 계획을 적어 내려갔다. 크리스토프는 맨 위에 까만 사인펜으로 네모를 그린 뒤 병원에서 계산한 예정일인 5월 27일을 적어넣고 '마르야, 출생'이라고 썼다. 그 다음 아래 네모 칸에 '잔드라 육아휴직', '크리스토프 육아휴직', '셋이 같이 이사', '잔드라 풀타임 근무', '크리스토프 시간제 근무'까지 적자 2021년 8월까지의 계획표가 완성됐다. 마지막 괄호 안에는 '마르야, 여섯 살'이라고 적었다. 우리는 목사님의 입회 아래 계획표에 서명했다.

우리가 계획한 일을 그대로 진행하기는 쉽지 않겠지만, 적어도 진행 상황은 공평해 보였다. 계획표는 나의 어떤 것이 아직 남아 있고, 내가 마르야의 엄마로만 사는 게 아니라 다른 사람이 될 수 있다는 것을 보여준다. 그리고 크리스토프도 딸을 위해 희생할 준비가 되어 있음을 보여준다.

며칠 전에 두 번째 혈액검사의 결과를 분석하는 캘리포니아의 회사에 전화를 했다. 전화를 받은 직원은 내가 예상한 대로 유감스럽지만 전화상으로는 어떤 정보도 말해줄 수 없다고 했다. 마침내 결과가 독일에 도착했지만 더 놀랄 일은 없었다.

2014년 12월 3일

양수검사를 하기 위해 크리스토프와 함께 택시를 탔다. 밖은 아직 어두웠다. 자동차가 몇 대 다니지 않는 거리를 지나쳤다. 길을 지나칠 때면 나는 항상 불 켜진 창문을 들여다보면서 멋대로 상상의 나래를 펼친다. 유리창 너머 가족들이 모여 앉아 함께 식사를 하고, 웃고 즐거워하는 모습을 그려본다. 내 친구 이다는 그런 나를 보고, 선물을 확인할 수 있는 크리스마스 달력의 창문처럼 내가 작고 예쁜 그림만 본다고 핀잔을 주었다. 이다의 말이 맞다. 그런데도 나는 여전히 불이 환하게 켜진 창문을 보면 상념에 잠길 때가 있다.

택시가 병원에 도착했을 때 예약 시간까지 30분이나 남아 있었다. 먼저 온 몇몇 환자는 벌써 병원 옆에 있는 빵집에서 커피를 사오고 있었다. 우리도 잠깐 빵집에 들렀고, 나는 폭신한 슈크림을 먹었다.

산부인과 의사는 임신중절 수술을 하기 전에 양수검사 결과를 통해 확증이 필요하다고 말했다. 혈액검사 결과가 오락가락하는 반면 양수검사는 확실한 편이라고 했다. 양수검사 날짜가 점점 가까워질수록 나는 어떻게 해야 할지 고민이 됐다. 마르야에 대해 어떤 결정을 내려야 할지 확신이 서지 않았기 때문이다. 아이를 낳고 싶다면서 왜 커다란 바늘로 마르야를 보호하는 공간인 양수를 찌르려고 할까? 독일연방 건강교육센터에서 나온 책자를 보면 산모 100명에서 200명 가운데 한 명은 양수검사 뒤 유산을 한 경험이 있다고 한다. 단지 확신 없이는 살 수 없다는 이유로 딸의 목숨을 위태롭게 해도 될까?

이다에게 조언을 구하자 '숙련된 의사가 검사를 진행할 경우 합병

증이 발생할 위험은 평균 이하'라고 설명해줬다. 부모의 권리뿐만 아니라 아이의 권리도 있지만, 두 가지가 상반될 때가 종종 생긴다는 말도 덧붙였다. 이다는 아이가 세 명이나 있으니까 틀림없이 잘 알 것이다. 또 내가 얼마나 간절히 아이를 갖고 싶어 하는지도 이다는 안다. 이다는 이미 오래전에 나에게 배란과 임신에 관한 책을 선물하기도 했다. 나는 그 책을 몇 장 읽자마자 곧장 약국으로 달려가 하얀 통에 담긴 엽산을 사왔다. '포르테Forte, 아이를 갖기 원할 때부터 임신 12주차까지 복용'. 나는 이다가 처음부터 '마르야'의 편에 서 있음을 느꼈다. 이다는 지금 '나'에게도 권리가 있다고 언급하면서 내 편이 되어주고, 내가 감당해야 할 부담감을 덜어주고 있다. 그런데도 나는 엄마로서 할 수 있는 일에 대한 느낌을 잃어버렸다.

나는 이런 최종적인 확증과 상관없이 내 꿈을 떨쳐내지 못할 것이라고 예감했다. 나는 아기를 낳을 때까지 우리 아이가 입증된 모든 확률과는 달리, 건강할 것이라고 남몰래 빌 것이다. 그리고 태어날 우리 딸에게 내가 실망이라는 감정을 내보이지 않기를 간절히 바랄 것이다.

그래서 나는 지금, 7시가 채 되지 않은 겨울날 아침에 여기에 서 있다. 지난번 진찰받으러 갔을 때 내뱉은 말이 자꾸 생각났다. '지금 유산이 된다면 차라리 마음이 조금은 가벼워질 것 같아.' 하지만 의사를 만나면 얼른 이 말을 다시 주워 담아야겠다고 생각했다. 마르야가 위험하지 않게 최선을 다해달라고 의사에게 빌어야 했다. 나는 마지막 남은 슈크림을 냅킨에 싸서 코트 주머니에 넣었다.

병원 진찰실에서 의사는 나에게 주삿바늘이 들어가는 것이 느껴지면 남편 손을 꽉 잡으라고 했다. 의사가 배에 주사를 놓기 직전에 나는 "우리는 아이를 낳을 거예요"라고 말했다. 우리 둘의 아이, 첫 번째 아이를. 그러고는 눈을 질끈 감았다.

그다음에 다시 소파에 누워 지냈다. 하혈을 하지 않도록 의사가 처방한 대로 조심하고 샤워도 하지 않았다. 나는 엄마처럼 행동했다.

33밀리미터의 작은 사람

2014년 12월 4일

“의사가 얼마나 오랫동안 초음파 사진을 보여줬는지 느꼈어?” 크리스토프가 나에게 물었다. 당연히 나도 그것을 느꼈다. 어제 검사를 위해 양수를 채취한 뒤 나는 누운 채로, 크리스토프는 내 옆 의자에 앉아서 몇 초 동안이나 모니터를 들여다봤는지 모르겠다. 30초, 1분, 아니면 2분? 우리는 진찰도 다 끝났고 마르야도 주삿바늘을 잘 견뎠다며 한숨을 돌렸다. 그런데 의사는 여전히 태아 모습이 선명하게 보이는 모니터를 끄지 않고 켜놓았다. 우리는 아무 말도 하지 않은 채 계속해서 우리 아이를 뚫어져라 쳐다봤다.

“의사가 일부러 그랬다고 생각해? 우리한테 직접 무엇인가 말하는 대신에 말이야.” 크리스토프는 궁금해했다. 나는 모르겠다며 어깨를 으쓱했다. 우리가 마르야를 포기한다고 결정했다면 의사는 이별의 선물로 그 사진을 주려고 했는지도 모르겠다. 어쩌면 일종의 호소였을까? '이것 좀 봐! 이게 너희 아기야. 얼마나 생동감 넘치는지 보란 말이야. 잘 생각하는 게 좋을 거야!' 나는 의사를 오랫동안 빤히 쳐다보았지만, 그가 무슨 생각을 하는지는 알아챌 수 없었다.

나는 의사에게 임신중절 수술이 가능한 기한 중에서 가장 늦게 예약을 잡을 수 있는 날이 언제인지 알려달라고 부탁했다. 아직 아무런 결정을 내릴 수 없어서 시간이 필요했다. 하지만 마르야를 죽은 채로 낳는 일은 더욱더 할 수 없었다. 의사는 12월 11일이라는 날짜를 제시했다. 인생에서 가장 힘든 결정을 내릴 때까지 일주일의 시간이 주어졌다.

어제 오후에 엄마에게서 또 문자가 왔다. 아빠한테 내가 양수검사를 하러 간다는 얘기를 들었다고 했다. 엄마는 '그렇게 나쁘지 않다니 다행이야. 사랑한다. 푹 쉬어'라고 썼다. 엄마가 나와 좀더 많은 대화를 하고 싶어 한다는 것을 안다. 엄마는 당신 자식이 위기에 빠진 것을 안다. 그러나 나는 약간의 거리가 필요했다. 나는 크리스토프와 내가 앞으로 어떻게 할지 결정을 내린 다음에 엄마에게 소식을 전하려고 통화를 짧게 끝냈다. 마르야는 우리가 결정해야 할 일이다.

그런데 나는 혼자서 결정을 내려야만 한다는 것을 이토록 또렷하게 느껴본 적이 없다. 게다가 지금 이 일은, 남은 생을 잘 살아갈 수 있도록 똑바로 결정해야만 한다. 다른 사람이 아닌 바로 내가 내려야 할 결정이다.

"지금까지는 다 괜찮대요." 엄마에게 말했다. "오늘 저녁 아니면 내일 결과가 나와요. 복권 당첨은 바라면 안 되겠죠."

> 환자: 검사번호 A/783/14번의 양수검사를 바탕으로 한 분자유전학적 진단을 위한 의학유전학적 감정.
>
> 진단: 21번 세염색체증 분자유전학적 검증.

크리스토프는 오늘 자동차를 보러 갔다. 크리스토프가 사는 도시로 내 짐을 옮겨오려면 급히 자동차가 필요했다. 그는 온갖 것을 다 집어넣을 수 있는, 폭스바겐에서 나온 캐디를 사고 싶어 했다. 스키 용품과 이삿짐 상자는 물론 유모차도 들어갈 수 있는 진정한 패밀리카여야만 했다.

내가 임신중절을 하게 될 수도 있다고 말했을 때, 마르야와 나 사이에서 중립을 지키겠다고 해준 크리스토프가 고마웠다. 다르게 말하는 아빠들도 있다. 전화로 심리상담을 해준 상담사는 이렇게 말했다. "만약에 나한테 이런 일이 생긴다면 나는 아내에게 '어이, 우리는 더 잘할 수 있을 거야'라고 말할 거예요." 그 상담사는 자신의 생각을 솔직하게 말해준 유일한 남자다. 나는 그 사람을 좋게 평가하는 편이다. 하지만 그 말을 들은 뒤 다시는 그에게 전화하지 않았다. 그가 하는 말을 더는 존중할 수 없었기 때문이다.

크리스토프는 자기가 알게 된 한 여자에 대해 이야기해주었다. 그녀는 가족이 주제인 세미나 자리에서 임신중절로 자신의 아기가 죽었다며 울면서 사연을 털어놓았다고 한다. 벌써 몇 년 전에 있었던 일인데도 서글프게 울었다고 한다. 크리스토프는 나에게 '너도 분명 그럴 거야'라고 경고하려는 것이 아니었다. '죽은 아기가 우리 사이를 갈라놓을지도 몰라'라고 말하려는 것도 아니었다. 그의 목소리에는 위협이 아니라 슬픔이 묻어 있었다. 나는 그가 보내고자 하는 메시지를 이해했다. 며칠 전부터 잘못된 통계에 대해 너무 오래 생각했던 것 같다. 장애아를 둔 부모 가운데 80퍼센트는 각자 다른 길을 간다. 임신중절을 한 뒤에는 얼마나 많은 부부가 헤어질까?

2014년 12월 6일

다운증후군이 있는 아들이 아니라, 딸이라서 다행이라고 생각하는 게 이상한 걸까? 나중에 돌봐줘야 할 아이가 여자아이라고 상상하는 일이 나한테는 좀더 쉽게 다가왔다. 사실 이렇게 생각할 만큼 나는 보호본능이 강한 타입은 아니다.

나는 어느 위치에 서 있는 걸까? 나는 나 자신을 인습에서 벗어난 독립적인 여성이라고 여긴다. 일을 시작한 이후부터 남성 연대에 대해 비판적이었다. 나는 가족생활을 꾸려나가기에 적합한 노동 시간,

남녀의 동등한 임금 지불과 차별 없는 승진 기회, 아이를 위한 양육 시설, 엄마와 아빠에게 동등한 권리를 보장하는 노동 모델을 위해서라면 언제라도 길거리로 나가 목소리를 낼 준비가 되어 있었다. 또한 독일에서 당연히 여성이 임신중절을 선택할 수 있다고 생각한다.

하지만 생각과 다르게 무엇인가 꺼림칙한 점이 있었다. 나는 '타인의 자유가 시작하는 곳에서 나의 자유는 끝난다'라는 법칙이 맞다고 생각했다. 그런데 이런 원칙이 여성이 아이를 뱃속에 품었다고 더는 유효하지 않을 수 있을까? 나는 어쩌면 옛날의 페미니스트와 다른지도 모르겠다. 나는 마르야를 단 한 번도 내 몸에 속하는 일부로 느낀 적이 없다. 마르야는 결코 내가 아니었다. 나에게 있어서 그 아이는 항상 어딘가 독자적인 존재였다.

인터넷에서 어느 상담소 사이트에 들어가 임신중절 방법에 관한 글을 읽다가 '태아 조직'이라는 단어를 발견했다. 그때 태아 조직이라는 단어가 잘못되었다고 생각했다. 마치 무엇인가를 숨기는 단어 같았다. 즉, 태아를 부차적으로 간주하는 듯했다. 임신한 여성만 있는 것이 아니라, 태아도 존재한다는 사실을 숨겨야만 하는 것처럼 느껴졌다. 하지만 이렇게 한다고 무엇을 얻을 수 있을까? 나의 바람과 상관없이, 내가 아닌 다른 사람이 내 뱃속에 존재하는 생명체의 운명을 결정해도 될까? 다른 곳이 아니라 바로 '내 속에' 있는데? 아니면 태아 조직처럼 의학적 용어로 표현하는 것만이 적절하며, 다른 모든 표현 방식은 부풀려진 것일까? 내 배를 바라보는 시선이 오직 나만의 것은 아니라는 사실을 안다. 나는 열아홉 살에 원하지 않는 임신을 한 것이 아니라 서른아홉 살에 마침내 임신하는 데 성공했다. 갑자기 나는 궁극적인 질문을 마주하게 됐다. '과연 인간으로서의 존재는 언제 시작될까?' 임신은 이 질문에 대해 선을 긋는다.

"우리는 이미 벌레 먹은 과일을 사랑했잖아"라고 크리스토프가 말을 꺼냈다. 그의 말이 맞다. 팔레르모 구시가지에 있는 허름한 바로크 양식의 교회에서 마르야를 위한 촛불이 타올랐다. 우리는 이탈리아 병원의 여의사가 '세포 조직'을 초음파로 보여준 일에 감사하면서 초에 불을 붙였다. 이미 그 당시에 우리 아이가 된 '세포 조직'은 내가 하혈을 한 뒤에도 여전히 존재했다. 우리는 그때 갑자기 마치 우리 삶에 기적처럼 다가온 여러 은유를 알게 됐다. '벌레 먹은 과일'이라는 은유도 그중 하나다.

예전에는 임신을 이토록 꾸준히 관찰한 적이 없었기 때문에 축하할 일이거나 굉장한 사건이라고 생각하지 않았다. 하지만 지금은 집에 임신과 관련된 책자가 가득하고, 인터넷에서 태아의 모든 발달 단계를 찾아본다. 나는 독일연방 건강교육센터에서 나온 책자를 몇 번이고 들여다보고, 저녁에 크리스토프가 집에 오면 내 뱃속에서 일어난 새로운 소식을 들려준다.

"들어봐. 임신 약 7주째부터는 고환에서 테스토스테론이 분비된대!" 그때까지만 해도 마르야는 아직 우리의 '작은 마피아 단원'이었고, 매우 남성적이었다.

한 산부인과 의사는 초음파검사를 '텔레비전 시청'이라고 불렀다. 내가 가본 모든 산부인과 병원에는 벽에 플랫 모니터가 걸려 있어서 등을 침대에 댄 채로, 마치 소파에 누워서 보는 것처럼 자신의 아이를 관찰할 수 있었다. 나는 인터넷에서 임신 8주차에는 배아의 크기가 강낭콩만 하고, 9주차에는 포도알만 하다고 읽었다. 하지만 산부인과의 화면상에 보이는 배아는 굉장히 컸다. 그 화면에서 어떻게 아기를 보지 않을 수 있겠는가? 하물며 아기에 대해 그토록 많은 것을 알게 됐는데 말이다.

"이제는 배아가 아니라, 제대로 된 태아잖아!" 나는 임신 10주차를 축하했다. 아이의 몸에 모든 기관이 생겼다! 임신 석 달째에 태아는 팔과 다리를 움직인다. 손에 고유한 지문이 생기고, 얼굴의 기관도 점점 더 발달한다.

포도알 하나쯤이야 중절 수술로 없앨 수도 있겠지. 하지만 화면 전체를 꽉 채우고 있는, 팔과 다리를 허우적거리는 존재를 본다면? 크리스토프는 마르야가 배아일 때의 사진을 자신의 컴퓨터 바탕화면으로 올렸다. 임신 9주차와 6일이 지나고 찍은 초음파 사진에서 우리는 33밀리미터의 작은 사람을 보았다. 임신은 이제 사소한 현상이 아니었다.

나는 임신을 확인한 이후로는 술을 한 모금도 마시지 않았다. 칠리 콘 카르네매콤한 스튜를 요리할 때도 와인을 넣지 않았다. 햄을 멀리

하고, 결혼식을 올리기로 한 농가에 전화해 뷔페 메뉴를 다시 짜달라고 부탁했다. 특히 멸균처리가 안 된 생우유로 만든 치즈를 상에 올려서는 안 된다고 전달했다. 산부인과 의사가 준 소책자에서 톡소플라스마와 리스테리아, 살모넬라 같은 '음식물을 통한 감염'에 관한 정보를 얻었다. '임신부가 예방 차원에서 피해야 할 음식물'이라는 장에는 서른 가지 음식이 소개되어 있었다. 나는 안전을 위해 물에 씻지 않았거나 열을 가하지 않은 과일이 들어간 스무디와 밀크셰이크는 마시지 않았다. 샐러드 바에 있는 채소, 밀봉되지 않은 통에 든 모차렐라 치즈와 메트부어스트생고기 상태로 가공된 소시지를 먹지 않았다. 스테이크도 완전히 익혀 먹었다. 마치 내가 어떤 이상한 종교집단의 구성원이 된 듯한 느낌이었지만, 그럼에도 톡소플라스마에 감염될 기회를 주느니, 질긴 가죽 같은 고기 조각을 질겅질겅 씹는 편이 낫다고 생각했다. 엄마는 이런 나를 보고는 '내가 너를 가졌을 때는 그렇게까지는 안 했는데'라고 하셨다.

하지만 나는 선택된 사람들에 속한 것을 즐겼다. 약간의 자기 방어적 태도로, 9개월이라는 비상사태가 만든 이런 새로운 상황에 참여할 준비가 돼 있었다. 마침내 쇼핑을 하면서 '마마 모드' 가게 쪽으로 가고 싶어졌다. 요즘에는 임부복이라고 말하지 않는다. '곧 초보 엄마가 될 사람을 위한 베스트 베이직', '엄마를 위한 데님' 가게가 있을 뿐이다. 나는 임산부를 위한 요가 강좌에도 등록할 뻔했다.

나는 게다가 캐서린 미들턴과 임신 시기가 같았다. 영국의 왕세손비와 새로운 '로열 베이비'에 대한 소식이 들릴 때마다, 혹은 누구도 이번 가을에 왕세손비의 상태가 어떤지 들은 사람이 없으면 (상태가 꽤 안 좋아서 집에 있는 편을 선호하는데 아기는 봄에 태어난대요!) 나는 매번 이렇게 생각했다. '나도 알아, 나도 그랬어. 그녀의 아기는 4월에 나오고, 우리 애는 5월에 나와. 우리 둘, 캐서린과 나는 말이지….' 사실 유럽의 왕실만큼 내게 흥미를 주는 분야도 없었다.

나는 구글에서 조산사를 찾는 데 많은 시간을 보냈다. 조산사는 꼭 있어야 했다. 한 친구가 임신을 하면 누구나 '산파' 한 명은 꼭 두어야 한다고 말해주었다. 산파, 당연하지. 산파라는 단어에는 벌써 옛날 옛적의, 먼 세대를 걸쳐 내려온 지식의 냄새가 난다. 엄마에게 '산파'에 대한 이야기를 꺼냈을 때 나를 어리둥절한 표정으로 보긴 했지만, 분명 있는 편이 좋을 것이다. 엄마는 임신했을 때 아무도 집으로 찾아오지 않았다고 하시면서, 조산사를 부르는 비용이 비싸지 않느냐고 물었다. 나는 보험회사에서 비용을 댄다고 대답했다. 확신을 위해 초음파 전문의 한 명, 자연적인 방식을 위해 조산사 한 명을 둔다면 아이를 낳는 일은 틀림없이 성공할 것이다.

나는 오랫동안 남아메리카에서 일한 적이 있는 금발의 젊은 조산사를 선택했다. 몸도 튼튼하고 실력도 좋아 보였다. 나는 그녀의 홈페이지에 적힌 인용구에 마음이 끌렸다. 예쁜 장식의 필기체로 카푸치노 같은 골드브라운 색깔로 꾸며놓은 글이었다. '잠깐 동안 하늘은 숨을 멈추었고, 새로운 별이 환히 빛났다.' 나도 이것이 유치한 표현이라는 것을 안다. 하지만 뻔한 것이야말로 매력적이지 않은가?

나는 기적을 상품화하는 데도 흔쾌히 동조했다. 크리스토프가 살던 도시나 내가 사는 도시에서 찾아갔던 모든 의사들이 그런 것처럼 말이다. 병원에서 조그마한 책자를 봤을 때부터, 태아와의 유대를 강화할 '개별 건강 서비스'인 3D 초음파 사진을 기대해왔다. 그러나 이를 위해 지불해야 하는 비용이 저렴하다는 생각은 들지 않았다. 3D 초음파 사진을 보려면 100유로 안팎을 내야 했다. 특수 컴퓨터 소프트웨어 덕에 결과를 보려면 큰돈을 내야 했다. 심지어 전체 임신 기간 동안 첫 번째 심장박동부터 시작해서 모든 것을 USB에 저장해, 진찰 때마다 매번 가져올 수 있도록 하는 '특수 초음파 패키지'를 제시하는 병원도 있었다. 임신 20주차 전에 유산이 될 경우에는 패키지 전체 비용 중 절반을 돌려받을 수 있다고 한다.

나는 책자를 보면서 부모라면 결국 3D 초음파 사진을 원하게 될 거라고 생각했다. 임신 26주차부터는 정말로 추천할 만하다고 적혀 있었다. 그런데 갑자기, 그것도 내 생일에 우리는 마르야의 3D 초음파 사진을 받았다. 임신 14주차밖에 되지 않았을 때였다. 혈액검사 결과가 이미 나온 뒤에 배를 초음파로 검사한 산전검사 전문의가 사진을 인쇄하더니 그냥 내 손에 건네주었다. 정말 간단했다.

바로 전까지만 해도 커다랗고 묵직한 바위가 가슴을 누르는 듯한 느낌이라고 말하고 있었는데, 지금 마르야를, 우리 아이를 처음으로 입체적으로 본다. 몸의 형태로 봐서 아기가 분명했다. 얼굴에 눈, 코,

입이 있고 윤곽이 있다는 정도만 알아볼 수 있었지만, 눈앞에 보이는 것은 확실히 아기였다. 보통 초음파 사진에서 볼 수 있듯이 옆얼굴이 있는 차가운 흑백 사진이 아니라, 실제 아기 색깔처럼 붉은색과 베이지색으로 색이 입혀진 사진이었다. 내 삶에서 가장 슬픈 생일 선물이었다.

검사, 이것은 현대 사회에서 아기를 낳는 일에 숨겨진 어두운 면이다. '엄마 산업'에 의해 불붙은 엄마와 아기 간의 새로운 로맨틱한 관계 외에도, 이른바 빛나는 임신 기간 동안에 안내 책자가 설명하고, 산부인과 홈페이지를 가득 채우는 검사의 유혹은 매우 강하다. 사람들은 어떤 위험을 배제하러 갔다가 휘청거리며 돌아온다. 나도 내가 알지 않을 권리가 있음을 스스로 포기한다는 수많은 양식에 서명을 하고 돌아왔다.

나처럼 공적 보험에 가입한 여성은 임신 기간이 문제없이 진행되면, 3개월에 한 번씩 전체 세 번에 걸쳐 초음파검사를 받을 수 있다. 또한 무료로 '첫 번째 스크리닝' 검사도 받을 수 있다. 태아의 목덜미 투명대 측정 검사와 합쳐서 실험실에서 나온 수치를 분석하는 것인데, 내가 다니는 산부인과에서는 170유로를 내야 했다. 추가로 초음파검사를 원할 경우에는 150유로를 자비로 부담해야 했다. 부모가 원할 경우에 임신 20주, 21주차부터는 특수 기관의 초음파검사도 돈을 지불하고 받을 수 있다. 이 검사가 의료상 목적에서 꼭 필요하다면 보험회사가 비용을 부담한다.

내 경우, 안내 책자에 나온 짧은 정보에서 모든 것이 시작됐다. 그때 처음으로 새로운 혈액검사가 있다는 사실을 알게 됐고, 내가 확률을 믿는 사람이 아니라는 사실도 깨달았다. 나는 분명함을 원했지만 동시에 아기를 절대로 위험에 빠트리고 싶지 않았다. 융모막 조직 검사를 하자는 산부인과 의사의 제안을 거절했다. 세포 조직을 떼어내기 위해 주삿바늘로 형성 중인 태반을 찌르는 것이 마음에 들지 않았다. 이때 유산 확률은 양수검사를 할 때와 비슷한 정도거나 약간 높다.

나는 프레나 검사와 하모니 검사, 파노라마 검사 중에서 선택할 수 있었다. 처음에 선택한 산전검사가 프레나 검사다. 혈액 샘플을 미국이 아닌 독일 실험실에서 분석하기 때문이었다. 독일이라면 진지하게 받아들일 수 있을 것 같았다. 그래서 나는 의학유전학 전문 병원에 예약했다. 유전자 진단법은 검사 전과 검사 후, 유전적인 것에 대해 조언과 정보를 제공해야 한다고 명시하고 있다.

이전에 내게 잊을 수 없는 전화를 걸었던 의학유전학자의 병원은 고가구로 꾸며져 있고 벽에는 미술 작품이 걸려 있으며, 무늬가 새겨진 마룻바닥이 깔려 있는 빌라였다. 열린 미닫이문 옆에는 사람 크기만 한 큰 목조 조각상이 서 있었다. 전혀 병원처럼 보이지 않고, 오히려 파티를 열기에 더 잘 어울릴 만한 공간이었다. 나와 크리스토프는 책상을 사이에 두고 의사와 마주 앉아서 집안의 병력에 관한 이야기를 시작했다. 의사는 가족력을 들으며 종이에 끄적거린 다음에 걱정할 필요가 없다고 말했다. 유전학적으로 봐서는 모든 나쁜 질환과 멀리 떨어져 있다고 했다. 의사는 두꺼운 책을 펼쳐놓고 유전물질과 돌연변이에 대해서도 강의를 했다. 나는 열성과 우성 유전자에 대한 그의 설명을 경청했다. 20년 전에 고등학교 졸업시험에서 다뤘던 생물 과목의 구술시험이 생각났다. 빨간 꽃과 하얀 꽃이 핀 멘델의 완두콩을 떠올렸다. 의사는 그다음에 여러 가지 세염색체에 대해 말을 꺼냈는데, '배아의 생존과 양립할 수 없다'는 말에 내 목구멍이 좁아지는 게 느껴졌다.

의사는 내 팔에서 피를 뽑았고, 나는 은행계좌를 받았다. 2주 동안 기다리지 않고 일주일 만에 결과를 들을 수 있는 '익스프레스 서비스'를 위해 검사 비용 745유로 외에 별도로 100유로를 더 지불했다.

나는 의사에게 아이가 있는지 물었다. "네, 있어요." 의사가 대답했다. "그럼 선생님도 검사를 하셨나요?" 나는 웃으며 물었다. 썩 좋은 질문이 아니었을 수도 있다. 검사를 하는 게 그 의사의 직업이니까. 의학유전학 의사는 미소를 지으며 짧게 답했다. "아니요."

임신중절 수술 예약 가능 날짜까지 이제 5일이 남았다.

2014년 12월 7일

이삿짐을 싸는 와중에 오래된 책 한 권이 눈에 들어왔다. 《원하는 것을 하라》. 누가 선물했는지는 기억나지 않았지만, 내가 가지고 있는 유일한 조언서다. 한 번도 읽지 않은 채 책장에 그대로 꽂혀 있었는데, 두 시간 만에 다 읽어버렸다. 이 책에는 해답을 찾으려면 '낯선 사람의 뇌'에 물어보라고 적혀 있었다. 즉, 나에게 무엇이 좋을지 이미 아는 주변 사람이 아니라, 이발사나 택시기사나 누가 되었든 간에 낯선 사람에게 물어보라는 것이다.

나는 이것을 내가 살던 집 맞은편에 있는 샤퀴테리육가공 전문점 주인에게 시험해보기로 했다. 나는 약 2년 동안 편집부 회의가 있는 날 아침마다 그곳에 들러 샌드위치를 샀고, 우리는 매일 짧게 담소를 나누었다. "일이 많아요?" "네, 그렇네요. 오늘은 발라먹는 소시지 대신 콘 비프로 주세요." 대화는 늘 이런 식으로 흘렀다. 다양한 종류의 소시지가 어떤 온도에서 열처리되는지를 물으며 내가 임신했다는 사실을 알려준 뒤로, 샤퀴테리 주인도 내 안부를 묻곤 했다. 오늘 그에게 21번 세염색체증이라고, 다운증후군 진단을 받았다고 말해주었다. 주인은 자기 처형도 다운증후군이라고 답했다. 그는 이 사실을 말하면서 목소리가 전혀 변하지 않았다. 소리가 작아지지도 않았고 당혹감도 느껴지지 않았다. 그러면서 자기 처형이 말도 정말 잘하고, 글도 잘 읽을 수 있다고 말한 뒤 "구운 돼지고기에 소금을 뿌릴까요?"라고 물었다.

나는 산부인과 의사에게 세 가지 질문을 하고 싶었다. 첫 번째 질문을 할 때 나는 검사실의 침대에 누워 있었다. 나는 의사에게 자녀가 있는지 물었다. 의사는 아이가 네 명이 있다고 대답했다. 그 말을 듣자 안심이 됐다. 그의 가족사항이 왜 알고 싶었던 건지 나도 잘 모르겠지만, 어떤 평형추가 필요했던 것 같다. 어쩌면 의사가 잠깐 동안 객관성을 내려놓고 내가 어떤 결정을 내려야 할지 신호를 주기를 바랐는지도 모르겠다. 네 아이를 둔 아버지라면 중절 수술을 집도할 때 비정한 수공업자처럼 할 리는 없다는 확신을 가질 수 있었던 것 같다.

내가 가졌던 두 번째 질문은 조금 대답하기 난처한 내용이었다. 한 친구가 중절 수술 과정을 설명하면서 '잘게 썰다'라는 단어를 사용했고, 그게 어떤 의미인지 확인하고 싶었다.

"그러니까 내 말은, 선생님이 그걸 빨아들인단 말이죠, 맞나요?"

"네, 맞습니다."

"그런데 빨아들이려면 어떻게든 작게 조각을 내야 할 것 아니에요, 안 그래요?"

의사는 고개를 끄덕이며 말했다. "현실이 그렇습니다."

크리스토프가 어느 날 저녁에 인터넷에서 임신중절 사진을 찾아보던 일이 생각났다. 그는 나에게 앞으로 절대 그런 사진을 찾아보면 안 된다고 명령했다.

다비드의 아내가 한 말이 정말 옳은 걸까? 그녀는 조산사인데 다음 임신을 위해 태아를 제거하지 않는 편이 더 낫다고 말한 적이 있다. 아이를 사산한 뒤에 보는 편이 차라리 낫다는 것이다.

나의 세 번째 질문은 임신중절 수술을 하면 나중에 아기를 갖는 일이 더 어려워지는지에 관해서였다. 이 질문은 산부인과 의사에게 전화로 물어보았다. 의사는 일반적으로는 그렇지 않다고 대답했다. 문제는 내 나이라고 말했다. 서른아홉이다 보니 내 몸이 얼마나 빨리 다음번 임신을 위해 준비할 수 있을지 알 수 없다는 것이다. 임신이 된다고 해도 끝까지 잘될지 아닐지도 분명하지 않았다. 나이가 많을수록 유산될 확률도 높아지기 때문이다. 크리스토프는 임신중절을 한 뒤에 바로 다시 아기를 가질 생각은 없다고 말했다.

어쩌면 마르야는 내가 아이를 가질 수 있는 유일한 기회인지도 모른다.

2014년 12월 8일

임신 15주차 + 5일

“상담소에 가는 편이 나을 것 같아. 안 그러면 한 사람의 개인적인 의견이 온통 너를 짓누를 거야!” 이다는 누구나 이런 주제에 자기만의 견해가 있는데, 무엇이 옳은지 미리 말할 수 있는 사람은 없다고 말했다. 이런 상황을 겪어보지 않았다면 더더욱. 게다가 이다는 누가 무엇을 말했고 어떤 식으로 말했는지 영원히 잊지 못할 것이라고 덧붙였다.

이다의 말이 모두 맞다. 사람들의 말은 항상 위험한 핵폐기물처럼 반감기가 길었다. 나는 벌써 말 한 마디, 한 마디를 그것을 말했던 각각의 사람과 연결해서 생각하고 있었다. 그럼에도 사람들과 대화를 나눌 때마다 내가 아직 생각하지 못했던 것들을 듣기 바란다. 마치 돌파구를 찾는 심정으로.

쉽지 않다는 것을 안다. 친구가 전화를 걸어 장애를 가진 아이가 태어날 것이라고 하면, 나는 뭐라고 말해야 할까? 친구가 어떻게 해야 좋을지 모른다고 하면 무슨 답을 줄 수 있을까?

나는 "둘 다 이해해"라는 말을 들었다.

"아이를 낳지 않는다고 해도 네가 리셋 단추를 누를 수는 없는 법이잖아."

"너는 정신적으로 성숙한 사람이잖아."

장애가 있는 아이를 기를 수 있을 만큼 충분한 자질을 갖추었다는 의미인가? 내가 느끼는 공포를 털어놓자 이다는 말했다.

"네 아이를 괴물로 만들지 마!"

어떤 사람들은 나에게 "나는 자신이 없을 것 같아"라고 말했다.

크리스토프는 결국 파울의 아빠에게 이야기를 털어놓았고, 파울의 엄마가 파울의 사진을 첨부해서 이메일을 보내왔다. 크리스토프는 파울의 엄마가 '이들도 생명이에요!'라고 말하고 싶어 한다고, 메일에 함축되어 있는 뜻을 요약해줬다. 사진 속 파울은 요리사 모자를 쓰고 있었다. 나는 "메일을 읽지 않을 거야. 파울 사진도 안 볼 거야"라고 중얼거렸다.

며칠 전에 양수검사를 받으려고 갔던 산부인과의 의사가 나를 새로운 의학유전학 병원으로 보냈다. 그곳에서 다시 상담소의 한 심리학자를 소개받았다. 나는 갑자기 어떤 기관을 필요로 하는, 말 그대로 도움이 필요한 사람이 되어버렸다. 그런 기관은 나 같은 사람이 아니라 다른 사람들을 위해 필요한 곳인데. 나는 모든 사람들이 친절하게 대해줘서 고마웠다.

양수검사 결과가 나왔을 때 의학유전학 병원의 의사와 처음으로 통화하면서 나는 교회에서 운영하는 상담소에는 절대로 가고 싶지 않다는 뜻을 밝혔다. 숨을 쉬기도 전에 다른 사람이 무슨 생각을 하는지 알고 싶지는 않았다.

그랬던 내가 오늘 상담소 의자에 앉아 티슈를 앞에 놓고 이런 말을 했다. 이전에는 절대 상상도 하지 못한 말이었다. "우리 아이를 충분히 사랑하지 못할까봐 두려워요." 그리고는 덧붙였다. "기쁨이 사라졌어요." 심리학자는 '개인적인 상심'에 대해 말했다. 우리는 모두 자신의 아이가 특별히 예쁘고, 똑똑하고, 강하다고 상상하지만, 시간이 지나면서 아이가 자신의 상상과 전혀 다르다는 것을 깨닫는다고 설명했다. 심리학자는 내가 단지 다른 사람보다 좀더 일찍 깨닫게 되는 것일 뿐이라고 했다. 나는 결코 가질 수 없는 상상 속 그 아이 때문에 슬퍼졌다.

나는 심리학자가 마음에 들었다. 그녀에게서 차분함이 느껴졌다. 함께 나눈 대화에는 내가 더는 참고 들어줄 수 없는, 현명하게 들리지만 아무런 도움도 되지 않는 '이런 결정에는 옳은 것도, 그른 것도 없어요'라는 말이 아예 등장하지 않았다. 나를 위해, 올바른 결정을 내리기 위해 마음을 쓰고 있기 때문이리라. 도대체 다른 무엇이 필요한가? 이 일은 동전을 던져서 결정할 수 있는 문제가 아니다. 모르는 사람이 보기에는 장애아를 낳는 일에 찬성하거나 반대하는 데 적합한 이유가 수없이 많을 수 있다. 아무도 나를 노골적으로 평가하지 않을 것이다. 결과가 어떻든 말이다.

이야기를 할수록 속에서 점점 분노가 치밀어오르는 것을 느낀다. 다운증후군 아이를 키우는 부모로서 우리 미래에 대해 이야기를 나눌 때마다, 크리스토프는 더 나쁜 사람이 되지는 않을 거라고 반복해서 말했다. 그래, 그럴 수도 있지. 장애아를 둔 사람 가운데 매우 훌륭하고, 속이 깊은 사람을 알게 될 수도 있다. 하지만 나는 강제로 고귀한 쪽에 속하게 되는 듯했다. 나는 장애아를 둔 사람과 고귀한 사람들이 모인 커뮤니티에 속하게 되기를 바라지 않았다. 나는 이전의 내 삶과 오랜 친구들이 훨씬 좋다. 나는 "어떻게 하면 더 좋은 사람이 될까 같은 강좌는 듣지 않을 거야"라고 선언했다.

심리학자는 아이와 교감하면서 비로소 애착이 생긴다고 설명했다. 그 말을 듣자 안심이 됐다. 어쩌면 내 마음속의 텅 빈 곳은 내가 우리 아이를 만나고, 느끼고, 냄새를 맡을 수 있을 때야 비로소 채워지리라. 아직은 그렇게 많은 것을 느끼지 않아도 된다. 심리학자는 자신의 아이에 대한 애정은 이성에게 느끼는 사랑과는 달리 '철회할 수 없는 과정'이라고 설명했다.

나는 물었다. "어떻게 사람들은 지금도 임신중절을 선택할 수 있지요? 초음파검사로 아이를 수차례나 보는데 말이에요! 옛날이 더 쉽지 않았을까요?" 심리학자는 답했다. "딱히 그렇지도 않아요." 그녀는 많은 엄마가 태어나지 않은 아이에게 애착을 갖는 데 용기를 내지 못한다고 말했다.

이들은 진찰과 검사를 통해 엄마로서의 행복감을 느껴도 된다는 신호가 떨어지기를 기다린다. 하지만 경보 해제와 불확실성에서 구원받을 방법은 없으며, 단지 구간별 우승과 확률만이 있을 뿐이다. 많은 일이 내 의지와 상관없이 일어날 수 있기 때문이다. 한 인간으로 만들어져 가는 일은 사람의 통제력에서 벗어나 있다.

내 생각을 어떻게 수치로 표현할 수 있을까? "끝까지 참고 견디는 것이 70퍼센트"라고 말하겠다.

의학유전학 병원에서 상담을 받다가 새로운 사실을 알게 됐다. 다운증후군이 지적 장애뿐만 아니라 신체적으로도 나중에 문제를 일으킬 수 있다는 사실이다. 잘 듣지 못하는 아이도 있고, 장 수술을 받아야 하는 아이도 있다. 시력 장애나 호흡기 질환에 잘 걸리는 아이도 있다. 백혈병에 걸릴 위험도 높다. 약 5퍼센트에 해당하는 아이가 간질 발작을 일으키고, 심장 결손이 생기는 경우도 종종 있다. 내가 잘 몰랐던 또 다른 점은 장애의 정도였다. 대부분의 아이가 가벼운 정도에서 중간 정도의 지적 장애를 겪지만, 일부는 중증 지적 장애를 겪기도 한다. 게다가 태어나기 전에는 장애의 정도가 얼마나 심한지 알 수 없다.

상담이 끝날 무렵 의사와 나 단둘만 진찰실에 남았다. 그때 이다가 했던 말이 떠올랐다. 내가 "마르야를 낳지 않는다면 어떨까?"라고 물었을 때, 이다는 "막말로 지하실에 시체를 두는 거랑 다르지 않을 거야"라고 대답했다. 실제로 그런 여자를 한 명 안다고 했다. 그 말은 믿을 수 없을 정도로 오랫동안 기억에 남을 것이다.

크리스토프가 진찰실에서 나가고 이른바 다른 목격자가 없을 때 의사에게 마지막으로 물었다. "임신중절 수술을 한 뒤에도 행복해질 수 있을까요?" "그럼요." 의사가 대답했다. 의사는 나에게 몇 번 접은 종이를 편지 봉투에 넣어주었다. 나는 그것을 읽지 않고 그대로 가방에 집어넣었다. 의사가 건넨 것은 임신중절을 선택할 경우, 내가 작성해야 할 서류였다.

나는 크리스토프가 임신중절을 쉽게 받아들일 수 없을 거라는 사실을 안다. 법은 그가 아기의 아빠라고 말하지만, 끝까지 임신을 지속할지의 여부는 엄마만 결정할 수 있다고 정했다. 아빠는 아기가 태어났을 때 양육비를 지불해야 할 최소한의 의무가 있다. 그러나 우리는 남편이 기저귀도 갈고, 놀이터에서 함께 놀아주고, 육아휴직을 내는 것을 보고 싶어 한다. 양육의 기쁨과 부담을 공평하게 나누어야 하지만, 출생 전에는 남녀 평등이 적용되지 않는다. 크리스토프가 나에게 임신중절을 강요한다면 우리 부부 관계는 끝이 날 것이다. 그 부분은 확실하다. 하지만 그의 바람과 반대로 내가 임신중절을 선택하더라도 그는 내 곁에 있을 것이다. 이것은 형언할 수 없을 만큼 많은 것을 요구하는 일이다. 내가 그에게 부탁하지 않았는데도 내 곁에 있겠다고 약속해준 크리스토프가 정말 고마웠다.

임신중절 수술 예약 날짜까지 이제 3일 남았다.

2014년 12월 9일

한 친구가 나에게 포커싱 심리치료가 도움이 될지도 모른다고 추천했다. 포커싱 심리치료는 단순히 말을 하는 것이 아니라 그저 온몸으로 느끼는 것이다. 어쩌면 내 몸이 더 많이 알고 있을지도 모르기 때문이다. 포커싱 심리치료사를 인터넷에서 찾았다. 신학을 전공하고, 애도상담 전문가가 되기 위한 직업 훈련을 받았고, 심층심리학적 보디세러피를 공부한 사람이다. 너무 진지하지 않으면서 괜찮아 보였다.

크리스토프는 심리치료소와 가까운 곳에 있는 술집에서 나를 기다리겠다고 했다. 사실 그는 100킬로미터나 떨어져 있는 회사 사무실에 앉아서 근무해야 하는데, 열흘 전부터 나와 함께 지내고 있다. 크리스토프는 일정을 조정하고 상사를 안심시켰다. 그의 상사 또한 내가 결정을 내리기를 기다리고 있다. 결국 크리스토프는 다시 돌아가야 한다. 우리는 빨갛게 페인트칠이 된 술집의 탁자를 사이에 두고, 예약 시간이 될 때까지 손을 꼭 잡은 채로 앉아 있었다. 크리스토프는 다른 사람이 아닌 나와 모든 것을 함께 경험할 수 있어서 기쁘다고 말했다. 그 순간 우리는 서로 강하다는 것을 느꼈다.

인도에는 한 무리의 사람들이 웃으면서 지나갔고, 그들의 발길은 술집과 영화관으로 향했다. 곧 저녁 상영이 시작될 것이다. 길모퉁이를 돌아설 때 나는 크리스토프에게 다음에 이곳으로 놀러 와도 괜찮겠다고 말했다. 하지만 고요함 속에서 이제는 우리에게 아무 곳도 어울리지 않는다는 사실을 깨달았다. 우리는 이런 일상적인 저녁과 어울리지 않았고, 다른 사람들과 같지 않았다. 나는 이런 번화가에서 애도상담 전문가를 만나러 가고 있다.

나는 건물 안 중정으로 발을 들였다. 작은 돌이 바닥에 깔려 있고, 알록달록한 간판과 아틀리에가 있었다. 오래된 유리창이 껴 있는 하얀 문이 보였다. 나는 문을 열고 텅 빈 공간으로 들어갔다. 50

대로 보이는 한 여성이 반겨주었다. 그녀의 얼굴은 온화하고 웃으면 주름이 잡혔다. 우리는 마주 보고 앉았다. 나는 마치 표면이 꽁꽁 얼어붙은 곳에서 미끄러지는 느낌이라고 말했다. 한쪽 방향으로 미끄러지다가, 또 다른 방향으로 미끄러지는. 하지만 얼음 속으로 뚫고 들어가지 못하는 느낌이었다.

심리치료사는 바닥으로 내려와 자신의 뒤에 앉겠냐고 물었다. 나는 잠깐 부끄럽게 느껴졌지만 곧 그녀의 등에 기대어 앉았다. 내 등 뒤로 그녀의 상체가 느껴졌다. 갑자기 울음이 터져나왔다. 잠시 후 매트리스로 올라가 누운 채 눈을 감았다. 나는 내 안의 헝클어진 감정을 풀어 얽히고설킨 것을 떼어내려고 노력하고, 순수한 형태를 느껴야만 했다. 따뜻함과 부드러움의 파동을 느끼고 내가 마르야 곁에 있을 때는 완전히 그 아이와 밀착해야 했다. 나는 그동안 장애에 대해 생각할 때마다, 무거운 압박감이 나를 엄습하고 팔과 다리를 눌렀다는 것을 느낄 수 있었다.

이제 어떤 감정을 더 진솔하다고 말할 수 있을까? 어떤 감정이 더 강할까?

우리는 처음 만난 잠깐 동안을 제외하고 거의 말을 나누지 않았다. 심리치료사는 나에게 이미 원하는 대로 20년 이상을 살아왔지 않느냐고 말했다.

그 말에 정신이 번쩍 들었다. 앞으로 열심히 노력한다고 해도 편안한 삶과 멋진 휴가, 흥미로운 일, 펜트하우스의 테라스, 더 높은 곳을 요구할 수 없을지도 모른다는 생각에 깜짝 놀랐다. 예전에 나는 상하이에 있는 빌딩의 33층에서 진토닉을 마시고, 아바나의 해변에서 럼주를 마셨다. 수마트라 원시림 속 강물에서 목욕을 하고, 세렝게티 국립공원에서 사자를 찾아다니기도 했다. 양철지붕 집에 사는 인도 소녀들을 만났고, 중국의 억만장자들을 그들의 리무진을 탄 채로 인터뷰하기도 했다. 이렇게 살았으면 이미 충분한 것 아닐까?

그렇지만 나는 조랑말 농장에서 제공하는 승마 치료 프로그램을 찾아다닐 마음이 선뜻 생기지 않았다. 장애아도 스키 강좌를 신청할 수 있을까? 다른 가족이 장애가 있는 딸을 둔 우리와 휴가를 함께 떠나려 할까? 그들이 우리와 같이 어디를 다니는 일은 너무 힘이 들까?

심리치료소 옆 술집으로 돌아왔을 때, 크리스토프에게 기다리는 동안에 뭘 했는지 물었다. 크리스토프는 거리를 돌아다니고 크리스마스 시장에도 다녀왔다고 말했다.

"한 군데만 멈춰 서 있진 않았어."

저녁에 전화가 울렸다. 억양이 강한 독일어를 하는 모르는 여자의 전화였다. 나는 의학유전학 병원에 내 전화번호를 남겨놓고, 혹시라도 나와 같은 진단을 받은 산모가 있으면 전해달라고 부탁했던 일을 떠올렸다. 그렇게 하면 내 마음속에서 무슨 일이 일어나는지 이해할 수 있는 누군가를 한 명이라도 찾을 수 있을 거라고 생각했다. 검사 결과가 나온 뒤부터 나는 마치 갈가리 찢기고 잘린 채 우주 저 멀리로 버려진 듯했다. 누구와 이에 대해 말할 수 있을까? 우리가 느끼는 감정을 누가 똑같이 느낄 수 있을까? 친구들은 모두 건강한 아이를 둔 부모이기 때문에 우리와 다른 세상에 산다. 임신중절 경험이 있는 여성은 그 사실을 밝히지 않는다. 내 친구 중에 임신중절 수술을 해본 사람이 있는지 알지 못한다. 요즘은 장애아를 둔 부모 옆에 있으면, 내가 마치 살인을 저지르기 전의 살인마가 된 느낌이었다. 아기가 태어나기 전에 장애가 있다는 사실을 알게 된 사람만이 우리가 어떤 어려움에 처했는지 이해한다. 다른 사람은 절대 알지 못한다.

나는 어두컴컴한 방 침대에 앉아서 전화를 건 여성의 이야기를 들었다. 그녀는 첫 번째 임신 주기에 하는 세염색체 스크리닝 검사를 받았다고 했다. 실험실에서 분석한 수치와 초음파검사의 조합이다. 다운증후군을 가진 아기가 태어날 확률이 매우 높다는 결과가 나왔고 양수검사 결과도 이를 입증했다. 그녀는 무엇을 해야 좋을지 모르겠다고 했다. 또한 무엇인가가 빨아들이거나 긁어낸다고 상상하면, 모든 것이 너무 끔찍해진다고 서툰 독일어로 말했다. 그 의견에 동의하면서 나는 이 모르는 여성이 가깝게 느껴졌다. 그녀는 아기를 낳은 뒤 입양을 보내거나 보육원에 보낼 수 있다는 사실에 안심했다. 다만, 모든 어려움을 더는 견뎌내지 못할 때만 말이다. 그녀에게는 이미 두 명의 아이가 있었다.

그녀는 가족이 자기를 비난한다고 말했다. 가족들은 그녀에게 원망만 하지 말고, 아이가 있는 배를 쓰다듬어주라고 말한다고 했다.

그 말을 듣는 순간 나는 그녀가 부러웠다. 내 곁에는 배를 쓰다듬어 주라고 말하는 사람이 아무도 없다.

우리 앞에는 비인간적인 결정이 놓여 있다. 이 결정은 너무나 고통스럽기 때문에 비인간적이다. 아무도 결정을 내리지 못하기 때문에 비인간적이다. 내가 얼마나 큰 부담에 고통받을지, 영원히 도움이 필요한 다른 사람을 돌볼 과제에 얼마나 억눌릴지, 마르야 때문에 삶이 너무나 고단해져서 내게 아무것도 남지 않게 될지, 아무도 모른다. 또한 마르야가 보여주는 사랑이 내게 얼마나 큰 힘이 될지, 나를 얼마나 행복하게 해줄지 아무도 모른다. 그리고 임신중절 수술을 한 뒤에 얼마나 큰 고통이 나를 기다리고 있을지 아무도 모른다.

"전신마취를 하는 편이 좀더 낫겠죠?" 상담소 직원이 물었다.

'그래, 그래, 그래. 전신마취가 좋을 것 같아.' 하지만 내가 원하는 건 영혼을 완전히 마취시켜주는 일이었다. 안타깝게도 그런 마취주사는 없다.

임신중절 수술의 마지막 기한까지는 이제 이틀 남았다.

"아이가 사랑을 부를 거예요"

2014년 12월 11일

어제 오후 5시에 나는 내 딸의 죽음을 취소했다. 계획대로라면 오늘 아침 7시 30분, 라테 마키아토를 마실 수 있는 커피숍 건물 5층에서 우리 아이는 죽었을 것이다. 병원 수술실이 그곳에 있다. 하지만 나는 우리 아이가 피범벅이 되는 동안에, 다른 사람들이 크리스마스 선물을 사러 다니는 것을 원하지 않았다. 나는 나와 죽은 우리 아기를 위해 약간의 존엄성을 표하길 원했다. 그로 인해 임신중절 수술을 할 수 있는 마지막 날짜가 이제는 지나가버렸다고 하더라도 말이다. 지금부터는 마르야를 무조건 낳아야 한다. 내년 5월 말에 살아 있는 채로, 아니면 그 이전에 죽은 채로.

우리가 임신중절에 대해 이야기했을 때, 심리치료사는 "그거 아세요? 저는 중절 방식이 중요하다고 생각하지 않아요"라고 말했다. 나는 병원에 전화를 걸어 수술 예약을 취소한 다음, 집 근처 아기용품점에 갔다. 마르야에게 작은 달팽이 인형을 사주고 싶었다. 아기가 아늑하고, 포근하게 느낄 수 있도록 몸을 감싸주는 더듬이가 달린 천 달팽이를 사고 싶었다. 나는 별과 점무늬가 박혀 있고 유쾌하게 생긴 알록달록한 달팽이를 골랐다. 인형을 사고 나니 기분이 좋아졌다. 나는 약간 화려한 크리스마스 장식품을 사서 집에 있는 녹색 꽃병에 헤이즐넛 가지를 꽂고 장식했다. 크리스털과 하얀 도자기로 된 솔방울이 잘 어울릴지를 고민하는 일은 어렵지 않다. 이렇게 사소한 문제에 대한 고민은 선물이나 마찬가지다.

심리치료사가 있는 건물의 맨 꼭대기에는 '부모와 신생아, 유아를 위해 치료'하는 특별한 공간이 있다. 나는 심리치료사에게 물었다. "모든 엄마가 아이를 사랑하나요? 항상 그런가요?" 심리치료사는 나를 바라보며 생각에 잠기다가 대답했다.

"아니요, 항상 그런 건 아니에요. 하지만 당신은 그럴 거예요."

"왜 그렇게 생각하세요?"

"느낌이 그래요. 예를 들면 당신은 지금 손을 배에 올려두고 있거든요."

나는 친구들에게 수술 일정을 취소한 것이 최종 결정은 아니라고 말했다. 이른바 '독자 생존 시기' 같은, 새로 배운 단어가 나에게 유예 시간을 주었다. 임신 22주차부터 아이는 엄마의 몸을 떠나 생존

할 수 있다. 내가 마르야를 원하지 않는다면, 이 기간에 다다를 때까지 임신 상태를 유지하지는 않을 것이다.

누군가 '너는 마르야를 낳기로 결정할 거야. 분명 그럴 거야'라고 말하면, 나는 매번 반항을 하고 반기를 들었다. 아이에 대한 사랑과 같이 무엇인가 부드러운 것이 자라려면 다른 사람에게서 거리를 둬야 한다. 사랑은 자유 속에서 커지니까.

크리스토프는 오늘 오후에 우리 가족을 위해 자동차를 구입했다. 아이용 카 시트를 설치할 수 있는 장치가 구비된 빨간색 자동차다.

2014년 12월 12일

임신 16주차 + 2일

오늘 우편함을 열어보니 '의학유전학 평가 결과'가 들어 있었다. 우리가 며칠 전에 의학유전학 병원에서 상담받은 내용을 요약한 자료였다. '친애하는 슐츠 씨'라고 시작된 글 아래에는 '가족 병력'이라는 칸이 있다. '귀하는 39세, 귀하의 남편은 42세이며, 모두 건강하고 상호 혈연관계에 놓여 있지 않습니다.' 하마터면 나는 웃을 뻔했다. 당연히 나와 크리스토프는 서로 피를 나눈 관계가 아니다. 내가 도대체 무슨 짓을 한 걸까? 얼마 전까지만 해도 나는 대기실에 꽃 화분을 둔 의학유전학 개업의가 존재하는 줄도 몰랐다.

A4용지 넉 장에 '두꺼운 혀'에서 '생존율'까지, 다운증후군이 있는 사람에게서 나타나는 신체적인 특징과 건강상의 문제에 대한 정보가 설명돼 있었다. 그곳에는 '50세 이상이 될 확률, 50퍼센트 이상'이라고 쓰여 있었다. '예후 판정을 내리는 데 선천적인 심장 결손의 여부가 주요 요인인데, 귀하의 아이의 경우 지금까지의 초음파검사에 따르면 이상 징후가 발견되지 않았습니다.'

평가서에는 또한 '지적 발달에 대한 평균적 예후는, 다운증후군이 있는 경우 지적 발달 정도가 염색체가 정상인 6세에서 8세 아동의 수준에 달한다'라고도 적혀 있었다. 나는 곧바로 내 친구의 아이들 가운데 이 연령대에 속하는 아이가 있는지 떠올려보았다. 올해 초등학교에 입학한 남자아이 하나가 떠올랐다. 축구를 좋아하는 영리한 꼬마로, 겨우 일곱 살인데 가끔씩 현자 같은 말을 한다.

2014년 12월 15일

나는 부모와 유아를 대상으로 상담한다는 심리치료사를 한 번 더 찾아갔다. 내 차례가 되길 기다리며 주변을 둘러보다가 달력에 적힌 글을 읽어 내려갔다. 다운증후군이 있는 안톤이 어떻게 '안톤만의 언어'를 구사하는지 그의 아빠가 묘사한 글이었다. 그것은 아들을 향한 안톤 아버지가 전하는 사랑의 선언이었다. 일곱 살인 안톤은 '한

번 더'를 '한 더'라고 말하고, '놀아'를 '노'라고 말한다고 한다. 정말 솔직하게 쓴 글이었다. 그가 쓴 문장을 읽으며 나는 가슴이 뭉클해졌다.

'인생이라는 길에 햇빛은 예전과 똑같이 비치고, 길가의 나무는 여전히 푸르다. 다만 안톤과 함께 걸어가는 길은 약간 높은 경사길이다. 그 길은 우리 모두에게 아주 조금 걷기 힘들 뿐이다.' 전혀 미화하지 않은 묘사가 마음에 들었다. '약간 높은 경사진 길'이라면 해낼 수 있다. 2년, 3년, 어쩌면 7년이 아니라 경사진 길을 계속 걷는 것이 무엇을 뜻하는지 알지 못하더라도 말이다.

델리에 사는 인도인 친구 한 명이 최근에 문자메시지를 보냈다. 내가 어떻게 지내는지 오랫동안 소식을 듣지 못해 궁금하다는 내용이었다. 나는 임신을 했는데 아기에게 문제가 있어서 나중에 장애가 발생할 거라고 답장을 했다.

'넌 독일에 살잖아. 그곳이라면 분명히 수술로 고칠 수 있을 거야.'

'다운증후군이야. 수술로 고칠 수 없어.'

수술로 고칠 수는 없지만 그래도 친구 말이 맞았다. 나는 인도가 아니라 독일에 살고 있다. 우리는 잘 지내고 있고 건강하다. 교육도 받았고 수입도 있고 넓은 아파트도 있다. 우리는 의료보험과 간병 서비스, 다운증후군이 있는 아이를 위한 승마 치료가 제공되는 나라에 산다. 우리는 장애아를 슬럼에서 키우지 않아도 된다. 희망하건대 약간 경사진 길만 가면 된다. 그 이상은 아니다.

2014년 12월 16일

오전에 산부인과 의사가 마르야의 심장에서 작은 구멍을 발견했다. 오후에 초음파 전문의가 두 번째 초음파검사에서 더 큰 심장 결손을 발견했다. 의사 소견서에는 아직 의심이 된다고만 적었지만, 그는 확신하고 있었다. 그가 소아심장외과에 예약을 하라고 말했다.

2014년 12월 18일

임신 17주차 + 1일

우리는 오늘 마르야에게 심장 결손이 있다는 통보를 받았다. '완전방실중격결손(좌우 심방과 심실이 만나는 부위에서 좌심실과 우심방을 나누는 아주 작은 부위의 손상-옮긴이주).' 소아심장 전문의 말로는 '중증의 복합적 심장 결손에 속한다'고 한다. 태어난 다음에 우선 심폐기를 이용한 수술을 받고, 상태를 지켜보기 위해 2주 동안 중환자실에서 지낸 다음에 바로 좀더 작은 '보조 수술'이 필요하다고 설명했다. 불쌍한 우리 딸. 갓 태어난 후에도 수술대에 올라야 한다니. 나는 아이를 집으로 데려올 수도 없다. 정말 그렇게 오랜 기간을 병원에서 있어야 하는지 의문이 생겼다. 의사는 내 아이가 푸르스름해지지 않았나 간호사가 살펴보는 일에 감사하게 될 것이라고 말했다.

이기적인 생각이라는 것을 알지만, 나는 이제 출산마저 망쳐진다는 사실에 화가 났다.

2014년 12월 20일

장애아가 있는 다른 부모와 이야기를 나눌 마음이 생길 때까지 긴 시간이 필요했다. 도로의 엄마에게 전화해서 도로의 언니인 마이케에 대해 이야기를 들려달라고 부탁할 수도 있었다. 아니면 크리스토프가 준 번호로 전화를 할 수도 있었다. 파울 친구의 부모 전화번호였다. 다운증후군이 있는 가족의 모임에 가입할 수도 있었다. 상담소 대기실에 놓여 있던, 그 모임에서 만든 잡지를 가지고 온 적도 있다. 아니면 오래된 편지 봉투 위에 누가 써주었는지는 잊어버렸지만 '다운증후군 자조 모임'이라고 표시해둔 휴대폰 번호로 연락할 수도 있었다.

하지만 내가 아직 결정을 내리지 않았기 때문에 이들과 섣불리 만나고 싶지 않았다. 다운증후군이 있다고는 하지만 그들에게는 사랑하는 자식일 텐데, 그 앞에서 나는 한편으로는 아이를 낳고 싶지 않다고 말할 수는 없었다.

시간이 흘렀다. 어느 날, 나는 처음으로 낯선 사람에게 전화했다. 그녀에게 "당신은 행복하세요?"라고 물었다. 질문을 던지면서도 나 자신이 한심스러웠다. 나조차도 그런 질문을 받으면 명확한 답을 할 수 없을 텐데. 아마 그녀도 나를 멍청하다고 여겼을 것이다. 평생 행복하다고 느낀다고? 그런데도 지금 이 순간에 이런 질문이 내가 묻고 싶은 유일한 것이었다. 전화 속 여성의 대답은 간단했다. "행복에 겨워 소리를 지를 정도는 아니에요." 그녀는 비장애인 아이를 연봉 인상에 즐겨 비유한다고 했다. "돈이 더 많고, 큰 집에 살고, 휴가를 자주 간다고 정말 더 행복할까요?"

다른 여성은 울면서 친구에게 전화를 걸어 진단 결과를 알려준 이야기를 들려주었다. 또 다른 여성은 새로 태어난 아기와 친밀한 관계를 맺기까지 약간의 시간이 필요했다고 말했다. "우리 아이가 심장 수술까지 받아야 했다면 더 힘들었을 거예요." 나는 슬퍼해도 된다는 사실에 마음이 한결 가벼워졌다.

나와 통화한 모든 엄마는 통틀어서 3년인 육아휴직 기간을 다 채우지도 않고 직장으로 복귀했다. 이들은 지나치게 엄숙하지도 않았고, 설교도 하지 않았다. 한 엄마는 자신과 남편이 다운증후군 아이를 키우는 사람들하고만 친하게 지내는 것은 아니라고 했다. 하지만 삶이 늘 그렇듯이 흥미롭게도 이들은 다운증후군 자조 모임을 통해 집을 소개받았다고 말했다. 크리스토프도 그 여성과 한 번 이야기를 나눴다. 그녀의 아이는 시기가 늦긴 해도 남들만큼 배웠다고 한다. 무엇이 되었든 아이가 뭔가를 해냈다는 것에 기뻐할 수밖에 없다고도 말해주었다.

한 여성은 최근에 남편과 헤어졌다. 갑자기 80퍼센트라는 숫자가 뇌리를 스쳤다. 산전검사 전문의는 장애아를 둔 부부의 80퍼센트가 다른 길을 간다고 말했다. 이제 그의 주장이 맞을 수 있다는 두 가지 예시가 생겼다. 첫 번째 예시는 도로의 엄마로부터 들은 이야기다. 며칠 전에 나는 용기를 내 도로의 엄마에게 전화를 했다. 우리는 장애인 작업장이 있는 호프에 대해 이야기를 나누었다. 도로의 부모와 다른 부모가 수년 전에 함께 만든 곳이다. 나는 혼자서 아이를 키우는 부모가 많은지 물어보았다. 도로의 엄마는 그런 사람을 많이 안다고 대답했다.

착한 도로의 엄마도 혼자 아이를 키웠다. 나는 조심스레 말을 꺼냈다. 도로의 엄마에게 죄송하고 또 전화상으로 이런 질문을 하는 것이 우스꽝스럽지만, 혹시라도 도로의 아빠와 헤어진 게 다운증후군이 있는 마이케 언니 때문이었는지 물었다. 도로의 엄마가 답했다.

"아니, 그것 때문은 아니었어."

"그런데 그걸 어떻게 알게 됐어요?" 다운증후군을 가진 아이를 둔 엄마와 대화할 때면 항상 나오는 질문이다. 나는 처음에는 별 생각 없이 대답했다. "혈액검사를 했어요." 그런데 최근에 오진일 수 있는 확률에 대해 알아보기 위해 인터넷에서 혈액검사를 찾아보다가, 국회의원과 장애인 대표, 연방 정부, 산부인과 의사와 조산원 협회 사이에서 혈액검사 시행에 대해 수많은 논쟁이 오가고 있음을 발견했다.

나는 그제야 수화기 저편의 침묵으로 가득한 생각이 무엇이었는지 깨달았다. '아, 내가 장애아를 선별하려는 사람으로 보일 수도 있겠구나!' 나는 순식간에 장애인 반대자가 됐다. 나는 이제 항상 "나에게는 21번 세염색체가 아니라, 13번과 18번 세염색체인지가 중요했어요"라고 덧붙인다. 맞는 말이다. 나는 그 당시에 세 가지 염색체 장애 전부를 찾아낼 수 있는 '테스트 옵션 2'에 의도적으로 체크했다. 나는 죽기 위해 태어나는 일은 모두에게 고통이라고 믿었다. 내 나이 서른아홉에 사산을 하거나, 아니면 마흔에 한 살짜리 아이를 무덤에 묻는 일은 허용할 수 없었다. 내가 언제 다시 임신이 될지 누가 알겠는가! 내가 여전히 아이를 원한다면 이런 트라우마는 감당할 수 없다. 그러기엔 나는 너무 나이가 많다.

'테스트 옵션 1'은 전적으로 훗날 태아가 다운증후군이 발생할지만 감별한다. 장애아를 둔 많은 부모는 '테스트 옵션 1'을 뱃속에서의 선별이라고 부르는데, 이 검사의 다른 측면을 들여다보면 규격화된 우리 사회를 볼 수 있다. 규격에서 벗어난 모든 것은 이른 시기에 선별될 수 있다. 특히 미래에 보험회사가 모든 임신부에게 그 비용을 지불하는 날이 오면 말이다.

지적 장애인과 그의 가족을 위한 연합 단체인 '레벤스힐페Lebenshilfe'는 산전검사가 엄마와 아이의 건강을 소중하게 생각하지 않고, 문제가 있으면 임신중절을 유도한다며 비판한다. 이런 검사가 임신중절을 정당화하는 도구가 된다면, 결국 다운증후군이 있는 사람은 차별받게 된다는 입장이다.

나는 이런 비난을 이해한다. 이런 과정은 비윤리적이다. 혈액검사를 하는 회사는 염색체 이상이 있는 배아를 뽑아내고, 부모는 검사한 회사에 돈만 지불하면 된다. 임신중절의 첫 번째 단계는, 그날의 날씨에 대해 수다를 떨면서 2분에 걸쳐 피를 뽑는 일에 지나지 않는다. 분명 그렇게 보일 수 있다.

혈액검사가 아직 없던 수년 전에는 많은 늦깎이 엄마들이 양수검사를 했다. 이들은 나와 같은 동기에서 검사를 받았다. 다만 그 당시에는 검사를 하면서 아이를 잃을 수도 있는 큰 위험을 감수해야 했다. 목둘레 주름의 폭으로도 세염색체증을 식별할 수 있기 때문에, 최소한으로 아기의 목둘레 주름만 검사하는 엄마들도 많다. 혈액검사는 산전검사 분야에 존재하는 수요와 공급이 만든 오랜 발전의 결과물이다.

그래도 질문은 남아 있다. 만약 초기에 의심스러운 결과도 없고, 문제도 없어서 임신중절을 고민해야 하는 상황이 아니었다면, 혈액검사 대신 양수검사만 가능하다고 했다면, 과연 양수검사를 받았을까? 검사 때문에 우리가 그토록 원하던 아이가 유산될 수 있다는 위험을 감수하면서 아이가 다운증후군인지를 알고 싶다는 바람이 어떤 가치를 지니는 것일까? '검사 결과가 완전히 깨끗하게' 나오지 않을 경우에 어떻게 할지 검사를 받기 전에 좀더 오래, 깊이 생각했어야 했나? 그랬어야 했다.

나의 임신 사실을 알기 이전에도, 크리스토프와 나는 다운증후군을 가진 아이를 임신했을 경우, 아이를 출산할지에 대해 이야기를 나누었다. 크리스토프는 낳자는 쪽이었고, 나는 확실하게 말을 하지 못했다. 나는 실제로 그런 상황이 되고 단지 생각만으로 끝나는 게 아니라 직접 결정해야 할 순간이 오면, 그때 내 입장이 분명해질 것이라고 생각했다. 수년간 다수에 속해서 살다 보니 갑자기 내가 소수에 속하리라고는 상상하지 못했다. 109:1이라는 통계에서 1에 해당하는 사람이 되리라고는 꿈에도 생각하지 못했다.

나는 나 자신을 여태까지 과대평가했다. 그런데 과연 혈액검사를 금지하고, 양수검사 뒤 200명의 아이 중 한 명이 죽도록 두는 편이 더 나은 걸까? 단지 나 같은 여성이 알고 싶은 욕구에 굴복해 검사를 시작하고, 최종적으로 자신이 어떤 위험에 빠질 수 있는지 눈앞에서 보도록 하는 게 맞는 걸까?

사람들이 진단을 받으려고 하는 게 문제일까? 아니면 진단이 내려진 뒤에 취하는 행동이 문제일까? 아니면 아무도 장애아를 낳지 않으려는 것이 문제일까?

나와 전화로 이야기를 나눴던 한 엄마는 우리에게 집 근처에 있는 소아심장 전문의를 추천해주었다. 그 엄마는 의사가 긍정적인 사고방식을 가진 정말 괜찮은 사람이며, 다운증후군이 있는 아이를 치료한 경험도 많다고 했다. 진짜 훌륭한 사람이라고. 그녀는 “내가 지금의 남편하고 결혼만 하지 않았더라면…"이라고 말하며 크게 웃었다.

나는 바로 그 의사에게 전화했다. 그는 다운증후군 아이의 지능지수는 평균 70 정도지만, 감성지수는 150 정도로 매우 높은 편이라고 설명했다. 심장 결손은 '비교적 쉽게 수술로 고칠 수 있고', 대부분의 아이는 수술받고 난 뒤에 '괜찮다'고 말했다. 얼마나 다행인지. 마르야의 심장에 이상이 있다는 이야기를 듣고 내가 한참을 울자, 자신의 시간이 흘러가는 것을 보며 안절부절 속마음을 숨기지 못하던 소아심장 전문의와는 사뭇 달랐다. 그때 그 여의사는 무심한 얼굴로 말했었다. "아이가 너무 심하게 아파서 유감이네요."

새로운 의사는 내일모레 병원에서 마르야의 심장을 한번 보고, 수술이 필요하면 그때 자세히 이야기하자고 제안했다.

2014년 12월 22일, 아침

새 차 지붕이 터질 정도로 내 이삿짐을 가득 채웠다. 오늘 밤 우리는 집에서 잘 계획이다. 이사 전에 이전에 통화했던 소아심장 전문의에게 먼저 들를 예정이다.

새로운 병원으로 가는 차 안에서 크리스토프에게 내가 쓴 짧은 크리스마스 이야기를 들려주었다. 나는 울지 않고 이야기를 이어갈 수 없었다.

이전에 심리치료사를 만나러 택시를 타고 가던 길이었다. 나는 알고 지내던 기업 컨설턴트와 통화했다. 나는 그가 무슨 말을 할지 짐작했다. 그는 분명 듣기 거북하게 말할 것이다. 그는 이렇게 말했다. "아이를 절대로 완전하게 고치지는 못할 거야. 장애는 수리할 수 있는 문제가 아니야. 물론 임신중절은 힘든 일이야. 이런 말을 해서 미안하지만, 너도 지금 호르몬 때문에 제대로 판단할 수 없는 상황이잖아." 나는 아이가 없어지면 호르몬도 사라지고, 고통도 없어진다고 단순하게 계산할 수 있으면 참 좋겠다고 생각했다. 하지만 그 당시에 어떤 예감이 들었다. 내가 마르야를 죽이면 내 속의 어떤 것도 함께 죽을 것이다. 그것은 내 몸을 스스로 잘라내는 것과 다르지 않을 것이다.

택시기사는 나의 다급한 대화를 들었다. 나는 전화를 끊고 택시비를 지불려는 참이었다. 내가 지갑을 찾는 동안, 택시기사는 내 쪽으로 고개를 돌리면서 손을 휘저었다. 그가 나를 바라봤다. 독일어가 모국어가 아닌 그는 나에게 전하고 싶은 적당한 단어를 찾는 듯했다. 그는 60대 정도로 보이는 아시아계였다. 그가 말했다. "아이가 어떻게 생겼는지는 상관없어요. 정신은 멀쩡할 거예요." "아니요, 아이가 장애가 있을 거래요." 그가 무슨 말을 하고 싶은지 알았지만, 이렇게 답했다. 그는 고개를 좌우로 흔들며 말했다. "마음은 완전해요. 아이가 사랑을 부를 거예요. 엄마를 부를 거예요."

순간 나는 그의 말에 울컥했다. 나는 그에게 "메리 크리스마스"라고 말하며 미소를 지었다. 그때만큼 그 말이 진심으로 와닿은 적이 없었다.

"장애는 수리할 수 있는 문제가 아니야"와 "마음은 완전해요"라는 두 가지 진실이 나란히 서 있다. 나는 신을 믿는다고 확신한 적이 단 한 번도 없다. 그럼에도 '영혼'이라는 단어를 들으면 연결되는 무언가가 느껴졌고, 굉장히 가깝게 다가왔다. 그리고 신을 믿을 수밖에 없는 상황이 존재한다는 것을 이해한다. 이전에는 신에 대해, 그리고 나 자신에 대해 특히 더 엄격했지만, 지금은 좀더 잘 지낼 수 있다고 믿는다. 이것은 자기기만이 아니다.

나는 내 친구들을 따라서 열심히 출석하면 스테레오전축을 선물로 받을 수 있다는 희망을 품고, 성경 강독을 한 적이 있다. 그때 성경을 읽다가 의심스러운 구절을 발견했다. '믿는 이에게는 모든 것이 가능하다'라는 〈마르코복음서〉의 구절을 내 마음대로, 즉 나 자신을 믿으라는 뜻으로 해석한 것이다. 그때부터 신이라는 문제가 나를 괴롭혀왔다고 생각한다.

프랑스 테제로 여행을 갔을 때였다. 나는 수도승의 성가를 들으면서 테제 공동체의 수도사 중 한 명을 잡고, 도대체 어떤 점에 이끌려 여기까지 오게 됐는지 알려달라고 조르기도 했다. 나는 나중에 종교학을 부전공으로 선택해야 할지 고민한 적도 있다.

요즘 몇 주 동안에 형이상학은 지적인 취미의 문제가 아니었다. 나는 삶의 근본적인 질문에 빠졌다. 어떻게 하면 내가 행복해질 수 있을까? 선한 신이 나와 내 아이를 보호해준다고 믿어도 될까? 내가 통제력을 잃는다면 어떻게 될까? 무엇에 의지할 수 있을까? 나는 지금껏 혼자서도 결정을 내릴 수 있을 만큼 충분히 분별력이 있다고 생각해왔다. 내가 무엇을 원하는지 알고 있었다. 다만 '원하는 것을 위해 무엇을 해야 하나'가 문제였다. 나는 지금 삶에서 내가 어찌할 수 없는 것들이 얼마나 많은지를 깨닫는 중이다.

우리가 마르야를 잃을지도 모른다고 두려워한 날, 크리스토프는 나에게 펜던트가 달린 목걸이를 선물했다. 내가 이탈리아 여의사가 말한 뱃속의 '조직'을 보호하려고 호텔 수영장 옆 그늘에 누워 있는 동안, 크리스토프는 혼자 팔레르모 시내를 돌아다녔다. 그는 작은 보석상에서 금으로 된 납작한 십자가를 발견했다. 십자가 뒷면에는 항해용 국제 신호기의 상징이 새겨져 있었다. 크리스토프는 그것이 제격이라고 생각했다고 한다. 내가 자기의 '해적'이기 때문이란다. 크리스토프가 나에게 만들어준 별명은 '머리카락을 어깨까지 늘어뜨리고, 귀고리를 한 해적'이었다.

나는 그날부터 이 펜던트가 달린 목걸이를 차고 다닌다. 미신이겠지만 우리 아이에게 행운을 가져다주는 수호신이자 동시에 십자가이기도 하니까.

그럼에도 어떤 일이 일어날 때까지 마냥 기다리기만 하는 일은 너무나 끔찍하다. 인내심 부족이 내 약점이라는 것을 안다. 행동을 취하고 싶은 욕구가 마음속 깊은 곳에 잠재되어 있다. 가까운 시점에 할 수 있는 행동은 임신중절 수술이 될 것이다. 물론 다른 행동도 있다. 끓어오르는 화를 억누르며 내가 상담소에서 뭐라고 말했는지 아직도 기억한다.

"물론 지금 당장 다운증후군에 관한 잡지의 편집장이 될 수도 있겠죠. 하지만 내가 원하는 건 이런 게 아니에요. 난 장애아를 둔 엄마라는 타이틀을 두 번째 직업으로 갖고 싶지 않아요!"

내 시간과 삶을 아이를 위한 프로그램을 신청하고, 선례를 깨는 데 쓰고 싶지 않다. 그렇지만 이미 내가 그러고 있음을 깨달았다. 최고의 소아심장외과의가 누구인지 찾아다니고, 세 번째 의사의 소견서에 반대의견을 내고, 이를 검증하려고 네 번째 의사의 소견서와 비교했다. 나는 종일 이런 일을 하느라 시간을 보냈다. 최상의 정보를 얻어야 한다는 강박감에 사로잡힌 채.

나는 내 몸속에 있는 마르야를 생각했다. 마르야를 위해 자장가를 불러주면서 가사를 모른다는 걸 깨닫고 지어냈다. "정말 착한 마르야, 생쥐처럼 귀여운 마르야. 잘 자라, 사랑스럽게 빨리 잠들어라. 잘 자라, 우리 아가. 잘 자거라." 마르야는 내 목소리를 들을 수 있던 때부터 엄마인 내가 내지르는 고함과 울음소리만 들었을 것이다. 엄마가 다른 목소리도 낼 수 있다는 사실을 마르야가 알기 바랐다. 편안하게 자기를 보호해주는 목소리도 있다는 것을.

새로 나온 초음파검사 결과를 통해 얻은 딱 한 가지 좋은 점은, 마르야가 심장 결손을 갖고 태어나도 놀랄 필요가 없다는 것이었다. 우리는 분만을 위해 곧장 특수 병원을 찾았다.

나는 병원에 가져갈 물품을 준비하면서 크리스토프에게 줄 작은 선물도 가방에 함께 넣었다. 커피숍에서 본 하얀색 수건인데, 빨간 실로 '햇살'이라는 글씨가 수놓아져 있다. 새 부엌에 걸어두면 좋겠다고 생각했다.

우리는 고속도로를 달리며 다운증후군과 심장 결손을 가지고 태어날 마르야를 어디에서 낳아야 할지 이야기했다.

2장

절망과 싸우고,
희망을 지키는 일에 대하여

다운증후군, 심장 결손,
그리고 뇌수종

2014년 12월 22일, 저녁
임신 17주차 + 5일

몇 장면이 기억에 남는다. 병원에 도착했는데 태아 진단을 담당하는 교수는 아파서 부재중이었다. 그 대신에 당직 의사가 있다는 말을 들었다. 괜찮다. 심장이 중요하다. 나와 통화했던 의사가 병원에 있는 것이 더 중요했다. 담당 의사도 나중에 보러 온다고 했다. 새로운 침상에 새로운 플랫 모니터가 구비되어 있었다. 불이 꺼지고 의사 한 명이 초음파검사를 하고 나가더니, 다른 여의사를 데리고 들어와서 검사를 계속했다. '두 명이서 하면 더 많은 것을 보겠지.' 여의사는 말없이 오랜 시간에 걸쳐 초음파검사를 계속하다가 서둘러 문 쪽으로 가더니 사라졌다. 나는 겁을 먹었다. 불이 켜지고 소아심장 전문의가 들어왔다.

다음은 내가 울면서 침상에 누워 있고, 소아심장 전문의가 내 옆에 서서 팔로 나를 감싸주는 장면이다. 의사는 심장에 대해 말하지 않았다. 대신 우리에게 마르야의 뇌 사진을 보여주었다. 너무 많이 어두웠다. 의사는 뇌가 있어야 할 자리에, 뇌를 구성하는 물질 대신 액체가 있다고 설명했다.

오간 말들이 조각조각 생각난다. "그것만으로도 벌써 이유가 됩니다. … 이것은 다운증후군이 있는 아이에게서 나타나는 것과는 달라요. … 아무것도 돌아오는 것이 없으면, 계속 주고, 또 주는데 아무것도 돌아오지 않으면… 뇌와 심장 모두 동시에. 어떻게 수술을 해야 할지 전혀 감이 잡히지 않습니다."

나는 화가 나서 소리쳤다.

"아니요, 그럴 리가 없어요. 엿새 전에도 초음파검사를 했어요. 그때까지 뇌가 정상이었어요! 바로 엿새 전에요. 어떻게 이럴 수가 있어요?"

2014년 12월 25일

"마르야에게 하늘을 보여주고 싶었어." 어제, 크리스마스이브 저녁에 나는 크리스토프에게 말했다. 12월 23일, 임신 18주차에 초음파검사를 위한 탐촉자가 두 시간 동안이나 마르야의 머리를 이리저리 검사했다. 새로운 전문가가 우리 아이의 온몸을 전부 측정했다. 마르야가 움찔했다. 어쩌면 탐촉자가 내 배를 눌러서 그랬는지도 모른다. 몇 분이 지나고 또 금방 몇 시간이 흘렀다. 처음에는 한 병원에서, 그다음에는 또 다른 병원에서. 마르야의 생명이 달린 문제였다. 검사를 위해 서류에 서명할 때마다 나는 사형 선고에 서명하는 것 같았다. 부디 마르야가 나를 용서하기를.

기억에 남는 서류가 있었다.

'아이의 신체적·정신적 건강상에 손상이 있다는 위급한 징후가 있을 경우와 임신중절의 경우, 상담과 공지에 대한 서면상의 확인.'

그곳에 내 이름과 서명, 그러니까 내 책임이 적혀 있다. 엄마만 서명을 해야 한다. 나는 그렇게 했다.

나는 마르야가 호전될 가능성이 있는지 교수에게 물었다. 그때 그는 이미 뇌수로 채워진 공간을 다 측정한 뒤였다. 그가 말했다. "좋아질 가능성은 없어 보입니다." 더불어 임신 초기에 나타난 뇌수종은 임신 말기에 발생하는 것과도 다르다고 설명했다. 게다가 마르야는 양쪽 뇌 사이에 있는 신경섬유로 이루어진 연결 다리, 이른바 뇌량이 결여되었거나 발달이 더딘 것 같다고 말했다.

우리는 어둑해진 병원 앞마당으로 나갔다. 교수는 좋은 사람이었다. 잘 아는 사이도 아닌데, 크리스마스가 되기 하루 전에 한 번 더 병원으로 와주었다. 그는 심혈을 기울여 밀리미터 단위로 세심하게 두 시간이 넘도록 아이의 몸을 검사했다. 검사가 끝났을 때 밖은 어두워졌다. 나는 그가 정확히 무슨 말을 했는지 세세하게 기억나지는 않았다. 진단은 그의 시선이고, 그의 방식이었다. 그의 말을 그대로 반복할 수는 없겠지만, 그의 생각은 나중에 분명해졌다.

그리고 갑자기 크리스토프와 나에게도 현실로 다가왔다. 우리는 빨리 서명하고, 이 상황을 넘기기로 마음먹었다. 그냥 어서 지나가야만 했다. 더는 희망이 보이지 않았다. "의미가 없어." 우리는 다른 단어로 10분, 15분 동안 계속해서 같은 말만 반복했다. 우리는 병원 옆 건물 밖에서 서성였다. 그러고는 서명을 하려고 다시 병원으로 올라가려고 했지만 문이 잠겨 있었다. 우리는 안으로 들어가지 못했다.

나는 나중에 위층에서 서명을 했다. 교수는 "저희 병원 소아과 의사와 한 번 더 얘기해보시겠어요?"라고 물었다. 우리는 "아니요"라고 대답했다. 우리는 이미 전날에 소아과 의사와 이야기했다. 소아심장 전문의가 소아과 의사에게 아이의 뇌가 찍힌 초음파 사진을 보여줬는데, 그는 충격을 받았다고 한다. "망가졌어요." 소아과 의사가 우리 딸의 뇌에 대해 했던 말이다.

우리는 아무와도 말하고 싶지 않았다. 단지 모든 것이 끝나기만을 바랐다. 끝이 있기를. 갑자기 냉정함만이 존재했다. 나는 '크리스마스이브에는 아이를 지워서는 안 돼. 그렇게 하면 앞으로 20년 동안은 크리스마스가 재앙이 될 거야'라고 생각했다. 게다가 휴일이라 병원에는 인력이 부족했다. 이것도 좋지 않았다. 크리스마스 이후로는

12월 27일이 가장 빠른 날짜였다. 지금부터 이틀 뒤였다.

진통을 유도하는 약물을 투여하면 몸이 얼마나 빨리 이에 반응할지 아무도 모른다. 며칠이 걸릴 수도 있다고 했다. 우리 몸은 태아를 포기하도록 만들어진 것이 아니기 때문이다. 나는 27일에 병원에 들어가면 31일 전에 퇴원할 수 있을 거라고 계산했다.

우리는 집으로 돌아와 잤다. 나는 24일 아침에 전화번호가 하나 적힌 노란 포스트잇 쪽지를 꺼냈다. 교수가 적어준 번호였다. 교수는 당직 의사가 이미 알고 있을 거라고 했다. 내가 그 번호로 전화하자 간호사가 받았는데, 그녀는 아는 게 아무것도 없었다. 나는 간호사에게 의사와 통화하고 싶다고 한 뒤에 전화를 끊었다. 그러고는 기다렸다. 나는 크리스마스 전날에는 언제나 트리를 장식하고, 선물을 포장하고, 리본을 묶었다. 이날도 그렇게 했다.

병원에서는 우리에게 부검을 생각해보라고 말했다. 부검을 통해 기형의 원인에 대해 알게 되면 다음번 임신 때 도움이 될 것이라고 했다. 소아병리학과 의사에게 연락을 취할 수 있게 우리 의견을 빨리 말해야 한다고도 했다. 의사가 같은 병원에 소속된 사람이 아니기 때문이다. 우리는 어떤 방식으로 장례를 치르고 싶은지도 알려줘야 했다. 합동 매장을 원하는지 아니면 단독 무덤을 원하는지. 이다는 장례식에 참석하겠다고 약속했다.

이렇게 시간을 보내다 의사와 면담을 가졌다. 나는 다시 희망에 대해 물었고, 그는 자연스러운 임신 과정에 대해 이야기했다. 얼마나 많은 임신이 초기 몇 주 만에 종료되는지, 얼마나 많은 아기가 나중에 뱃속에서 죽는지에 대해. 의사는 건강하게 태어나는 신생아는 큰 행운이라고 말했다. 병원 밖에서는 대부분 행운을 만난 경우만 보인다고도 덧붙였다. 의사는 지금도 아픈 아이와 2년 전부터 계속 응급실을 드나드는 한 여성이 앉아 있다고 말했다. 의사는 그 여성이 근래에 남편과 떨어져 산다는 말도 했다.

의사는 중절 수술 후에는 오랫동안 쉬어야 한다고 조언했다. 그는 12월 27일 9시에서 9시 30분 사이에 9번 병동으로 모든 서류를 가지고 오라고 말했다. 나는 분만실이 있는 병동에 가지 않도록 해달라고 부탁했고, 의사는 나를 위해 1인실을 예약해주었다. 임신중절 수술을 받는 임신부는 항상 1인실을 배정받는다.

크리스마스이브의 이른 오후에 모든 것이 준비됐다. 우리는 집을 나섰다. 냉장고에 먹을 것이 아무것도 없었다. 우리는 라클레트를 해 먹을 계획이었지만, 대신에 우리는 결혼식을 올렸던 마을의 교회에 가기로 했다.

시내를 지났다. 주차장은 텅 비어 있었고, 슈퍼마켓도 전부 한참 전에 문을 닫았다. 우리는 다시 집으로 갔다. 사진을 찍지 않은 첫 번째 크리스마스였다. 나는 불도 켜지 않은 크리스마스 트리 아래서 뼈다귀를 뜯고 있는 강아지만 사진을 찍었다. 나의 부모님이 우리에게 묻지도 않고 갖다 놓은 소나무였다. 나는 아무도 만나고 싶지 않았다. 엄마, 아빠는 우리에게 무엇인가를 해주고 싶어 하셨다.

오늘은 친정집에서 거위 요리를 먹는 날이다. 우리는 임신에 관한 이야기는 꺼내지 않기로 약속했다. “이제 배가 제법 나왔네”라고 엄마가 말했다. 엄마와 아빠는 우리가 27일에 수술을 예약한 일을 모른다.

거위. 산타클로스. 과자. 다시 집으로.

앞으로 한동안 우리 아이를 낳지 못하리라는 사실을 깨달았다. 나는 어제 아침에 청명하고 추운 하늘 아래, 소나무와 등불이 걸린 한산한 거리를 혼자 거닐었다. 문득 위를 쳐다보았을 때 슬픔이 내 몸을 무겁게 덮었다. 도로는 크리스마스에 마르야에게 작별 인사를 하라고 말했다. 서랍장 위에는 내가 마르야의 10주 생일을 축하하기 위해 샀던 꽃다발이 마른 채 여전히 놓여 있다. 내가 병원에서 돌아오기 전에 꽃다발을 치워달라고 크리스토프에게 부탁했다. 나는 병원에 무엇을 가져가야 할지 생각했다. 마르야의 알록달록한 달팽이 인형과 내 노트? 진통을 기다리는 동안 무엇을 하지? 나는 곧 죽음을 맞이할 우리 딸에게 편지를 쓰기로 했다.

2014년 12월 26일

어젯밤에 마르야를 찾아 헤매는 꿈을 꾸었다. 버스 안에서도 마르야를 찾았다. 나는 이리저리 헤매며 돌아다녔다. 보는 사람마다 붙잡고 우리 아이를 보았는지 물었다. 마르야는 아무 데도 없었다. 나는 울면서 잠에서 깼다.

크리스마스 휴일 두 번째 날이다. 하늘이 파랗고, 햇살이 밝았다. 나는 가만히 앉아 있을 수 없었다. 집에만 있을 수 없었다. 내일이 수술 날이다. 시간이 많지 않다. 3일 전에 교수가 자기네 병원 소아과 의사와 더 얘기해보겠냐고 물었을 때, 우리는 거절했다. 그러나 지금 나는 소아과 의사를 찾아가야만 한다는 생각이 들었다.

인터넷에서 소아과 전화번호를 찾으면서, 대부분의 병원 분만실 전화번호가 홈페이지에 적힌 것을 알게 됐다. 내가 예전에 살던 곳의 신생아학 병동과 연결됐다. 간호사에게 애걸하다시피 해서 잠깐 신생아학 과장과 통화할 수 있었다.

"전화로는 아무것도 말씀드릴 수 없습니다. 사진을 봐야 합니다."

"제발요. 내일이 수술이에요, 제발 부탁드려요. 제가 선생님께 소견서를 읽어드릴 테니 어떤지 말해주세요."

의사는 내 이야기를 다 듣더니 "각각 한 가지씩은 다 치료할 수 있어요. 하지만 전체를 한꺼번에는 … 힘든 길입니다"라고 말했다.

"뇌에 물이 차는 게 더 큰 문제예요."

수화기를 내려놓았다. 나는 크리스토프에게 이 병원으로 가야 한다고 말했다.

"미숙아 병동에는 크리스마스 연휴에도 일하는 의사가 있어."

우리는 텅 빈 병원을 정신없이 헤맸다. 물어볼 만한 사람이 아무도 없었다. 우리는 산부인과를 찾았다. 복도가 한산했다. 나는 손잡이를 하나씩 내려서 문을 열어봤지만 의사 진료실은 모두 잠겨 있었다. 그러다 마침내 신생아 중환자실 앞에 섰다. 두 개의 유리로 된 문 너머로 무지개와 여름 초원, 풍선 그림이 장식된 벽이 보였고, 그 뒤로 간호사와 파란색 유니폼을 입은 의사가 보였다. 그곳에는 분명 인큐베이터가 있을 것이었다.

의사 한 명이 밖으로 나왔다. 그는 신생아학 전문의이며 지금 당직을 서고 있다고 자신을 소개했다. 우리보다 나이가 많은 것 같지 않았고, 얼굴은 거의 소년 같았다. 우리는 승강기 맞은편에 놓인 철제 의자에 앉았다. 나는 그에게 지난번 의사가 쓴 소견서 가운데 두 번째 장의 마지막 단락을 보여주었다. '이미 진행된 태아의 뇌수종과 과잉 움직임을 고려할 때 전체적으로 예후가 나쁨.' 그런데 이 의사는 마르야의 뇌를 찍은 초음파 사진을 보더니 다르게 말했다.

"제가 보기에는 그다지 심하지 않습니다."

의사는 조용하고, 차분하게 뇌에 물이 찬 미숙아를 어떻게 치료하는지 설명했다. 아이 뇌를 주삿바늘로 찔러서 물을 뺀다고 했다. 매일 뇌에 바늘을 꽂는다니 너무 끔찍하게 들렸다. 하지만 그는 뇌수종은 아이들에게서 자주 발생하고, 뇌에 구멍을 내는 일이 아기들을 아프게 하지는 않는다고 했다.

하지만 내일이 수술 날이다. 지금까지 만났던 연로한 교수의 말과 눈빛에는 동정심이 가득했지만, 동시에 피할 수 없는 것을 인정하라고 몰아붙이는 엄격하고 분명한 시선이 있었다. 수술에 관해 의논할 때, 크리스토프가 말했다. "이건 일종의 안락사야."

크리스토프는 더는 희망을 품지 못했다. 우리가 크리스마스 휴일 두 번째 날에 병원 복도 벤치에 앉아 있는 이유는 단지 내가 그러기를 바랐고, 내가 꿈에서 마르야를 찾으며 엄청난 고통을 느꼈기 때문이다. 꿈에서 내 아이는 사라졌다. 그때부터 난폭하고, 금방이라도 뛰어들 태세를 갖춘 호랑이 같은 엄청난 고통이, 내 안 깊은 곳에서 잠복하고 있었다. 질문을 던지면서 나는 이 짐승을 통제하고 있다.

크리스토프는 더 이상 묻지 않는다. 그는 지금까지 이야기를 충분히 들었고 마음속에서 이미 결정을 내렸다. 다운증후군, 중증의 심장 결손, 그리고 뇌. 어려운 문제를 던지고 재앙을 알리는 말들. 문제가 너무 많다. 크리스토프는 마르야를 고통으로부터 지키고, 마르야의 머릿속에 들어 있는 물처럼 새카맣고 어두운 삶으로부터 우리를 지키고 싶어 한다.

나는 지금 혼자서 모든 짐을 진 듯한 기분이다. 불안한 마음으로 마르야의 침대 옆에 앉아 있는 내 모습을 그려본다. 밤낮으로 마르야가 우는 소리가 들린다. 이 아이를 이런 삶 속으로 내던진 사람이 나라는 사실을 깨닫는다. 다른 아기들이 해맑은 얼굴로 요람에서 자는 동안에 마르야는 몇 번의 수술을 견뎌야 할까? 나는 마르야에게 낯선 사람이 와서 계속 너를 아프게 할 것이라고 어떻게 설명할 수 있을까?

고통스럽더라도 지금 우리 아이를 죽이는 일이 정말 더 큰 사랑의 증거가 될까?

마르야가 아픈 것보다는 내가 아픈 것이 차라리 낫다. 나는 의사에게 물었다. "아이가 세상에 나오면 얼마나 살 수 있을까요?"

나는 사산에 대해 내가 알고 있는 모든 것을 이야기했다. 내 딸의 심장은 뛸 것이다. 마르야는 숨을 쉬고 있을 것이다.

의사는 "아이를 따뜻하게 해주세요"라고 말했다. "아이를 안아주세요. 그러면 더 빨리 끝납니다."

크리스토프는 집에 와서 자기가 마르야를 품에 안고 따뜻하게 해주겠다고 했다. 마르야가 죽을 때까지.

2014년 12월 27일

임신 18주차 + 3일

나는 병원에 가지 않았다.

2014년 12월 28일

"마취를 해! 진통을 기다리는 동안 안정제를 달라고 해. 오늘 저녁에는 레드 와인을 두 잔 마셔. 그러고는 한숨 자." 도로가 크리스마스 휴일 첫째 날에 한 말이다.

나는 술을 마시지 않았다. 크리스마스 때도, 신청서에 서명하고 난 뒤에도 마시지 않았다. 몇 달 전부터 하루에 일곱 알씩 복용하던 비타민도 더는 먹지 않았다.

나는 경력이 많은 초음파 전문의와 통화를 했다. 의사는 "극도로 나쁜 예후"라고 설명했다. "어느 정도는 좋은 결과를 얻을 수도 있지 않을까 하는 기대조차 할 수 없습니다"라고 말했다. 마치 내가 뱃속에 아기가 아닌 암 덩어리를 가지고 있는 것 같았다.

그저 내 아이와 함께 살고 싶을 뿐인데

2014년 12월 29일, 아침

마르야를 임신했을 때부터 함께한 사람들과 이야기를 나누었다. 다운증후군이 있는 아이를 낳겠다는 내 의지를 전혀 낯설게 생각하지 않는 친구들이다. 나는 그들에게 마르야의 뇌에 물이 차 있다는 것과 우리가 병원에서 준 서류에 서명한 일에 대해서 말했다. 출산일을 정확히 다섯 달 앞둔 시점에, 마르야의 예정된 사망 일자인 12월 27일 9시 30분, 9병동에서 진행될 수술에 갈 뻔했다고 말했다.

나는 "먼저 아이를 수술해야 한대"라고 말했다. "그게 옳다는 생각이 들지 않아." 도로가 내 의견에 조용히 동의했다. 다비드는 처형이 중증 장애인을 위한 시설에서 일한다고 이야기했다. 다비드는 부인과 처형이 일하는 곳에 방문했는데 씁쓸한 인상을 받았다고 했다. 멍하니 자기 세계에 빠진 사람들이 자신의 육체를 간병인에게 맡긴 채 보살핌을 받고 있었다는 것이다.

우리는 자신이 받게 될 수많은 수술과 고통을 이해하지 못한 채로 견뎌야만 하는 중증 장애아의 괴로움에 대해 이야기를 나누었다. 그때 나는 마치 마르야가 지금 눈앞에 있는 것처럼, 환한 조명이 마르야의 몸을 비추고 있는 모습을 보았다. 아기들은 짙은 노란색으로 된 초승달 모양 전등 아래 누워 있어야 하는데 말이다.

이다는 수술 예약 날짜가 지난 뒤의 시간을 위해 무조건 도움을 청해야 한다고 말했다. 예를 들어 '빈 요람'과 같은 자조 모임에서.

그러자 파울의 아빠가 말했다. "지금 상황에서 어떤 결정을 내려야 한다고 말하기는 정말 어려워."

친구들의 말은 분명 내가 내린 결정의 반영이기도 했다. 마르야의 예후를 놓고 봤을 때, 누가 고심할 만큼 하고 내린 결정에 대해 다시 바꾸라고 설득하고 싶을까? 이들은 어쩌면 면죄에 대한 나의 은밀한 바람을 느꼈을 수도 있다. 하지만 이들의 말에는 진실이 담겨 있기 때문에 중요하다. 그리고 새로운 상황이 존재하지 않는다는 것도 맞는 말이다. 그런데도 나는 임신중절 수술 예약 날짜를 지나쳤다.

나는 언젠가 받은 '산전검사에서 특이사항이 있다는 결과를 받은 임신부를 위한 안내 책자'를 넘겨보았다. 마지막 장에서 출산 전후나 임신 중 또는 임신중절 수술로 아이를 잃은 부모들의 모임인 '무지개'

의 주소를 발견했다. '아이를 잃은'이라는 단어에서 마음이 저려 왔다. 나는 아무것도 해보지 못하고 아이를 잃은 부모와 함께 슬퍼해도 된다. 내가 임신중절 수술에 동의한다고 서명했어도, 내 슬픔이 이들과 다르지 않다고 느껴도 된다. 나도 내 아이와 함께 살고 싶다.

2014년 12월 29일, 저녁

12월 23일에 만난 교수는 인사하면서 내 손을 꼭 쥐고, 내 눈을 오랫동안 검사하듯이 쳐다보았다. 그는 무엇을 봤을까? 누구를 봤을까? 숨을 헐떡이면서 "죄송해요. 다 왔어요. 아니, 건물을 잘못 들어온 것 같아요"라고 비서와 통화하던 여자를 봤을까? 조금 전까지만 해도 병원의 다른 침상에 누워 있다가, 자동차를 타고 쏜살같이 달려와서는 힘들게 숨을 들이쉬며 지금까지의 진단 결과를 늘어놓는 여자? 그는 어쩌면 이런 내 모습에서 엄마가 아니라, 서두르는 짐승을 보았을지도 모른다.

마르야를 검사하기도 전에 그는 이제 이 상황은 끝나야 한다고, 분명해져야 한다고 말했다. 그는 구원을 약속했다.

한 시간 전에 다른 산전검사 전문의는 우리를 구원하는 일을 거부했다. 그 의사도 뇌에 고여 있는 물을 측정했지만 검사를 마치면서 2주 뒤에 다시 와보라고 했다. 의사는 그때가 돼야 '상태를 파악할 수 있다'고 하면서 이렇게 말했다. "환자분은 지금까지 항상 아이를 선택하셨습니다." 여태 그래왔으니 조금 더 기다려야 한단다. 기다리라고? 우리에게 기다림은 최악의 형벌이었다.

12월 26일에, 나는 미숙아 병동의 친절한 소아과 의사에게 이제 어디로 가서 더 알아볼 수 있는지 물었다. 의사는 전혀 다른 질문을 던졌다. "지금까지 성별이 다른 의사에게 가본 적이 있나요?" 지금까지 우리가 만난 전문가는 대부분 나이가 많고 유명한 남자 의사였다. 우리는 바로 기독병원에 예약했다. 담당의는 여자였다.

여의사는 미소를 띤 채 "들어오세요"라고 반기며 내 팔을 가볍게 만졌다. 그러고는 행복해하는 엄마들로 가득한 복도에서 나를 재빨리 빼냈다. 여의사는 내가 분만실이 있는 병동 앞을 지나가는 것을 두려워한다는 사실을 알았다. 병원에 오기 전에 미리 전화로 검사가 어디에서 진행되는지 물었는데, 유감스럽게도 초음파 기계는 분만실 바로 앞을 지나는 복도 끄트머리에 있었다. 여의사가 나와 함께 걸으며 주의를 딴 데로 돌려줘서 고마웠다. 맞은편에서 믿을 수 없을 정도로 느리게 한 걸음, 한 걸음 다가오는 젊은 여성이 있었다. 그녀는 바퀴가 달린 작은 아기 침대를 밀면서 왔다. 나는 양쪽에 빨간 띠가 둘러진 노란색 리놀륨 장판이 깔린 복도를 향해 머리를 왼쪽으로 돌린 채로 걸었다. 짙은 색의 머리를 하나로 묶고, 빳빳하게 구김 없이 새로 다림질된 흰 가운을 입은 여의사의 걸음이 더 빨라졌다. 우리는 거의 행진하듯이 걸었다. 맞은편에서 오는 아기 엄마와 점점 더 가까워졌다. 갓 엄마가 된 그 여자 옆을 지나가기 바로 전에 의사는 나에게 "유감이지만 이제는 피할 수 없어요"라고 말했다. 나는 봐야만 했다. 아기는 담요를 덮은 채 자고 있었다. 얼굴이 작고 쭈글쭈글했다. 의사는 서둘러 문을 열었다. 나와 크리스토프는 마침내 여의사의 책상에 앉았다. 의사가 문을 닫았다.

혹시라도 내가 결정하면 당신의 보호 아래 중절 수술을 해도 될지를 물었다. 의사는 대답을 회피했다. 다른 병원이 그런 경험이 더 많다고 말했다. 그리고 "너무 빨리…"라는 그녀의 말을 내가 막았다. "그런데 3일의 숙고 기간은 이미 지났어요." 내 말이 약간 건방지게 들렸을 수도 있다. 의사는 내가 '검사 결과를 받은 날로부터 임신중절 수술을 결정하기까지 3일이 완전히 지나야 한다'는 법을 숙지하고 있다는 사실을 확인해야만 한다. 하지만 의사는 "네. 하지만 나는 그래도 이런 경우라면 하지 않을 거예요"라고 부드럽게 말했다.

나는 조심스럽게 말해줄 사람을 만나기 원했다. 그런데 누군가 임신중절의 길을 막자마자 나는 내 권리를 주장했다. 마치 내가 비상구는 항상 볼 수 있어야만 하는 것처럼.

좋은 소식은 여의사가 이제 뇌량을 볼 수 있다는 사실이다. 12월 23일만 해도 양쪽 뇌 사이에 연결이 끊겼거나 발달이 상당히 더디다고 의심됐었다. 12월 23일에 검사했던 의사는 1주에서 2주가 지나야 분명하게 진단내릴 수 있다고 말했지만, 겨우 일주일이 지났을 뿐인데 뇌량이 보였다. 뇌량 하나 때문에 하마터면 아이가 더 이상 존재하지 못할 뻔한 느낌이었다.

여의사는 나에게 11시 43분에 찍은 3D 초음파 사진을 주었다. 그때 마르야는 왼손으로 눈을 가리고 있었는데, 미소를 짓고 있는 것처럼 보였다.

의사는 소견서에 다음과 같이 적었다. '부부의 근심이 큼. 특수 신생아학적 예상과 예후 판단을 원함. … 내 의견으로는 부부가 결정하는 데 급히 도움이 필요함. OO 교수가 이미 의학적 임신중절을 말함. 218조에 의거한 서류를 병원에 제출함. 임신중절 결정 시에는 그 병원에서 빠른 수술 날짜로 확실히 예약 가능.' 추천란에는 '태아의 뇌수종 경과 검사를 위해 2015년 1월 8일, 15시 30분에 우리 병원 소아과 의사 면담 예약'이라고 썼다.

나는 부모님께 새로운 검사 결과에 대해 말하면서 하이드로세팔루스Hydrocephalus라는 전문용어를 사용했다. 그리스어로 말하면 증상이 그리 심각하게 느껴지지 않았기 때문이다. "그래서 도대체 그게 무슨 말인데?" 아빠가 물어보셨다. "뇌에 물이 고이는 병이에요." 머릿속으로 구체적으로 그림을 그리셨는지 깜짝 놀라는 표정이었다.

나는 심지어 영적 치유자까지 찾아가서 도와달라고 빌었다. 다른 누구도 아닌 바로 내가! '왜 이렇게까지 하는 거야? 여기서 무엇을 찾는 거니?' 크리스마스에 교회조차 가지 않는 내가, 비판적인 저널리스트인 내가! 한번은 암에 걸린 사람을 여러 명 고쳤다고 주장하는 영적 치유자라는 여성과 전화 통화를 했다. 그녀에게 마르야의 상태가 너무 좋지 않아서 내가 마음의 안정을 찾을 수 없는 상황임을 장황하게 늘어놓았다. 영적 치유자는 연결을 하겠다고 굳게 약속했다. 누구와 무엇을 위해 연결한다는 말인지 이해가 되지 않았다. 그녀는 '마르야에게' 접속을 하겠다고 말했다. 나는 감사한 마음이 들었다.

나는 나중에 영적 치유자에게 메일을 한 통 받았다.

'마르야는 당신이 자기를 놓아주기를 원한다.'

2014년 12월 30일

임신 18주차 + 6일

나는 아침에 눈을 뜨자마자 프린터에서 새로 뽑은 종이를 꺼내 책상에 앉았다. '밤비노'라고 쓰인 빨간색 서류철을 열자 종이 더미가 쏟아졌다. 한쪽 모서리가 접힌 의사 소견서와 초음파 사진, 모든 것이 뒤죽박죽이었다. 나는 서류를 분류하고, 펀치로 구멍을 뚫어 '뱃속의 마르야'라는 새로운 바인더를 만들었다. 그다음 손에 볼펜을 쥔 채로 전화를 돌리기 시작했다. 익숙한 손놀림이었다. 누가 보면 내가 기사를 쓰고 있다고 생각할지 모른다. 하지만 이번에는 나의 삶에 관해 알아보는 중이다.

"이건 완전 엉망진창이에요."

"지금 상태를 봐서는 그리 심한 편은 아니에요."

마르야의 뇌를 두고 두 명의 의사가 각각 다른 말을 한다. 과연 누구의 말이 옳을까?

이전에 다니던 산부인과에 전화를 걸어 새로운 검사 결과를 알 수 있을지 물었다. "네. 톡소플라스마, 거대세포 바이러스, 파보바이러스 B19, 모두 음성으로 나왔습니다." 임신 초기에 했던 지난번 검사 결과와 동일하다. 이 말은 내가 급성으로 감염된 병이 없으므로, 이것이 기형의 원인은 아니라는 뜻이다.

이번에는 몇 주 전에 통화를 했던, 다운증후군이 있는 아들의 엄마에게 전화를 했다. "혹시 마르야와 같은 진단을 받은 아이를 알고 계세요? 다운증후군과 뇌에 물이 너무 많이 있는 아이요." "아니요." 여자는 자신의 모임에 메일링 리스트를 가진 사람이 있는데, 어쩌면 그가 알지도 모르겠다고 했다. 그러고는 다시 연락해주겠다고 했다.

의학유전학 병원에도 전화를 걸었다. 이곳에서도 21번 세염색체증과 뇌수종이 함께 있는 아이를 본 적이 없다고 했다. 나는 시간이 얼마나 남았는지 물었다. 법적으로 남은 시간이 아니라 견딜 수 없을 때까지의 시간. 나는 임신 19주차이고, 우리는 독자 생존 시기 근처까지는 가지 않겠다고 다짐했다. 마르야는 절대 어떤 것도 느껴서는 안 된다. 특히 죽기 전에 고통을 겪게 할 수는 없다. '임신 20주차, 21주차, 심장이 계속해서 뛸 수도 있다. 하나, 둘, 세 번의 호흡. 임신 22주차부터는 영아살해다.'

영아살해는 내 뱃속으로 바늘을 찔러 마르야의 심장에 주사를 놓는 방법이다. 처음에 이 방법을 들었을 때는 사형집행이라고 생각했다. 이제는 자비로운 방법이라는 생각이 든다. 마르야가 이전에 마취제를 투여받는다면 더 좋을 것이다. 아이가 '진통 속에서 죽는 것'보다 염화칼륨액이 든 주사를 맞는 편이 더 빠르고 자비롭지 않을까? 나는 이것이 무엇을 의미하는지 정확하게 알지 못했다. 내가 마르야를 지금 낳는다면 어떤 죽음이 아이를 기다리고 있을지 상상할 때마다, 항상 이야기가 이런 식으로 흘렀다. 의사들은 이렇게 돌려서 말하는 편이 부드럽고 자연스러우며, 태아를 죽인 뒤에도 그리 불편해하지 않을 거라고 믿는 걸까? 이들은 왜 이토록 애매한 태도를 취하는 걸까? 이 모든 것이 우리가 가질 부담감을 줄여줄까? 주삿바늘을 꽂지 않아도 되고, 심정지를 경험하지 않아도 되니까?

'진통을 통해' 끝내는 방법은 너무 가혹하게 느껴졌다. 내 몸이 마르야를 밖으로 밀어내려고 하면 마르야가 으스러뜨려진다고 상상했다. 그렇지만 아이를 감싸고 있는 동굴에서 아이를 내보내기 위해 내가 촉진제를 맞든지 아니면 염화칼륨액을 선택하든지 행위의 목적은 결국 동일하다.

초음파검사를 하러 갔던 병원에 전화를 걸었다. "12월 23일에 갔었는데 의료보험 카드를 잊어버리고 안 가져가서요. 오늘 카드를 가져다드려야 할까요?" 전화를 받은 사람은 접수처에서 등록 절차를 밟아준 간호사였다. 나는 크리스마스 전 마지막 근무일에 병원 문을 닫기 직전에 들어가 간호사의 시간을 완전히 뒤죽박죽으로 만들어 놓았다. 간호사는 마르야의 검사 결과를 알았고, 내 얼굴도 기억했다. 내가 제발 진료 예약을 잡아달라고 애걸했기 때문이다. 간호사는 내가 임신중절에 대해 말한 것을 알았다. “당연히 기억하죠. 그때 말씀하셨잖아요. 2분기가 끝나간다고요!”

12월 23일에 교수의 사무실에서 전화가 왔었다. 잊어버리고 안 가져온 의료보험 카드 때문이라고 했다. 나는 카드를 가져다주겠다고 말했다. 비서는 나에게 그럴 필요 없다고 했다. 자신이 이미 보험회사에 문의했고, 다 잘 처리됐다고 덧붙였다. 비서의 말투에 친절함이 담겨 있어서 눈물이 나올 정도로 고마웠다.

이어서 산전검사 병원에 전화했다. 우리는 이미 그곳에 여러 번 다녀왔다. 의사는 21번 세염색체증과 뇌수종이 동시에 있는 사례를 본 적이 없다고 했다. 그는 뇌와 심장에 이미 이상이 있으면 다른 기형도 추가로 생길 확률이 높다고 말했다. 어쩌면 나중에 자궁 안에서 발육 부진이 일어날 수도 있다고 했다.

“아이가 전체적으로 문제가 너무 많습니다.”

독자 생존 시기 전까지는 임신중절 수술을 해도 문제가 없다. 하지만 이를 넘어서 더 늦은 시기에 중절 수술을 할 경우에는 조산사와 의사, 사제로 구성된 병원의 윤리위원회까지 이 일에 관여하게 된다. 그렇게 되면 ‘수술을 해줄’ 병원의 수는 더 줄어든다.

우리는 인터넷 커뮤니티에서 ‘다운 플러스’라는 곳을 찾았다. 그곳에 '다운증후군+X=?'라는 검색어를 입력했다. 우리는 마르야처럼 뇌수종 진단을 받은 아이를 찾기를 바랐다. 그리고 그런 진단을 받았지만 살아남은 사람을 찾고 싶었다. '다운+뇌수종'이라는 검색 결과는 없었다. 그 대신에 다운+자폐증, 다운+간질, 다운+ADHD만 있었다. 차라리 모르면 좋았겠다는 생각이 들었다. 우리는 마르야의 상황을 설명한 뒤, '혹시 자녀 중에 이런 비슷한 일을 겪은 분이 계신가요? 여러분의 아들과 딸은 지금 어떻게 지내나요?'라고 물어보았다. 그러자 바로 수많은 답변이 쏟아졌다. 대부분이 따뜻한 위로를 건네며 희망을 가지라고 응원하는 말이었다. 한 가족은 우리에게 환영한다고 반겨주었다. 하지만 마르야처럼 이중으로 문제가 있는 아이를 둔 부모는 없었다.

오늘 아침에 의학유전학 병원의 여의사가 소아신경외과 의사를 소개해주었다. 여의사는 그의 이름을 말하면서 많은 사람이 그와 상담하고 나서 뇌수종이 있는 아이를 낳기로 결정했다고 덧붙였다. 그리고 그가 수술을 마치고 나오면 오늘 오후에 나에게 전화를 줄 것이라고 약속했다.

소아신경외과 의사는 매우 호의적인 태도로 우리를 대했다. 우리는 의사에게 마르야의 증상에 대해 인터넷에서 검색했지만 많이 알아낼 수 없었다는 것과 이리저리 의사를 찾아다닌 일에 대해 들려주었다. 지금도 더 많은 정보를 찾으려고 한다고 덧붙였다. 의사는 "저라도 그렇게 했을 겁니다. 잘하고 계시네요"라고 말했다.

하지만 우리는 이내 실망했다. 의사는 뇌수종과 다운증후군이 함께 있는 사례는 극히 드물어서, 자기도 그런 환자를 치료해본 경험이 없다고 했다.

의사는 두 문제를 각각 독립적으로 떼어서 보는 것이 어떻겠냐고 제안했다. 먼저 뇌에 물이 찬 문제를 보자고 했다. 한 시간에 걸친 전화 상담이 끝났을 때 A4용지 두 장이 메모로 가득했다. 이에 대한 연구 보고서가 한 편 있고, 결과에 대한 확률도 있었다. 또 이전의 사례들도 있었다. 그러자 뭔가 정리되는 느낌이었고, 정리가 된다는 사실 자체가 행운으로 느껴졌다. 어쩌면 마르야는 임신 24주차에 머리에 찬 물이 저절로 빠지고, 상태가 호전될 수 있는 아이에 속할 수 있다.

만약 그렇지 않으면 마르야는 나중에 관을 삽입해서 뇌수가 빠질 수 있도록 하는, 이른바 션트Shunt 수술을 받아야 한다. 문제는 션트로 감염이 유발되고, 이 감염으로 '다른 지적 장애'가 발생할 수 있다는 점이다. 어쩌면 나는 부모들이 모인 커뮤니티에서 다운증후군과 지적 장애에 대한 새로운 창을 생성할지도 모른다. 정말 끔찍한 일이다.

하지만 이번 의사는 해결책에 대해, 내가 취할 수 있는 방법에 대해 말했다. 초음파검사를 했던 많은 의사 가운데 그 누구도 이렇게 적극적으로 문제를 해결하려는 사람을 보지 못했다. 게다가 마르야가 정말 션트를 뇌에 삽입해야 할지 아닌지도 명확하지 않았다. 소아신경외과 의사는 산전검사 전문의와 함께 마르야의 뇌를 관찰해보겠다고 약속했다.

내 메모지에는 숫자와 주요 단어들, 화살표가 가득했다. 나는 그중 파란색 펜으로 테두리를 친 한 문장을 단어 하나씩 짚어가며 반복해서 읽었다. "수술 뒤에 중증 장애가 될 확률보다 다운증후군의 일반적 특징이 있는 아이가 될 확률이 더 크다."

이제 독자 생존 시기까지 3주를 남겨놓았다.

마르야가 연결해준 만남들

2014년 12월 31일

드디어 찾았다. 마르야와 같은 진단을 받은 남자아이인데 살아 있다! 아이의 가족은 독일 남부에 있으며, 다운증후군 자조 모임을 통해 내가 보낸 이메일을 확인했다고 한다. 아이의 아빠가 전화를 받았다. 나는 너무 미안했다. 이른 오후였고, 이제 몇 시간 뒤면 올해 마지막 날 저녁 식사 시간이 시작된다. 남자는 괜찮다며 아이 엄마는 잠깐 자러 갔다고 말했다.

아들의 수술에 대해 말한 뒤 본론으로 들어가기도 전에 남자가 말을 꺼냈다. "우리 아이는 그냥 보통 아이 같아요." 아이 덕분에 많은 기쁨과 행복이 집에 깃든다고 말했다. 다음 주에는 가족 모두 아이의 승마 치료를 위해 알고이에 간다고 했다.

아이는 엄마 뱃속에 있을 때 뇌출혈이 생겼고, 미숙아로 태어났다. 21번 세염색체증에 심장 결손과 뇌수종까지 있었다고 했다. 그랬는데 지금은 열 살이 되었다. 아이는 걷고, 자기가 무엇을 먹고 싶은지 말하고, 농장에서 소멱이 주는 일을 돕고, 식탁을 차리고, 춤도 추고, 노래도 부른다. 책을 읽지는 못하지만 그림은 이해한다. 옷을 입고 벗는 일을 힘들어하고, 아직 기저귀를 찬다고도 했다. 어떤 것이 마음에 들지 않으면 바닥에 드러눕고, 무엇인가 반드시 하고 싶으면 할퀴고 꼬집는다. 플레이 모빌, 곰돌이 푸, 회전목마, 기차 타기와 동물 등, 자기가 무엇을 좋아하는지도 아는 아이다. 싫어하는 것도 확실했다. 끝없이 넓은 바다였다. 나는 그 아이의 사랑스러운 모습을 상상했다.

2015년 1월 1일

나는 자신을 스스로 가뒀다. 아니, 다른 사람이 들어오지 못하도록 문을 닫았다고 하는 편이 옳다. 열쇠로 문을 잠그고, 거리를 뒀다. 나와 다른 사람 사이에 문이 하나 생겼다. 방에는 침대와 의자, 책상, 책장, 그리고 옷장만 있었다. 창밖으로 보이는 포도밭과 교회를 향한 내 시선은, 11월 19일에 21번 세염색체증이라는 진단 결과를 들었을 때와 같다.

나는 다시 친정으로 왔다. 이곳이 아니면 어디로 가야 할지 잘 몰랐다. 내 친구들은 이곳에 없고, 다른 도시에 살거나 겨울 휴가를 떠났다. 나는 크리스토프를 보고 싶지 않았다. 싸움이 일어나고 상처가 아물기도 전에 다시 새로운 싸움이 터졌다. 나는 마르야를 생각하며 있든지 마르야 생각을 안 하든지, 다시 마르야를 생각하든지 안 하든지를 반복하며 하루를 보냈다. 최소한 한 해의 마지막 날은 드디어 지났다. 엄마와 아빠는 내 방을 두드리며 제발 방 밖으로 나오라고 애원했다. 나는 침대에 누워 새해 인사를 하지 않아도 될 만한 날짜가 오기만을 기다렸다.

나는 며칠 동안 방에서만 지냈다. 가끔씩은 아래층으로 내려가 밥을 먹었다. 내가 소리를 지르다가 침묵하기를 반복해 부모님은 상처를 받았다. 알고 있었다. 그러나 상관없었다. 나는 온통 내 아이에게만 신경을 쏟았다.

나는 방에서 내 과거를 돌아봤다. 책장 맨 아래 칸에는 어릴 적에 찍은 사진첩이 있고, 위 칸에는 인형의 집이 있다.

엄마의 예순 살 생신 때 인형의 집을 사드린 게 벌써 10년도 더 지난 일이다. 엄마는 2차세계대전 후에 태어났다. 어렸을 때 인형의 집을 너무나 갖고 싶었다는 이야기를 듣고 난 뒤, 나는 매번 다른 나라에 갈 때마다 인형의 집을 채우려고 선물을 사왔다. 인형의 집 거실에는 홍콩에서 가져온 작은 가계도가 걸려 있는데, 친정집 거실에도 실제로 비슷한 그림이 걸려 있다. 일본에서 사온 앙증맞은 초밥 접

시도 인형의 집에 들어 있다. 엄마에게 드린 인형의 집은 아무 데서나 볼 수 있는 장난감이 아니다. 우리 가족을 보여주는 물건이다. 슈바르츠발트 지역에 있는 우리 별장에 걸린 커튼과 똑같은 커튼이 인형의 집 창문에 걸려 있다. 할아버지가 언젠가 크리스마스 선물로 주신 큰 뻐꾸기시계와 똑같이 생긴 시계가 인형의 집 부엌에 걸려 있다. 내가 프리다를 집으로 데리고 왔을 때에는 프리다와 똑같이 생긴 강아지 모형을 만들었다. 내가 만든 잡지도 미니어처로 똑같이 침대 옆에 두었다. 인형의 집에 작게 나뉜 공간에 우리의 실제 삶이 예쁘게 채워졌다. 엄마는 몇 년에 한 번씩은 이렇게 한눈에 다 들어오는 작은 세상의 먼지를 털어냈다. 얼마 전부터는 종이로 만든 웨딩드레스가 옷장 문에 걸렸고, 이제는 아이 방을 꾸밀 일만 남았다. 사실 지난 크리스마스에 엄마에게 작은 요람을 만들어주려고 했었다.

그런데 과연 요람을 만들 일이 생길까? 인형의 집에서 환자용 침대를 본 적은 한 번도 없다.

2015년 1월 2일

어둠 속에서 프리다가 침대로 껑충 뛰어올라, 내 발치에서 코를 발에 묻고는 몸을 웅크렸다. 순간 나는 임신 기간 동안 조심해야 할 위험 요소에 대해 생각했다. 몇 주 전에 한 친구의 집에 초대받았을 때, 나는 앞으로 아홉 달 동안은 그 집에 가지 않겠다고 마음먹었다. 집에 고양이가 두 마리나 있기 때문이다. 간호사들이 고양이 배설물이 옮길 수 있는 톡소플라스마 병원균을 조심하라고 경고했다. 하지만 개는 해가 되지 않는단다. 나는 프리다가 내 침대에서 자도 괜찮다고, 오늘 밤 하루 정도는 괜찮다고 허락했다.

2015년 1월 3일

임신 19주차 + 3일

나는 기차를 타고 다시 내 집으로 돌아왔다. 집주인은 새로운 세입자에게 집을 보여줄 날짜를 잡았고, 가스보일러 수리 날짜도 예약했다. 예전의 삶을 청산하는 것이다. 그다음에는?

집 근처 아기용품 가게에 다시 들렀다. 몇 주 전에 이곳에서 마르야에게 줄 달팽이 인형을 샀다. 나는 쇼윈도 너머에 단발머리를 한 친절한 판매원을 보고 즉흥적으로 가게 안으로 들어갔다. 아이가 21번 세염색체증이라고, 다운증후군이라는 진단을 받았다고 말하자, 판매원은 따스한 태도를 보였다. 그녀가 나에게 용기를 북돋아주리라는 희망으로 가게에 들어간 것일까? 어쩌면 그랬을 수도 있다. 나의 불행에 대해 낯선 사람과 이야기하는 편이 좀더 쉬웠다. 우리는 요람이 진열된 곳에서 조용히 이야기를 나눴다. 마르야의 뇌에 물이 많이 찼다고 이야기하자 판매원은 말을 멈췄다. 그녀는 손님 중에 저신장증 아이를 키우는 사람이 있는데, 최근에도 아이의 겨울 방한복을 사러 들렀다고 했다. 아이의 엄마는 다른 엄마들의 시선을 참기 어려워 항상 가게 문이 닫힐 무렵에 온다고 했다.

2015년 1월 5일

임신 초기에는 통이 넓은 스웨터가 가려준 덕에 청바지의 윗단추를 풀어놓을 수 있었다. 하지만 더 이상 맞는 옷이 없다. 그래도 나는 임부복을 살 생각이 없었다. 계속해서 임신을 유지할지 아닐지 모르는 상태니까. 그렇다면 어떻게 하면 좋을까? 결국 판초만 하나 새로 샀다. 판초는 언제나 입을 수 있으니까. 나는 판초에다 까만색 레깅스를 입으면 원피스를 입은 것처럼 보일 거라 믿었다.

이전부터 좋아하던 가게를 찾아갔다. 상점의 판매원은 나를 잘 알았다. 우리는 몇 년 전부터 탈의실과 계산대 사이에 서서 수다를 떠는 사이다. 판매원이 내 배를 보고 미소를 지으며 말을 걸어오기에 나는 마르야의 검사 결과에 대해 말했다. 그다음에 약간 이상한 일이 생겼다. 그녀는 자신의 상처에 대해 털어놓았다. 친구가 내뱉은 말이 화살처럼 자기 마음을 아프게 찔렀다고 말했다. 엄마가 뇌졸중으로 쓰러져서 휠체어를 타고 다니는데 한 친구가 이런 말을 했단다.

"그래, 그런 거 밀고 다니니까 재미있어?"

'그런 거.' 나는 그 말에 담긴 무례함에 깜짝 놀랐다.

마르야는 아직 태어나지도 않았는데, 벌써부터 나에게 깊이 있는 만남을 주선해주는 듯하다. 사람들은 누군가 먼저 털어놓기 시작하면 마침내 자신의 상처 입은 여린 마음에 대해 이야기해도 된다고 믿는 것 같다.

2015년 1월 6일

며칠 전부터 맑은 액체가 비쳤다. 어젯밤에 택시를 타고 혼자 병원으로 갔다. 혹시 양수가 터져서 흐르는 것이 아닌지 걱정됐다. 나는 여의사에게 물었다.

"임신 20주차인데 정말 양수가 터진 거면 손을 못 쓰는 건가요?"

의사가 답했다. "그렇긴 합니다." 다행히 파수가 아니라는 검사 결과가 나와서 기뻤다.

한 친구는 자신의 동료 중에 임신 27~28주차에 아이를 잃은 사람이 있다고 했다. 밖에서 들리는 아이들의 웃음소리가 동료에게 상처가 될까봐, 1년간 사무실의 창문을 열 수 없었다고 했다.

나는 어제의 일에 대해 생각했다. '그런 것'을 밀고 다니는 일. 익히 알고 있는 것 가운데 무엇 하나라도 더 이상 그 기능을 하지 못하게 되면, 또는 그 기능을 안 하면 우리는 얼마나 잔인해지는가! 세상에 태어날 마르야처럼 말이다. 우리 모두 내일 아니면 20년 뒤에 갑자기 뇌졸중으로 쓰러질 수도 있고, 장애인이 될 수도 있는데.

안네의 마사지 숍에 가서 침대 시트 위로 올라갔다. 나는 안네에게 전기매트를 틀어달라고 부탁하고 담요도 하나 더 덮어달라고 했다. 종일 덜덜 떨릴 정도로 온몸이 추웠다.

내 임신을 나타내는 몸짓이 있다면, 아마 많은 의사들이 케이스에서 빳빳하게 접힌 천을 빼서 건네주는, 반복을 통한 숙련된 동작일 것이다. 대부분은 내 얼굴을 쳐다보지도 않고 말도 하지 않았다. 시선을 마주치지도 않은 채, 내 살에 초음파검사 때 쓰는 차가운 젤을 발랐다. 내가 투명하고 축축한 젤을 배에서 닦아낼 때, 의사는 이미 다른 생각을 하고 있는 듯했다. 어쨌든 그는 검사를 마쳤으니까.

나는 안네에게 "할 수만 있다면 여기에 계속 누워 있으면 좋겠어. 다시 일어나기 싫어"라고 말했다. 이곳에서는 아무것도 결정하지 않아도 된다. 이 공간에서는 모든 것이 좋다. 커튼 뒤로 노란 불빛이 비쳤다. 천장에는 청동으로 된 등이 있고, 티라이트에는 모래 색깔의 불빛이 빛났다. 내 배도 밝게 빛났다.

2015년 1월 7일

임신 20주차

오늘 드디어 며칠 전에 통화했던 소아신경외과 의사에게 진찰받을 수 있는 날이다. 병원에 함께 가려고 크리스토프가 왔다. 우리가 만나던 초음파 전문의가 소아신경외과 의사를 공식적으로 소개했다. 나는 "이미 오랫동안 통화를 했죠?"라고 말했다. 의사는 "어쩐지 우리가 이미 잘 아는 사이 같네요"라고 대답했다. 우리는 웃었다. 나는 안심이 됐다.

의사가 초음파검사를 시작했고, 나는 어떤 새로운 것 혹은 어떤 나쁜 무엇인가가 또 발견될까봐 겁이 난다고 말했다. 의사는 이미 여러 가지 진단을 받았는데 무엇이 또 있겠냐고 대답했다. 통계적으로 봤을 때 연결고리는 언젠가 끊어지기 마련이라고 했다.

"두 번 추락을 하면…."

"그럼 무조건 항공사 상용고객 우대 카드를 마련해야지요"라고 산전검사 의사가 덧붙였다.

나는 임신중절 수술 예약 날짜를 얼마 남겨놓지 않은 크리스마스 이브 오전에 통화했던 의사에 대해 이야기했다. 뇌수종 때문에 아이를 매우 이른 시기에 뱃속에서 꺼내야 한다는 견해였다. 소아신경외과의와 산전검사 전문의는 서로 쳐다보더니 고개를 좌우로 흔들었다. 극히 드문 경우에나 그럴뿐더러, 만약 그렇더라도 임신 34주차가 되어야 가능하다고 했다.

이제 마르야를 위한 의료진은 두 도시에 두 팀이 있다. 내 고향 도시에는 의학유전학 의사가 추천해준 소아신경외과 의사와 산전검사 전문의가 있는데, 이 두 의사가 마르야의 뇌가 찍힌 초음파 사진을 분석했다. 그리고 크리스토프가 사는 도시에는 기독병원에서 일하는 산부인과 여의사와 우리가 아직 만나지 못한 신생아학과 의사가 있다. 산부인과 여의사는 다음번 진찰 때 중환자실에서 일하는 그 의사를 데려오겠다고 했다. 태아 한 명을 위해 의사가 네 명이나 투입됐다.

독자 생존 시기까지 이제 2주 남았다.

진실은, 우리가 그것을 알지 못한다는 것

2015년 1월 9일

임신 20주차 + 2일

나는 의사들과 협상을 시작했다. 내가 원하는 건 아이와 같이 크리스마스 쿠키를 굽고, 썰매를 타는 것뿐이라고 매달렸다. 나는 그저 마르야가 유치원에서 놀 수 있기를 원한다고. 의사들은 하나같이 말없이 고개만 끄덕였다.

우리는 의사의 말 한마디를 부여잡고, 그의 말에 담긴 얽히고설킨 의미에 대해 수많은 질문을 퍼부었다. 수염을 기른 친절한 신생아학과 교수가 처음으로 자리에 같이했다. 그가 말했다. "제 소견으로는 아이가 전형적인 다운증후군이 될 수 있는 가능성을 배제할 필요가 없을 듯합니다." 이어서 "빨간 영역과 녹색 영역을 가리키는 바늘이 있다고 생각했을 때 아이는 가까스로 녹색 영역에 있습니다"라고 덧붙였다. 뇌가 마치 예측 불가능한 기관처럼 연상됐다. 뇌는 원기를 회복하다가, 가끔씩 즉흥적으로 무엇인가를 한다. 우리는 뇌에 물이 심각하게 많이 찼는데도 택시를 몰며 시내를 누비고 다닌 택시기사에 대해 들었다. 그다음에는 경련에 대한 말을 들었다. 나는 마르야가 떨면서 몸을 움찔거리고 부딪치는 모습을 떠올렸다. 속이 메스꺼워졌다.

마르야의 뇌에 대해 좀더 많은 정보를 얻으려면 뱃속에 있는 상태에서 MRI를 찍는 방법이 유일하다고 한다. 빈에 저명한 전문의가 있다는 말을 들었다. 빈! 난 이미 독일 전역을 돌아다니며 많은 전문가를 만났다. 이제 오스트리아까지 찾아가면서 나 자신을 괴롭히고 싶진 않았다. 게다가 만족스러운 MRI 결과를 받으려면 임신 32주차는 되어야 한다고 했다. 우선은 뇌가 어느 정도 발달해야 하기 때문이란다. "32주차라고요?" 의사에게 되물었다. "그때 가서 검사 결과를 받은 뒤에 무엇을 할 수 있는데요?" 우리는 더는 빈 이야기를 꺼내지 않았다.

크리스토프와 나는 초음파검사 예약이 잡힌 시간에 함께 병원으로 갔다. 크리스토프가 커피를 가지러 가서 아직 오지 않았을 때였다. 12월 26일에 미숙아 병동에서 만났던 젊은 소아과 의사가 병원 복도에 서 있는 나에게 조용히 말했다. "아이는 엄마와 아빠, 둘 다 필요해요." 의사는 크리스토프와 나 사이의 분위기가 2주 전과 다르다는 것을 눈치 챘다.

2015년 1월 10일, 오후

주말이다. 우리는 친정 부모님과 함께 가구점으로 향했다. 우리가 새로 구한 아파트, 크리스토프와 나의 첫 집은 아직 정리되지 않은 상태였다. 집 안 곳곳에 쌓여 있는 상자를 치워야 했다. 가장 좋은 자리는 식탁 의자가 있는 곳으로, 아침이면 의자는 햇빛 속에 들어 있었다.

가구점에서 지적 장애로 보이는 딸이 있는 한 가족과 마주쳤다. 열여덟 살에서 스무 살 정도로 보이는 갈색 머리를 한 여자가 휠체어에 앉아 있었다. 나는 그녀를 바라보는 연습을 했다. 평소처럼 슬쩍 지나치는 것이 아니라, 내가 침대와 욕실 인테리어 코너에서 마주친 다른 모든 사람처럼 자세히 보고 싶었다.

그 가족은 평소에 주말을 어떻게 보낼지 궁금했다. 크리스토프는 그들은 오늘 아침 분명히 이른 시간에 길을 나섰을 것이라고 말했다. 나는 고개를 끄덕였다. "장애가 있는 사람은 왜 생김새가 다른 걸까?"라고 내가 묻자, 크리스토프가 답했다. "내 생각에는 장시간 동안 특정한 근육을 사용하지 않기 때문에 그렇게 된 것 같아."

'뇌수종'이라는 진단을 받고 얼마 지나지 않아 통화했던 산전검사 전문의가 한 말이 생각났다. 의사는 자율적인 삶을 살 수 있는지가 관건이라고 했다. 정말 그럴까? 당연히 나도 자율을 삶의 신조로 삼는다. 하지만 자율만이 사람의 생존 가치를 판단할 수 있는 기준일까? 남에게 의존하면서 사느니 차라리 죽는 편이 더 나은 걸까?

행복하다는 느낌이나 고통에서의 해방이 아니라 어째서 자율적인 삶이 가장 중요할까? 이것이 시대와 문화가 만들어낸 목표이기 때문일까? 아니면 내가 너무 순진한 걸까? 어떤 수준에 이르러야 타인에게 의존하는 삶이 더 이상 행복하지 않다고 느껴질까? 얼마나 고통이 심해야 행복으로도 보상받을 수 없는 정도가 될까?

크리스토프는 예전에 수영장에서 시각장애인 아들 둘을 데리고 오는 한 아버지를 가끔 본 적이 있다고 이야기했다. 서른다섯 살 전후로 보이는 두 아들은 늘 손을 잡고 다녔다고 했다. 일흔 정도로 보이는 아버지가 아들에게 비누칠을 해주고, 두 아들은 샤워를 할 때도 나중에 옷을 입을 때도 여전히 손을 잡고 있었다고 했다. "정말 엄청나지? 그래, 그들도 햇빛이 얼굴을 비추면 행복하다고 느낄 거야. 하지만…."

크리스토프와 나는 마르야가 다른 증상 없이 다운증후군만 있다면 기쁠 거라고 말한다. 마르야가 우리 친구의 아들인 파울처럼 웃고, 뛰고, 소시지를 먹고, 정원 수영장에서 물장구를 칠 수 있다면. 파울처럼 다른 사람들과 많은 것을 함께할 수 있다면 좋을 텐데. 크리스토프는 "파울은 금본위"라고 말했다. 그의 말을 풀이하자면 파울은 '최고의 참고 사항'이다.

2015년 1월 10일, 저녁

"이것도 그 자체로 행위야. 행동 자체라고. 나는 참을 수 없어!" 나는 크리스토프에게 말했다. 크리스토프는 이해한다고 답했다. 나는 엄마에게 마르야가 저절로 죽는 건 다르다고 말했다. 의학유전학 의사가 21번 세염색체증이 있는 태아는, 염색체 장애가 없는 아이보다 엄마 뱃속에서 사망하는 경우가 더 많다고 하지 않았었나?

2015년 1월 11일

"의사들은 당연히 너에게 모든 진실을 말해주지 않아." 나는 아빠의 말을 전혀 이해하지 못한 채 멍하니 바라보았다. "아니요. 의사들은 있는 그대로 진실을 다 말해줘요." 아빠에게 말하면서 생각했다. 그런데 무엇이 진실일까?

우리는 모든 의사를 붙잡고 항상 같은 것을 물었다. "아이가 걸을 수 있을까요? 말도 하고, 앞을 볼 수 있을까요?" 내가 할 수 있는 일은 그저 묻는 것뿐이다. '진실은 누구에게나 타당하다.' 이 문장은 내가 좌우명으로 삼는 몇 안 되는 문구 중 하나다.

"진실은, 우리가 그것을 알지 못한다는 것입니다." 의사가 말했다.

우리는 뱃속에 있던 아이를 생후에도 몇 년 동안 관찰한 의사가 거의 없다는 사실을 알게 됐다. 산부인과 의사는 아이가 세상에 나올 때까지만 검사한다. 그리고 소아과 의사는 아이가 엄마 뱃속에 있을 때 찍은 초음파 사진을 알지 못한다. 산전검사 전문의는 내가 임신한 상태에서 마르야에게 정확한 진단을 내리는 일은 어렵다고 말했다. 그래서 마르야 같은 사례에 대한 연구가 거의 없다고 한다. "이런 경우 대부분의 부모가 아이와 떨어지기 때문이죠."

나는 새로운 소아신경외과 의사와 통화를 했다. 이번 의사가 또 다른 소아신경외과 의사가 생각하지 못한 무엇인가를 알지도 모른다고 생각했다.

"우리 아이의 뇌실에 물이 12밀리미터 있다고 하는데, 이게 무엇을 뜻하는지 아세요?"

"12밀리미터라고요? 글쎄요, 잘 모르겠습니다. 무슨 진단을 받으셨나요?"

"제가 몰라서 전화를 드렸어요. 저희가 들은 건 물이 12밀리미터 있다는 것뿐이라서요."

"어떤 진단을 받으셨는지 알아야지만, 아이가 나중에 어떻게 될지 말씀해드릴 수 있습니다."

"언제쯤 진단을 내릴 수 있나요?"

"어려운 질문입니다. 사실은 태어난 다음에나 가능하거든요. 가끔은 생후 1년이 지나야 알 수는 경우도 있고요."

우리는 초음파 영상으로 무엇을 보는지 알지만, 그 의미는 알지 못했다. 진단이 내려졌어도 그다음에 아무런 조치도 할 수 없다면 무슨 소용일까? 사실상 예후가 없다면? 진찰 결과가 옳아도 확실한 결정을 내리는 데 무용지물이라면, 무엇을 위해 우리는 태어나지도 않은 아기를 점점 더 정밀하게 검사하려고 할까? 이 모든 산전검사는 무슨 용도일까? 우리는 우리를 현명하게 만들어주지 않는 지식만 창출하고 있다.

결국 소용돌이에 말려들었다. 첫 번째 이상 징후로 마음이 불안해지고 두려움이 커졌다. 두려움을 없애기 위한 유일한 해결책으로 계속해서 다른 검사를 했다. 하지만 문제를 해결하는 것이 아니라 파문만 일으켰다. 임신 기간 내내 그렇게 '후속편'이 이어졌다.

가끔은 절망을 바꾸는 데 성공하기도 했다. 크리스토프와 나는 우리에게만 허용되는 농담을 주고받았다. 다른 사람은 절대 해서는 안 되는 그런 농담이었다. 예를 들어 우리가 주차할 곳을 찾아 주차장을 계속 돌아야 할 때면 이렇게 말했다.

"마르야가 우리한테 장애인 주차장 이용증을 줄 테니 그걸 거래하면 되겠다." 다른 농담도 있었다.

"너는 뇌량이 없구나."

"심실이 부었어? 왜 그래?"

초음파검사를 할 때 의사가 “예쁜 벌레가 한 마리 있군요”라고 말하면, 나는 “우리는 어떤 신체 부위라도 환영합니다”라고 답하며 좋아했다. 우리는 벌레 한 마리가 소뇌를 의미한다는 것을 배웠다. ‘예쁜 벌레가 생겼다’는 기형이 한 가지 적어졌다는 의미였다.

2015년 1월 12일

여의사는 마르야의 심실이 붓는 것은 한 가지 증상일 뿐이지, 진단이 아니라는 사실을 설명하려고 애썼다. 의사는 이것을 열과 비교했다. 즉, 열은 무엇인가에 대한 신호다. 하지만 도대체 무엇에 대한 신호란 말인가. 혈액검사가 있기 전에는 증가한 뇌수를 보고 태아가 21번 세염색체증이 있음을 가끔씩 ‘낚아 올렸다’. 다시 말해 몇몇 사례에서 둘의 연관성을 추측했지만, 이 조합이 반드시 전형적인 것은 아니다. 지금처럼 ‘가볍게 팽창한 정도’로는 추측하는 일이 어렵다. 신생아학과 교수가 말했다.

“무엇을 묻고 계신지 알지만 저희로서는 드릴 답이 없습니다.”

나는 스스로 이런 미친 상황을 자초한 게 아닌지 자문했다. 분명, 그때 혈액검사를 받지 말았어야 했다. 아니, 그랬더라도 다음번 정기검진 때 의사는 21번 세염색체증이 있는 아이에게서 나타나는 심장 결손을 발견했을 것이다. 즉, 임신 13주차가 아니라 늦어도 20주차에 하는 초음파검사 때 뜬금없이 염색체 장애일 수도 있다는 말을 들어야 했을 것이다. 아니면 아예 초음파검사까지 완전히 포기하고, 나의 모를 권리를 주장할 수도 있었겠지. 하지만 그 일은 분별없고, 경솔하다. 마르야를 출산한 이후 최악의 경우에 귀중한 시간을 잃지 않기 위해, 마르야를 죽이지 않기 위해, 헬리콥터를 타고 어디론가 실려 가지 않도록 마르야의 기관이, 다른 곳도 아닌 심장이 제대로인지를 검사하는 게 옳지 않을까? 마르야의 심장에 문제가 있다는 것을 알려준 초음파검사는 마르야를 대기자 명단의 환자로 만들었다. 하지만 마르야를 미래의 의사에게 소개하는 동안에 '우연히 발견된 소견'이 우리 삶을 강타했다. 이 '우연한 소견'은 마르야의 삶에 대해 아무것도 말해주지 않는다. 이것은 뱃속에 있는 동안에 수술이나 치료를 요구하지 않는다. 이것은 마르야에게 전혀 도움이 안 된다. 그런데 이것은 우리에게 마르야를 죽여도 좋다고 허락한다.

2015년 1월 13일
임신 20주차 + 6일

나는 '레벤스힐페'에 상담을 예약했다. 이제 독자 생존 시기까지 일주일밖에 남지 않았다. 이제는 시간이 없지만 마르야가 죽을 때 아무런 고통도 느끼지 못한다는 확신이 필요했다. 나는 결정해야 한다.

결심해야 한다. 산전검사 전문의는 독자 생존의 시작은 중요한 요소라고 몇 차례나 강조했다. 의사의 말도 존중하고, 결정도 하고 싶다. 결정을 내려야만 한다. 그렇지 않으면 다른 사람이 나 대신 결정할지 모른다. 예를 들어, 그때 산전검사 전문의가 말한 불길한 전조를 풍기는 윤리위원회 같은 곳이. 하지만 결정할 수 있으려면 나는 더 많은 것을 알아야만 한다.

의학 전문가들은 나에게 큰 도움을 주지 못했다. 이제는 실제 삶에 대해 잘 아는 전문가에게 물어볼 차례다. 나는 부모와 아이 모임에 참석해서 한번 봐도 괜찮을지 물어볼 예정이었다. 더 이상은 전화로 문의를 하거나 받아 적는 것이 아니라 우리와 같은 처지인 가족들이 어떻게 사는지 보고, 듣고 싶었다. 어쩌면 우리도 곧 그들처럼 될지도 모르니까.

다른 사람과 대화를 나누다 보면 많은 사람이 '초음파 전문의가 그러는데…'로 말을 시작했다. 최근에는 이다와 이야기를 하는데 갑자기 이다가 "초음파 전문의가 말이야…"라면서 내 말을 중간에 끊었다.

"그 초음파 전문의가 나중에 너희와 함께 사는 게 아니잖아."

중요한 질문은 따로 있었다.

"너, 장애가 있는 아이와 함께 살 수 있어?"

나는 만나기로 약속한 사람을 기다리면서 로비에 놓인 신문을 훑어보았다. 장애가 있는 젊은 여성이 성추행을 당했다는 기사가 눈에 들어왔다. 이런 주제에 대해서 지금까지 한 번도 생각해본 적이 없었다. 마르야에게 이런 일이 생기지 않도록 하려면 어떻게 해야 할까? 우리는 언젠가 마르야를 돌보기에 너무 늙어버릴 것이다. 크리스토프와 내가 죽으면 누가 마르야를 돌보지?

우리가 마르야를 낳기로 결정한다면, 어디에서 도움을 받을 수 있을지도 오늘 물어보고 싶었다.

심리학자는 나를 자신의 사무실로 안내했다. 작은 탁자를 사이에 두고 앉았다. 내 앞에는 찻잔이 놓여 있었다. 내가 앉은 쪽에 티슈 상자가 없다는 것을 깨달았다. 지난 몇 주 동안 찾아갔던 심리학자의 책상에는 한 군데도 빼놓지 않고 손을 뻗으면 닿을 곳에 티슈 상자가 놓여 있었다. '당신은 티슈가 필요할 것입니다. 여기 있어요.' 마치 그들의 확신이 티슈 상자로 물질화된 것만 같았다.

티슈 상자가 없는 게 우리 대화에도 잘 어울렸다. 나는 심리학자가 괜찮은 사람이라는 인상을 받았다. 똑똑하고, 현명하고, 무엇보다 함부로 슬퍼하지 않았다. 나는 심리학자에게 어떤 삶을 사는지 물어보았다. 매우 다채로운 삶이었다. 대학에서 흥미로운 연구 프로젝트를 진행하고 있고, 남편은 예술가였다. 아이는 네 명인데, 막내아들이 지적 장애인이라고 했다. 이미 성인이 됐고, 아들의 여자친구는 다운증후군이 있다고 했다. 나는 귀를 쫑긋 세우고 그녀의 이야기를 들었다. 장애가 있어도 사랑에 빠지고 행복하게 살 수 있구나.

심리학자는 사실 자신에 대해 그다지 말을 많이 하는 편이 아니라고 했다. 어쩌면 그녀는 내가 마르야를 위해서만 삶을 설계하는 것이 아니라 나 자신의 삶을 계획하고 있는 것을 느꼈는지도 모른다. 나는 어떤 인생 계획을 세울 수 있을까? 심리학자는 부모 상담시간이 있다는 것을 알려주고, 《로타의 깜짝 선물 봉투》라는 책을 건네주었다. 저자가 나처럼 기자였다. 그녀도 나처럼 베를린의 대학에서 정치학을 전공했고, 심지어 이름도 나랑 똑같이 '잔드라'였다. 다른 잔드라는 뇌동정맥 기형으로 중증 장애가 있는 딸, 로타에 관한 이야기를 썼다.

상담을 마치자 심리학자는 나를 데리고 위층으로 올라갔다. 조기 준비 프로그램에 참가하는 부모와 아이가 집단으로 만나는 장소였다. 빨간 매트리스가 깔려 있고, 트램펄린도 있었다. 또 작은 거실 겸 주방이 있고, 부모가 커피를 마시며 앉을 공간도 있었다. 그 공간을 보는 순간 '편리하겠는걸, 집에서 그리 멀리 떨어져 있지도 않고. 집 앞에서 전철을 타면 바로 올 수 있겠어'라는 생각이 번뜩 지나갔다.

심리학자는 긴 대화를 나누는 동안 나에게 어떤 경고의 말도 하지 않았다. 나는 그 점이 만족스러웠다. 헤어질 때 심리학자는 아이에 대해 딱 한 마디만 했다.

"아이가 이미 당신 곁에 있는 듯한 느낌이에요."

우리는 천장이 높은 복도에서 마주 보고 서 있었다. 유리로 된 문을 열고 밖으로 나가기 전에, 갑자기 심리학자에게 아직 태어나지 않은 우리 아이에게 어떤 이름을 지었는지 말해주고 싶었다. 그 이름을 부르는 순간과 그때 느끼는 기쁨을 함께 나누고 싶었다. 기쁨, 바로 그거다. 마침내 마르야의 존재에 대해 기뻐해줄 사람을 만났다. "마르야…." 우리는 복도에 선 채 이름이 울리는 소리를 들었다. 나는 심리학자에게 우리 딸을 소개했다.

"마르야의 장애가 심하면 어떡하죠? 그래도 좋은 삶을 살 수 있을까요? 우리가 어떻게든 서로 교감할 수 있을까요?" 심리학자가 대답했다. "사랑받는 아이의 눈은 언제나 환한 빛이 나면서 반짝이지요."

뱃속에서 팔랑대는 나의 나비를 믿기로 했다

2015년 1월 14일

나는 요새 커피숍에 가서 글을 쓴다. 아무것도 하지 않고 흘려보내는 시간이 많아졌다. 새로운 도시에는 아는 사람도 없고, 크리스토프는 저녁 늦게야 퇴근한다. 나는 안식년에 들어가서 몇 주 전부터 더 이상 일하러 가지 않아도 된다. 임신 전부터 회사와 협의한 일이었다. 나는 21번 세염색체증이라는 진단을 받고 나서 며칠 뒤부터 일기를 쓰기 시작했다. 하혈을 하고 자궁에 혈종이 있어서 누워 있어야 했지만, 어느 날 오후에 더 이상 견디지 못하고 시내로 나가 서점에서 몰스킨 노트를 샀다.

기자가 되고 나서부터 몰스킨에서 나온 노트를 좋아했다. 계산대에 줄을 서서 기다리는 내가 마치 브루스 채트윈영국 출신 작가이 된 듯한 기분이 들었다. 항상 까만색 커버의 노트를 샀고, 매번 앞에만 몇 장 썼을 뿐, 나머지 장은 텅 비운 채였다. 느끼고, 상상한 것을 구체적으로 기록하기가 힘들기 때문이다. 그래도 늘 새로운 노트를 샀다. 그날 오후에는 처음으로 다른 색깔의 노트를 사보자고 결심했고, 분홍색을 골랐다. 혈액검사 결과를 듣고 나자 이제 분홍색 우주복을 살 기회가 없다는 것을 깨달았기 때문이다. 분홍색 노트에 내 딸의 이야기가 펼쳐졌다. 나는 마르야의 현재 상태를 놓치지 않기 위해, 나를 꽉 붙잡기 위해 글을 쓰고 싶었다. 주어와 동사, 목적어를 차례로 써내려 갔다. 글을 쓰면서 다른 것은 빼놓더라도 주어는 항상 존재했다. 내 삶이 의지와 상관없이 흘러가는 것 같아서 수동태 문장은 쓰고 싶지 않았다. 처음에는 어떻게 써야 할지 몰랐다. 뭐라고 써야 할지, 이 상황을 위한 언어가 없었다. 나는 일기를 써본 적이 없다. 어렸을 때도 일기를 쓴 기억이 없다. 그러다가 마치 내가 아닌 것처럼 자신을 속인 채, 나에 대한 기사를 써야 한다고 상상하자 글이 써지기 시작했다. '우리 아이에게'라는 헌사를 시작으로 글을 썼다.

그때부터 나는 새로운 동네의 커피숍에서 혼자 2인석을 차지하고 앉아 분홍색 노트를 꺼내놓는 여자가 됐다.

최근에 집 근처에 있는 피자집에 갔다. 하지만 그곳에서는 아무것도 먹지 못하고, 노트에 한 단어도 쓰지 못했다. 바로 옆 식탁에 엄마로 보이는 여자가 할머니 한 분과 아이와 함께 점심을 먹고 있었다. 나는 아이를 바라보았다. 볼이 포동포동한 건강한 남자아이였다. 그 엄마가 내 배를 보면서 미소를 지으며 말을 걸 때까지 아이를 응시했다. 나는 그 엄마에게 이 근처에 추천할 만한 조산사가 있는지 물어보았다. 내가 만난 첫 번째 조산사는 이사를 하는 바람에 몇 주 전에 작별 인사를 나눴다. 우리가 사는 곳이 그 조산사가 관리할 수 있는 구역에서 벗어났기 때문이다. 나는 아직 조산사를 못 구했다고 말했다. "벌써 6개월인데요?" 그 엄마는 믿을 수 없다는 듯 되물었다. 그러고는 얼른 조산사를 찾아야 한다고 충고했다. 나는 잠시 변명하고 싶은 충동을 느꼈다. 마치 내가 말도 안 되는 일을 하다가 들켰을 때처럼. "좀 힘든 임신 기간을 보내고 있어서요." 말을 시작한 뒤 나도 모르게 소리 없이 흐느꼈고, 몸을 들썩이다가 결국 다른 쪽으로 몸을 돌렸다. 나는 그 엄마가 할머니와 아이 사이에서 나를 쳐다보며 놀라는 것을 느꼈다. 그러더니 자기가 알고 있는 조산사의 이름을 말해주었다.

나는 새로운 조산사에게 전화했지만, 이미 예약이 끝났단다. 5월에 태어나는 아기가 굉장히 많기 때문이란다. 하지만 마르야에게 내려진 진단을 듣자, 바로 다음 날 우리 집에 들르겠다고 약속했다. 조산사는 내 가느다란 목소리와 숨기려 애쓴 울음소리를 들었던 것이다. "흠, 당신의 경우는 분만을 하고 난 뒤에 내가 집으로 찾아가는 일이 덜할 테니까. 우선은 병원에 있겠죠?" 진실은 이처럼 명료하다. 그래, 우리는 병원에 있을 테지. 적어도 지금, 임신 기간 동안만이라도 조산사가 시간을 낼 수 있다는 게 다행이었다. 이튿날 조산사는 마르야가 뱃속에서 움직이는 것을 느낄 수 있는지 물었다. 임신 20~21주차에는 태동을 느낄 수가 있다며, 뱃속에서 나비가 팔랑대거나 가스가 찬 듯한 느낌이라고 설명해주었다. 나는 느껴진다고 대답했다. 그리고 요즘 너무 많이 울어서 스스로가 너무나 불쌍하게 느껴진다고 조산사에게 말했다. “아이는 내 뱃속에 있어요. 아이가 있는 게 느껴져요. 그런데 우리 아기도 나를, 내가 절망하는 걸 느낄까요?” 조산사는 마르야가 엄마의 슬픔뿐만 아니라 엄마가 자기를 얼마나 사랑하는지도 느낀다고 대답했다.

나는 조산사에게 사산한 산모도 도와준 적이 있는지 물었다. “직업 양성훈련을 받을 때 배웠어요.” 그 말을 듣자 안심이 됐다. 내가 그런 상황에 처하면 적어도 조산사가 나를 도울 수 있다고 생각했다. 조산사는 그 경우에 아이의 발 도장을 찍고, 죽은 아이의 사진과 함께 우리 셋이서 가족사진도 한 장 찍어두라고 조언했다. 아이 사진이 한 장도 없어서 후회한다는 여성의 이야기를 들려주었다. 남은 것이 아무것도 없기 때문이다.

우리에겐 얇은 종이로 된 마르야의 초음파 사진이 열 장, 아니 스무 장이나 있다. 나는 12월 23일에 교수가 한 말을 생각해보았다. 그는 기형에 대해 설명하고, 마르야가 죽은 채로 우리 앞에 놓여 있게 될 거라고 했다. “밖에서는 아무것도 볼 수 없습니다. 이에 잘 대처할 수 있어야 합니다.” 교수는 마르야를 싸개에 비유했다.

마르야가 죽는다면 반드시 부고장을 만들 것이다. 가운데가 비어 있고 동그랗게 말린 모양을 한 알록달록한 달팽이 인형 사진이 붙어 있는 카드로.

조산사는 돌아갈 때 내 배를 쓰다듬으며 "안녕, 마르야!"라고 인사했다. 우리 아이의 이름을 불러주니 기분이 좋았다. 우리 외에 다른 사람이 마르야와 이야기하는 것은 오늘이 처음이었다.

조산사가 한 말 가운데 하나가 계속 머릿속에서 맴돌았다. 나는 조산사에게 출산 준비 강좌를 듣지 않을 거라고 말했다. 이전에는 그런 강좌에 굉장히 흥미를 가졌었다. 검사 결과가 정상으로 나왔더라면 당장 등록했을 것이다. 하지만 지금은 나만 빼고 다들 행복해 보였고, 다른 임신부들이 너무 부러웠다. 나는 종일 아기 모자를 사는 일에 대해 떠들고, 분만실 이야기로 시간을 보내는 여자들을 견딜 수 없었다. 이들이 하는 잡담이 악의적이고, 나를 부정하는 것처럼 들렸다.

나도 하찮은 걱정을 하고 싶다. 지금은 마치 한센병 환자가 된 듯한 기분이다. 나는 단 한 번도 장애아를 둔 엄마이길 원한 적이 없다. 그런데 할 수 없다. '차라리 강좌를 듣지 않고 이런 사람들과 만나지 않는 편이 낫겠지. 어쩌면 조산사에게 몇 가지 호흡법을 배울 수도 있을 거야. 괜히 호들갑 떨 필요는 없어. 아프리카에 사는 임신부도 출산 준비 강좌 따위는 듣지 않는데 뭐.'

조산사는 자신이 아는 여성 중에 매우 힘든 임신 기간을 보내느라 이미 강좌를 예약했는데도 취소한 사람이 있다고 했다. "강좌를 들으면서 당신이 행복을 느끼지 못할 수도 있지만, 다른 사람에게도 쉬운 일이 아니에요. 당신을 보면서 자신의 아이에게도 무슨 일이 일어날 수 있다고 걱정하게 되거든요."

나는 갑자기 다른 쪽에, 어두운 그림자 편에 서게 됐다. 나는 언제라도 닥쳐올 수 있는 재난을 상기시키는 존재가 됐다. 사고나 암 진단처럼 한순간에 모든 것을 변화시키는 무엇인가가 되어버렸다. 나는 끄떡없다고 믿었지만, 항상 숨겨진 무언가를 연상시켰다. 이런 재난은 항상 다른 사람에게만, 텔레비전 뉴스에 나오는 사람에게만, 때로는 건너 건너 아는 사람에게만, 그리고 정말 어쩌다 가끔 친구에게만 일어나는 일이었다. 사람들은 동정심에 찬 시선으로 이들을 바라보며 낯선 이의 삶이라서 다행이라고 여기는 한편, 자신의 삶은 괜찮다고 안도를 얻는다.

다른 사람이 더 이상 나와의 친밀한 관계를 원하지 않을 수 있다는 것, 오히려 행복한 사람에게 부담을 준다는 사실을 깨닫자 마음이 아팠다. 임신으로 불룩 나온 내 배는 경고용 기념비가 됐다. 내가 원하지 않아서 출산 준비 강좌에 가지 않는 것은 다른 일이다. 내가 함께하지 않는 편이 다른 사람에게 더 좋으리라는 사실을 눈치껏 이해해야 된다는 점을 곰곰이 생각해보았다.

2015년 1월 15일

나는 매번 우느라 로타에 대한 책을 몇 장 읽다가 중단해야만 했다. 계속해서 수술을 받고, 구급차에 실려 가고, 간질적 발작을 일으키고. 책을 읽으며 아이에 대한 친밀감도 커졌지만, 걱정도 커졌다. 그럼에도 나는 책을 계속 읽으려고 애썼다. 미리 마음을 단련하려고 이러는 걸까? 나는 이런 삶이 어떤지 알고 싶었다. "적어도 서툰 여성이 쓴 책이 아니야"라고 이다에게 말했다. 그러자 이다가 말했다.

"그 여자는 책을 쓸 시간이라도 있지."

2015년 1월 16일

다시 초음파검사를 받으러 갔다. 태아를 죽이는 일이 정말 필요해질 때까지, 할 수 있을 만큼 기다리는 편이 더 좋은 것인지 궁금해졌다. 그러면 마르야가 느끼는 고통이 덜하지 않을까? 의사는 그리 간단한 일이 아니라고 대답했다. "가끔씩은 태아가 바늘을 피해 도망을 치거든요." 그 말을 듣자 속이 쓰라렸다. 내 자궁이 함정이 되다니 상상도 할 수 없다.

2015년 1월 19일

지난번 진찰 시간에 우리는 의사와 함께 지적 장애와 인지능력에 관한 이야기를 나누었다. 그런데 갑자기 소아신경외과 의사가 산전검사 전문의에게 '학교에서 남들이 못 따라갈 정도로 뛰어났던 사람이 스스로 인생을 망친 경우가 종종 있는 걸 아느냐'고 물었다. 뛰어난 성적으로 학교를 졸업했는데, 지금은 문지기를 하는 사람도 있다고 했다. 그는 "우리처럼 적당히 똑똑한 편이 훨씬 나아요"라고 덧붙였다. 그 상황에서 예상하지 못한 이야기였다. 크리스토프의 웃음소리가 들렸다. 우리 네 명은 모두 웃음을 터뜨렸다. 모니터에서 나오는 푸른빛에 비친 우리 얼굴이 환해졌다. 난 며칠 동안 머리를 감지 않아서 보라색 방울이 달린 모자를 쓰고, 배 위에는 초음파검사를 하기 위해 차가운 젤을 바른 채 누워서 함께 웃었다.

진료실에서 나누던 이야기는 파티가 열리는 집의 부엌에서 맥주병을 들고 나눌 만한 대화였다. 하지만 우리는 조명이 낮춰진 검사실에 앉아서, 아직 태어나지 않은 아기의 뇌를 함께 들여다보고 있었다.

마르야의 뇌에 무슨 일이 있었던 걸까? 댄디 워커 증후군(제4뇌실의 확장 및 소뇌 발달 부전을 보이는 선천적 기형 질환-옮긴이주)은 아니었다. 마르야의 소뇌가 정상인 듯 보이기 때문이다. 그래도 뇌수종은 단지 하나의 징후일 뿐, 발견하지 못한 특이한 병의 증상이 수두룩한 것 같았다. 증후군 잡기 놀이는 힘이 빠진다. 마르야의 뇌가 제대로 크지 못할 수도 있다. 그 외에도 초음파검사로는 보이지 않지만 자궁 안에서 뇌출혈이 일어날 수도 있고, 이로 말미암아 뇌손상이 올 수도 있다. 적어도 척수가 열려 있거나 뇌에 물이 담긴 문제는 의사들이 거의 다 손을 쓸 수 있다. 양수검사 때 단백질 수치도 정상이고, 마르야의 척추도 괜찮은 듯 보였다.

나는 검사가 끝나고 안네의 마사지 숍에 들렀다. 그곳에서 다시 울음이 터져나왔다. 안네한테만 가면 항상 울었다. 이상하게 그곳에서는 그랬다. 크리스토프 앞에서는 울지 않았고, 친구들 앞에서는 아주 가끔 울었다. 부모님 앞에서는 절대 울지 않았다. 하지만 안네 옆에서는 편하게 울 뿐이다. 다른 사람을 위해 자세를 꼿꼿이 세울 필요도 없고, 확신을 주려고 스스로 고통스럽게 강요하지 않아도 됐다.

근래에 텔레비전 채널을 이리저리 돌리다가 화면에 나온 아름다운 캐서린 왕세손비를 봤다. 캐서린이 입은 '임부복 스타일링이 기대 이상이었다'라는 말을 들은 적이 있다. 무릎 위까지 오는 푸른 원피스에 하이힐을 신고 있었다. 마르야와 같은 진단을 받은 아이를 임신했다면 캐서린은 도대체 어떻게 할까? 게다가 온 세상 사람들이 지켜보고 있다면?

2015년 1월 22일

임신 22주차 + 1일

기독병원의 여의사는 아이의 독자 생존 시기를 넘겼어도 임신 후기에 임신중절을 결정한다면, 나를 위해 병원을 찾아주겠다고 약속했다. "독일에서요, 아니면 외국에서요?" 의사는 "독일에서죠"라고 대답했다. 여의사가 이런 약속을 해주는 것이 나에게는 한없이 소중했다. 의사는 장애가 있는 우리 딸에 대해 경솔하게 말한 적도 없고, 나를 함부로 대하지도 않는다. 의사는 나와 우리 아기, 둘 모두를 존중했다.

오늘은 다시 기독병원에서 초음파검사가 있는 날이었다. 나는 새로운 3D 사진을 받았다. 14시 09분에 마르야는 두 팔을 잡고 팔 아랫부분으로 왼뺨을 누르고 있었다.

2015년 1월 24일

조산사는 우리가 마르야를 낳기로 결정한다면 그다음에 빨리 둘째를 가지라고 말했다. 크리스토프도 그렇게 생각했다. 그리고 나도.

나는 조산사가 말했던 한 엄마에게 전화를 했다. 아이가 뱃속에 있을 때 여러 의사가 생존 가능성이 30퍼센트밖에 안 된다고 예측

했던 아들은 지금 옆에서 자고 있다고 말했다. 임신했을 당시 그녀는 아기가 횡격막 헤르니아 증상이 있어서 뱃속의 장기가 배에서 흉부 부위로 치우쳐 있고, 폐가 거의 형성되지 않았다는 말을 들었다. 그녀의 시어머니는 그 말을 듣고, "너는 아직 젊잖아. 다시 아기를 가질 수 있어"라고 말했다고 한다.

하지만 그 부부는 전문가에게 상담을 받고, 산소호흡기 호스가 닿는 범위에서만 놀 수 있는 아이들의 사진도 보았다. 이들은 자신의 아들이 이런 아이 중 한 명이 될 수 있다고 생각했다. "우리는 항상 그 아이가 해낼 거라고 믿었어요." 아이는 몇 주 동안 의식불명인 채 누워 있기도 했고, 태어나자마자 몇 차례 수술을 받았으며, 몇 달간 병원에서 지냈다. 그는 지금 호기심 많은 소년이다. 나이에 비해 체구가 약간 작은 편이지만 산소호흡기 없이 산다.

나는 크리스토프에게 그 아이 이야기를 했다. 저녁에 아빠가 집에 돌아오면 아이가 굉장히 기쁘게 반겨준다는 것도 들려주었다.

2015년 1월 25일

초음파검사를 마치고 병원 승강기를 탈 때, 한 남자가 우리 뒤를 따라 엘리베이터에 들어왔다. 어찌나 많은 선물을 들고 서 있던지 거의 움직이지 못할 정도였다. 셀로판지로 포장한 엄청나게 큰 미키마

우스 인형도 있었다. 남자는 부인이 20시간의 진통 끝에 오늘 드디어 딸을 낳았다고 했다. 엄마와 아기가 지금 잠이 들어서 집에 선물을 갖다놓으려고 한다는 것이다. 피곤해 보였지만 얼굴에 기쁨이 가득했다.

부러웠다. 건강한 아기를 낳아서가 아니라 아이가 환영받는 게 부러웠다. 어두워진 병원 마당을 걸으면서 크리스토프가 말했다. "마르야가 태어난 날 필요하다면 선물을 잔뜩 사서 후고 삼촌, 게르다 할머니 등등 이름표를 다 달아놓을 거야…."

얼마 전 친정에 다녀왔다. 부모님과 대화도 하지 않고, 분위기를 바꾸기 위해 노력도 하지 않았다. 내 뱃속에서 느껴지는 마르야의 발길질처럼 부모님의 절망이 분명히 느껴졌다. 다운증후군에 심장 결손, 뇌에 물이 찬 증상까지. 아빠와 엄마는 분명 다른 손주를 기다리셨다. 부모님은 내 몸에 있는 존재를 말할 때 마르야라고 한 번도 부르지 않았다. 일부러 그러시는 걸까?

나는 아빠에게 서운한 마음을 드러냈다. "할머니가 더 이상 음식을 못 삼키게 되자, 튜브를 끼워서 식사를 하시게 한 사람이 아빠잖아요. 할머니를 굶길 수 없다고 말한 것도 아빠잖아요." 아빠는 그 일과는 비교할 수 없다고 말씀하셨다. 정말 두 가지를 나란히 놓고 비교할 수는 없을지도 모른다. 그래도 나는 비교할 것이다. 내 아이와 내 할머니. 한 사람은 아직 태어나지도 않았고 삶의 시작에 서 있다. 다른 한 사람은 연세가 많고, 삶의 끝에서 있다. 둘 다 도움이 필요한 건 마찬가지다.

부모님은 분명 그들 세대의 다른 사람들처럼, 장애아 가족으로서 어떻게 살지를 머릿속에서 그려보지 않았을 것이다. 아빠의 친구 아들 가운데 딱 한 명, 다운증후군이 있다고 했다. 크리스토프가 자란 오버바이에른에서도 상황은 비슷했다. 동네에 '프란츨'이라는 사람이 살았는데 그의 성을 아는 사람은 아무도 없었다. 크리스토프가 어린 시절에 알던 '프란츨'은 그 당시에 서른 살 정도 된 청년이었다. 프란츨도 크리스토프처럼 차가 많이 다니지 않는 광장에서 BMX 자전거를 타고 오후 시간을 보내고는 했다. 그와 어울리는 사람은 한 명도 없었고, 혼자서 집들 사이를 돌아다녔다고 한다. 늘 입에는 짧은 버들가지를 물고 다녔는데, 엄지와 중지로 계속해서 돌리는 바람에 부드럽게 구부러지는 나뭇가지의 끝이 얼굴 앞에서 프로펠러처럼 되곤 했단다. 크리스토프에 따르면 이웃에 사는 부모들은 늘 아이들에게 "프란츨을 괜히 건드려서 화나게 하지 마라!" 하며 훈계하고, "또 조금 거리도 두고"라며 경고했다. 사람들은 그런 식으로 프란츨을 바라보았다. 그는 사람들에게 낯선 존재였고, 사람들은 그를 예측 불가능하다고 여겼다.

우리 부모도 비슷하다. 이들은 무슨 대가를 치르더라도 모든 해악으로부터 자신의 자식을 멀찍이 떼놓고 싶어 한다. 손주가 자기 자식의 삶을 파괴할 수 있다고 생각되면, 아무리 손주라도 예외가 될 수 없다. 나는 엄마, 아빠가 이렇게 느낀다고 생각했다. 우리는 부모님이 의심하는 것에 대해 비난을 삼가고 뒤로 한 걸음 물러선다. 크리스토프와 나는 무슨 일이 있어도 우리 아이를 반드시 지킬 것이다.

2015년 1월 26일

내가 느끼기에 산전검사 전문의는 소아과 의사보다 태아에 대해 다른 측면으로 부정적인 시각을 가지고 있다. 산전검사 전문의는 정상에서 벗어나는 것을 경고 신호라고 여긴다. 예비 엄마가 진찰실 침대에 누운 채 한껏 기대에 부풀어 화면을 들여다보는 동안, 의사는 모니터에 흑백으로 나타나는 문제를 본다. 산전검사 전문의는 임신 중절을 원한다. 하지만 소아과 의사는 무성영화가 흐르는 것 같은 모니터 위에 빽빽거리고 울면서, 자신이 살아 있음을 스스로 입증하고 도움을 요청하는 한 명의 사람을 본다.

산전검사 전문의가 정상에서 벗어난 아이보다 더 심각하게 생각하는 문제는, 바로 정상에서 벗어난 사실을 간과하는 일이다. 그는 법적 분쟁을 일으킬 수 있는, 건강하다고 진단된 태아를 두려워한다. 정상이라고 추정했던 아기가 태어나고 보니 장애가 있다고 밝혀져서 실제로 의사를 고소한 부모도 있다. 심각한 진단을 내릴수록 의사로서는 덜 부담을 갖는 셈이다. 예측했던 것보다 건강하게 태어난 아이를 마다할 부모는 아무도 없다.

그날 나는 '카리브해에서 휴양하고 있는 캐서린 미들턴, 출산 전 즐거운 휴가'라는 기사를 읽었다.

아이를 낳고 싶다는 바람과 아이가 겪을 고통 사이에서

2015년 1월 27일

임신 22주차 + 6일

오늘부터 4개월 뒤가 출산 예정일이다. 계산이 맞다면 마르야는 그때 태어난다. 하지만 신생아학과 의사는 다운증후군이 있는 아이는 예정보다 더 일찍 나오는 편이라고 했다. 나는 마르야를 빨리 만나고 싶다. 아기의 작은 손을 잡는 상상을 해보았다. 나는 빨리 마르야와 함께 살아보고 싶다. 더 이상 임신한 몸으로 지내고 싶지 않아졌다. 너무나 무서운 임신이다. 매주 초음파 사진을 찍으러 다니고, 매번 찍기 이틀 전부터 속이 울렁거렸다. 이번에는 어떤 수치가 나올까? 언제가 돼야 기저귀를 갈 수 있는 받침대를 만들고, 요람을 사고, 우주복을 사도 된다고 확신할 수 있을까? 지금 벌써 아이 방을 꾸미는 일은 주제넘은 짓 같다. 겸손함이 부족하면 마르야의 운명을 더욱 나쁘게 망칠 것 같았다. 여기에는 우리가 아기 없이 아기 방으로 돌아와서 한 번도 사랑받지 못한 동물 인형들을 보게 되면, 고통이 더 커질 것 같다는 두려움도 깔려 있었다.

내 침대 옆 테이블에는 메리노 털실로 만들어진, 커다란 귀와 유리구슬 눈을 한 쥐 인형이 세워져 있다. 쥐의 품에는 작은 귀가 달린 새끼 쥐가 안겨 있다.

크리스토프가 산 지 한참 됐다며 상자 하나를 나에게 건네주었다. 크리스마스 전, 우리가 마르야를 낳을 거라고 생각했던 때에 산 것이었다. 그러다가 뇌수종이라는 진단을 받고 나서는 언제 줘야 할지 적당한 때를 찾지 못했다고 말했다. 얼마 전 저녁에 마침내 인형을 받았는데, 우리도 마르야와 함께 좋은 미래를 맞이할 수 있다는 느낌이 들던 오묘한 순간이었다. 우리는 내가 살던 옛 거리의 상점에서 쥐 인형을 함께 발견했다. 여름에 유리로 된 덮개 속에 컬렉터용 제품이라고 적힌 쥐 부부를 봤던 바로 그 가게다. 그때는 당연히 우리 둘 중 아무도 159유로를 주고 쥐 인형을 살 생각은 추호도 하지 않았다. 그 대신에 휴대폰으로 몰래 쥐 부부 사진을 찍었다. 크리스토프에게 내가 찍은 사진을 보내기도 전에, 그는 자신이 찍은 사진을 인쇄까지 해서 엽서를 만들어 내게 주었다. 뒷면에는 '우리의 위대한 날을 더욱 기쁘게 맞이할 수 있도록'이라고 적혀 있었다. 결혼을 두 달 반 앞뒀을 때였다. 그러고는 12월에 '엄마 쥐'를 엄청난 돈을 주고 데려왔다. 내가 기뻐할 것을 알았기 때문이다.

2015년 1월 29일
임신 23주차 + 1일

기독병원에서 측뇌실을 측정한 수치가 나왔다. 여의사는 '오늘은 좌측 15밀리미터, 우측 15.2밀리미터로 약간 진행성으로 보인다'라고 기록했다. 굉장히 슬펐다. 뇌수 수치가 계속 안정적이었는데 다시 올라갔다. 소아신경외과 의사가 인용한 연구에 따르면 '중간 뇌실확장증'의 한계치까지 도달했다. 다시 말해 '역동'이 있다. '중간' 정도는 아직 무엇인가 조치를 취할 수 있는 상태를 의미하지만, '중간' 다음은 '심각한'이다. '심각한' 상태는 16밀리미터부터다. 이제 겨우 1밀리미터밖에 남지 않았다.

남은 1밀리미터에 가까이 다가갈수록 우리는 소아신경외과 의사가 말한 호스를 생각하지 않을 수 없었다. 뇌에 찬 물을 복강으로 빠지게 하는 실리콘 호스다. 호스가 중간에 막히면 마르야의 생명이 위태로워진다. 심각한 염증은 마르야의 뇌에 더 큰 손상을 입힐 수도 있다. 소아신경외과 의사는 이 때문에 적어도 지능지수가 10 정도 더 낮아질 수 있다고 설명했다.

나는 큰 절망에 빠져 소아신경외과 의사에게 전화를 걸었다. 새로운 사실이 있는 건 아니었지만, 의사는 인내심을 가지고 30~40분 동안 차근차근 설명해주었다. 의사는 우리가 처한 문제는 '시간을 붙들고 있을 만한' 사안이 아니라고 말했다.

우리에게 필요한 것은 방파제가 아니라 침전물이었다. 두려움의 해일이 밀려올 때면 나는 속으로 여러 의사가 답해준 것을 반복해서 되뇌이며 마음을 가라앉혔다. 소아신경외과 의사의 말에 따르면 뇌는 작아졌다가도 커질 수 있다. 나중에 수술을 받은 뒤에 뇌가 다시 확장될 가능성이 있다는 말이다. 듣기 좋은 말이다. 수축했다가 확장된다. 시시한 것으로 경전을 완성할 수도 있다. 소아신경외과 의사는 "15밀리미터이지, 아직 16밀리미터는 아니잖아요"라며 나를 위로했다. 그의 말이 맞다. 마르야는 아직 '중간' 상태에 속한다. 15밀리미터는 16밀리미터가 아니다.

기독병원에서 여의사가 준 새로운 3D 초음파 사진에서 마르야의 얼굴 윤곽이 더 또렷하게 보였다. 뾰족한 턱과 입술의 선이 이제 뚜렷해졌다.

2015년 1월 30일

복부 통증으로 병원에서 하룻밤을 지냈다. 아침에 이비인후과 대기실에서 기다리고 있는데, 갑자기 몸 상태가 안 좋아져서 누워야 했다. 고혈압 때문이다. 예상했던 일이다.

새로 이사한 집의 복도 벽지가 습기 때문에 흐느적거렸다. 집주인의 아들은 "헤어드라이어의 뜨거운 바람으로 벽을 말리세요"라고 냉랭하게 말했다. 도배공이 와서 벽지를 뜯어내자 벽지에 까맣게 곰팡이가 번져 있고, 퀴퀴한 냄새가 코를 찔렀다. 집 상태를 점검하러 온 검수원은 우리가 이사 오기 훨씬 전부터 훼손된 것이라고 진단을 내렸다. 검수원은 벽과 마룻바닥, 문의 습기까지 측정했다. 마룻바닥과 벽을 연결하는 걸레받이 뒤에도 곰팡이가 가득했다. 더 이상 버틸 여력이 없었다.

2015년 2월 1일

뱃속에 아픈 아이를 품은 채 곰팡이가 잔뜩 핀 집에서 더 이상 살 수 없어서 친정으로 들어왔다. 새로운 집을 찾을 때까지 아빠 서재에 매트리스를 깔고 잤다. 나는 인터넷에서 부동산 사이트를 보다가, 소아신경외과 병원을 찾다가 하며 갈팡질팡했다. 원목 마룻바닥이어야 할까? 합판으로 된 바닥도 충분할까? 마르야의 뇌에 실리콘 호스를 어떻게 집어넣는다는 말일까? 발코니가 북향인 집에서도 살 수 있을까?

아빠는 아파트 내부 사진이 실린 페이지를 인쇄해서 내 손에 한가득 쥐어주셨다. 드디어 나를 위해 무엇인가 할 수 있다는 사실에 기뻐하시는 눈치였다. 월세가 너무 비싸서 예쁜 집의 사진을 옆으로 치워놓는 걸 보고는 "우리가 매달 조금씩 보태마"라고 말씀하셨다. 나는 아빠의 도움을 거절했다. 월세는 크리스토프와 내가 스스로 해결해야 할 몫이다. 주방 기기를 사는 것도 일이라고 말하자, 바로 가스레인지와 냉장고, 식기세척기를 사주시겠다고 했다. 그러고는 몇 시간 뒤에 할인 상품에 체크가 된 전자제품 가게의 전단지를 내미셨다.

2015년 2월 2일

비바, 이탈리아! 상담소에 갔을 때 그곳에서 일하는 상담사는 이탈리아 사람이 독일인보다 다운증후군이 있는 사람을 훨씬 더 자연스럽게 대하는 편이라고 말했다. 해변이나 길거리, 축제 행렬에서도 다운증후군이 있는 아이를 훨씬 더 자주 볼 수 있단다. 그 말을 듣자마자 마르야와 이탈리아로 휴가를 가야겠다고 마음먹었다. 하지만 지금은 '마르야가 실제로 뇌에서 물을 빼는 호스가 필요하면 어쩌지? 하필 휴가를 보내는 이탈리아에서 션트가 막혀버리면 어쩌지? 시칠리아나 사르디니아, 엘바에서 긴급 수술을 받을 위험을 감수할 수 있을까?'라는 생각을 한다. 마르야를 데리고 어디에 갈 수 있을까? 모든 대륙이 가능한 휴가지 목록에서 밀려났다. 나는 뱃속의 아이와 함께 쪼그라든 세상 속에 갇혔다.

2015년 2월 3일

기독병원의 담당 여의사는 나에게 밀리미터 숫자까지 너무 면밀히 살펴서는 안 된다고 했다. 기계마다 다르고, 검사하는 사람마다 다르기 때문에 측정값의 정확도가 다를 수 있다고 말했다. 의사는 조금 더 편안하게 임신 기간을 보내는 편이 좋겠다고 조언했다. 마르야가 태어난 뒤의 시간을 위해서도 힘이 필요하기 때문이란다. 2주에 한 번씩 정기검진을 받아도 충분하다고도 덧붙였다.

의사가 좋은 뜻에서 한 말이라는 것을 안다. 게다가 면담하는 동안에 따뜻한 차를 가져다주고, 아침식사를 할 수 있도록 마련된 곳에서 사과를 가져다줄까 묻기도 했다. 얼마 전에는 내 몸이 지금 매우 잘 해내고 있다고 칭찬까지 했다. 그 말을 듣자 마치 내가 무엇인가 실제로 해낸 듯이 기분이 우쭐해졌다. 내 몸은 세염색체증과 기형만 만들어내는 게 아니라 여성으로서의 의무도 잘 해내고 있었다. 그것은 그리 나쁘지 않았다.

그래도 편안함이라는 단어는 마치 비웃음처럼 다가왔다. 매주 한 번씩은 초음파검사를 받으러 올 수 있게 해달라고 애원했다. 여의사에게 수축과 확장이 가능한 뇌에 대해 한 번 더 이야기하자, 의사는 시선을 아래로 고정한 채 "그게 그렇게 간단한 일인지 모르겠네요"라고 말했다.

요도염에 걸린 것 같았다. 면역력을 강화하는 데 좋다는 크랜베리주스를 몇 리터나 샀다. 약을 먹기는 겁이 났다. 마르야에게, 뇌수에 영향을 미칠지도 모른다는 생각에 두려웠다. 산부인과 의사는 물을 많이 마시는 민간요법을 써도 괜찮다고 했다.

도로는 내가 진작 결정했더라면 몸 상태가 지금보다 좋았을지도 모른다고 했다. 나는 도로가 너무나 고마웠다. 병에 맞서 싸우느라 자기 몸도 아플 텐데, 항상 내 곁에 있어줘서 고마웠다.

이다는 내가 벌써 결정을 내렸던 게 아니었냐고 물었다. 몇 주 전에 이미 산전검사 전문의가 말했다. "환자분은 오른쪽 아니면 왼쪽을 선택하는 것 외에 다른 방법이 없습니다." 그럼에도 지금이 바로 명확한 순간이라는 생각이 들지 않았다. 나는 얼마나 큰 장애가 있을지 상관하지 않고 마르야를 선택하겠다고 선뜻 말할 수 없었다. 그렇다고 마르야를 떠나보내는 일을 선택할 수 있는 것도 아니었다. 시간이 지날수록 마르야에게 유리해진다는 것을 알았다. 아무것도 하지 않으면서 나는 협상을 했다.

2015년 2월 4일

새벽 4시 반부터 일어나 소아신경외과 의사에게 보여주기 위해 한 박사 논문에서 따온 연구 결과를 찾았다. 크리스토프가 전날 밤에 인터넷에서 태아의 뇌실확장증에 대해 다룬 논문을 찾았다. 우리는 태아 27만 645명의 진찰 기록을 수집해 수록한 '동반 기형'과 '형성 이상'으로 가득한, 100쪽에 이르는 논문을 열심히 들여다보았다. 논문을 다 읽고 난 뒤에 끔찍한 병명이 가득한 리스트와 함께 새로운 공통점이 뇌리에 남았다. 논문에서는 뇌실확장증이 있는 경우 신장을 특히 더 조심해야 한다고 자주 언급했다. 신장! 다음에는 또 무엇을 걱정해야 할까?

2015년 2월 5일, 정오

임신 24주차 + 1일

오늘 우리를 구렁텅이로 떨어뜨린 숫자가 나왔다. 뇌실에 15.7밀리미터와 16밀리미터의 물이 찼다. 임신 24주가 지났는데, 뇌실은 논문에서 나온 운이 좋은 사례처럼 작아지지 않고 커졌다. 이것은 마르야가 태어난 뒤에 션트가 필요하다는 뜻이다. 우리는 다음 단계로 미끄러졌다. 이제는 '심각한 뇌실확장증'에 이르렀다.

무의식적으로 나는 내내 '우리'라고 말했다. 슈미츠 씨네 가족은 우리처럼 심장 결손이 있었다. 우리. 이것은 내가 가끔 저주를 퍼붓는 말이다. 크리스토프는 일을 하고, 회의가 많고, 일정이 빡빡했다. 나는 장애가 있는 아픈 아이를 뱃속에 담고 있다. 도망칠 기회는 전혀 보이지 않는다. 나는 문을 닫고 마르야를 혼자 집에 둘 수도 없다. 괴로운 저녁을 잊기 위해 와인을 한두 잔 마셔도 안 된다. 몇 시간 동안 온 신경을 딱 끊고 자고 싶다고 수면제를 복용해서도 안 된다. 언제나 마르야가 같이 있고, 나는 마르야에게서 도망칠 수도 없다. 갑자기 내 안에서 화가 솟구쳤다. 나는 아직 세상에 나오지도 않은 우리 아기에게 화가 치밀었다. '나를 한 시간만이라도, 단 일 분만이라도 그냥 혼자 놔둬!' 이내 부끄러운 마음이 들었다. '마르야, 우리 딸. 네가 그런 게 아닌데. 네 탓이 아니야. 너는 살고 커가는 것 말고는 아무 일도 안 했어. 마르야, 내 뱃속에서 편하게 지내렴. 마르야, 날 용서해줘. 그런 뜻으로 말한 게 아니야.'

어떤 생각을 해도 항상 죄책감이 들었다. 다시 온몸이 문제투성이가 되면? 그러니까 뇌가 형성되지 않으면? 여기에 더해서 신장까지 문제가 생기면? 죽은 내 아이의 모습이, 나 때문에 죽은 한 줌의 사람처럼 엄두도 못 낼 생각이 스쳐 지나가면 나는 마르야에게 재빨리, 그리고 큰 소리로 말했다. "아니야, 마르야. 우리는 그렇게 하지 않을 거야." 내가 무슨 생각을 하는지 마르야가 들을 수 있다는 듯이 크게 말했다. 그럴 수 있을까? 나는 마르야에게 사랑을 보내려고 애썼다. "쉬, 마르야. 괜찮아. 엄마가 보살펴줄게."

가장 괴로운 것은 마르야가 기대하는 삶을 내가 줄 수 있는지에 대한 의문이었다. "네 잘못이 아니야." 친한 친구 도로가 말했다.

"그건 마르야의 운명이야."

하지만 불행하게도 결정할 사람은 나다. 그 어느 것도 내 짐을 덜어줄 수 없었다. 운명도, 신도, 아무도 할 수 없었다. 이것은 2015년, 독일에 사는 내게 불어닥친 현실이었다. 절대적이고 신성한 모든 기준에서 위험할 정도로 멀리 떨어진 현실이었다. 교황의 말도 나에게 아무런 의미가 없었다. 가족의 말은 물론, 심지어 마르야의 아빠인 크리스토프의 말도 아무 소용이 없었다. 누군가 나에게 하지 말라고 막아주기를 이토록 바란 적이 없었다. 지금이 그랬다. 내게 주어진 자유가 나를 괴롭혔다.

크리스마스이브에 내 아이를 검사했던 저명한 산전검사 전문의가 나타났다. 그는 내가 짊어진 짐을 덜어주려고 했다. 그때 나는 그 일이 고마웠다. 누군가 자신을 내세우면서도 책임을 지려는 것이 고마웠다. 생명에 대한 판단을 마칠 준비가 된 누군가 있는 것이 고마웠다. 한 사람이, 심지어 나 대신 죄를 짊어질 사람이 있다는 것이 감사했다.

그렇지 않으면 항상 의사들의 얼굴과 목소리 톤, 몸동작을 해석할 수밖에 없다. 하지만 나는 이런 권위자를 인정하지 않고, 한 전문가를 다른 전문가로 대체했다.

나는 미완성된 문장과 완전한 문장, 때로는 한숨 속에 담긴 함축적인 말들을 한꺼번에 느낀다. 특히 가족에게서 나온 "너희 아이도 좀 생각해보렴. 그 애의 삶이 어떻게 되겠어?" 같은 말들. 가족뿐만이 아니다. 친구들도 나를 겨누는 말을 한다.

"많은 일을 덜어줄 수 있을 거야."

"무슨 뜻이야?" 나는 물었다.

"장애인으로 사는 것 말이야."

"아이를 낳고 싶다는 네 바람보다 아이가 당할 고통이 더 커"라고 말한 친구도 있다.

감정을 불러일으키는 말들. 나는 아이를 예방 차원에서 미리 죽이지 않았기 때문에 나쁜 엄마인가? 나는 언제, 어디서나 아이를 출산하고 싶은 내 의지를 정당화해야만 할 것 같은 느낌이 들었다. 아이에게 장애가 있어도 반드시 낳아야 한다고. 아이가 힘든 수술을 견뎌야 한다 해도. 우리 아이를 너무나도 사랑하기 때문에 나를 정당화해야 했다. 크리스토프와 나는 모든 조치를 취하고 해낼 수 있으며, 보이는 것만큼 심하지 않다고 표현하기 시작했다. 누군가 어디에선가 들은 이야기를 끄집어내면, 그것은 항상 고정된 틀에서 벗어나지 못하는 비극이었다. 심각하게 아픈 아이와 역경. 아이는 2년 뒤에 죽고, 가족은 뿔뿔이 흩어지고.

문장이 조각난 채 단어만 제각각 나를 따라다녔다. 누군가 내게 뇌압이 높은 아기들에게서 나타나는 '낙일 현상'에 대해 말한 적이 있다. 마치 저무는 해처럼 시선이 아래로 향하고, 홍채의 절반이 사라지는 증상이다. 이런 설명은 나에게 큰 충격을 주었다. 이런 아이들과 밤을 맞다니.

어쩌면 나는 사람들을 부당하게 평가하고 있는지도 모른다. 하지만 그들은 "언제 정신 차릴래"라고 항상 말한다. 결국 우리는 두려움을 속으로 품고 혼자가 된다. 남들 앞에서는 강한 척한다. '아직은 수치가 안정적이야', '수술할 수 있대', '기본적인 수술이래'. 말은 그렇게 하지만 밀려오는 공포를, 미칠 것 같은 두려움을 혼자서 꾹 참는다. 우리 아이는 앞을 못 보고, 장애가 있고, 호스를 낀 채 휠체어를 타고 돌아다니고, 왜소한 몸으로 아예 웃지도 않고, 절대 엄마라고 부르지도 않고, 어쩌면 우리를 전혀 알아보지 못할 수도 있다. 누가 이런 상황을 참고 견딜 수 있을까?

내 안에 있는, 다른 목소리가 다시 말한다. 아직은 이런 일이 일어나는 것을 막을 수 있다고. 지금 네가 이것을 막지 않으면 그건 결국 네가 원했기 때문이라고. 이것은 '네가 한 선택이니 불평하면 안 되지'라는 말과 그리 다르지 않다. 내가 아픈 아이를 낳게 되면 동정심을 바라는 마음이 불평할 권리와 슬퍼할 정당성을 빼앗을 것만 같다.

엄마는 너의 선택이라고 말하셨다. 엄마의 말투 때문에 거부감이 들었다. 마치 내가 아픈 아이를 선호한 것처럼 들렸다. '아니요. 난 건강한 아이를 낳고 싶었단 말이에요. 평생 장애인을 간병하는 사람

으로 지내는 걸 바란 게 아니에요, 절대로!'

아니면 또 다른 소리도 있다. '네가 얼마나 힘이 세고 강한지 보여주는 것도 괜찮아', '존중해주는 것도 좋지'. 이런 말을 들을 때면 나는 마더 테레사 수녀님이 되려고 아이를 낳는 것이 아니라고 외치고 싶다. 나는 내 뱃속에서 아기가 계속해서 살 수 있는 것 외에는 아무것도 하지 않는다. 마르야가 세상으로 나올 때 산소가 너무 부족해진 것처럼 누군가를 원망하고, 하소연하고, 위로받고 싶다. 마르야가 마치 세 살에 도로에서 달리다가 자동차 한 대가 덮친 것처럼, 불공평한 삶에 대해 절망하고, 화내고, 불만을 토로할 수 있으면 좋겠다.

하지만 나는 침묵을 지켜야만 한다. 조용히 희생해야 한다. 없애든지 아니면 스스로 희생해야만 한다. 이런 말을 들으면 나는 소리를 지르고 싶다. '레벤스힐페'의 직원이 한 말이 얼마나 마음을 가볍게 해주던지. "이것을 쾌활하게 받아들여야 해요. 다시 일상을 지속해야 해요. 공로훈장은 아무 쓸모가 없거든요." 마르야의 장애를 자연스럽게 대하는 유일한 사람은 장애인 협회에 속한 사람뿐이다.

2015년 2월 5일, 저녁

몇 달 만에 다시 소풍을 갔다. 나중에 다비드가 집으로 놀러온다고 했다. 그에게 뭐라고 말해야 하지? 아이를 낳는다고, 아니면 안 낳을 거라고? 우리는 몇 달 전부터 이에 대한 답을 찾지 못했는데 무엇인가가 뒤로 밀렸다. 처음에는 마르야의 진단 결과가 나와 내 인생에 무엇을 뜻할지에 대해 곰곰이 생각했다. 지금은 마르야가 받은 진단이 아이의 인생에 무엇을 의미하는지에 대한 생각으로 괴롭다.

크리스토프는 “우리는 임신중절을 선택하지 않을 거야”라고 말했다. “어떤 아이래도 상관없어.”

“다음 주에 뇌수가 갑자기 20밀리미터로 오르면 어떻게 할 건데?”

아이가 21번 세염색체증이라는 진단을 받고 난 뒤에 새로운 진단이 내려지고, 또 다른 진단이 내려지면 어떻게 해야 할지를 물었던 일을 지금도 기억한다. 이전에는 단순히 하나의 단어에 지나지 않던, 신경도 쓰지 않던 ‘복합장애’라는 개념이 갑자기 우리 가까이로 다가왔던 때를. 크리스토프가 그때 했던 말이 아직도 기억난다. “다운증후군이라면 어떻게든 이겨낼 수 있을 거야. 그런데 장애가 열일곱 가지가 된다면 그건 어떻게 못 할 것 같아.”

그 뒤에 우리는 마르야의 심장에 결손이 있음을 알게 됐고, 뇌에 물이 찼다는 말을 들었다. 그런데 약간 이상한 일이 일어났다. 이런 진단을 받았는데도 마르야를 포기하려는 마음이 커지지 않았다. 새로운 진단 결과를 들을 때마다 아이를 지켜야겠다는 보호본능이 자랐다. 나는 이 아이의 엄마다. 엄마가 해야 할 일은 아픈 아이를 보호하는 것이지 누군가에게 떠넘기는 것이 아니다. 마르야에게는 나밖에 없다.

요즘 크리스토프가 마르야에 대해 무슨 생각을 하는지 모르겠다. 장애아를 둔 한 엄마가 한 말이 생각났다. 자기네의 경우 한 사람이 확신하면, 다른 사람이 동요했다고 한다. 나는 우리 경우에도 변화가 있었다고 생각한다. 크리스토프가 초기에 마르야에게 마음을 주었기 때문에 나는 의심할 수 있었다. 나중에는 내가 마르야의 곁을 지켰기 때문에 크리스토프가 의심을 해도 됐다. 우리 중에 한 사람은 반드시 아이 옆을 지켰다.

"우리는 임신중절을 선택하지 않을 거야." 아무렴. 드디어 집에 오는 차 안에서 이렇게 말했다.

3장

장애아의 가족으로 산다는 것

우리가 무엇을 할 수 있을까?

2015년 2월 6일

임신 24주차 + 2일

나는 다차선 도로의 가장자리에 서 있다. 의사는 마르야가 어쩌면 뱃속에서 죽을 수 있다고, 나에게 마음의 준비를 하라고 했다. 몸이 덜덜 떨렸다. 마르야가 죽어서는 안 돼, 제발.

오늘 초음파검사 예약이 있어서 동이 트기도 전에 기차로 다섯 시간이나 걸려 이곳에 왔다. 검사를 마치고 돌아오는 길, 곧바로 호텔 침대 속으로 들어가고 싶었다. 그때 택시가 한 대 지나가면서 내가 서 있는 것을 보았다. 길 가장자리에서 불룩한 배를 내밀고 임신부가 손을 흔드는 모습을. 기사는 계속 길을 가더니 몇 분이 지나고 다시 돌아서 내가 있는 곳으로 왔다. 그는 백미러로 나를 훑어보더니 "괜찮아요?"라고 물었다. 나는 눈물로 범벅이 된 얼굴로 말했다. "아니, 모든 게 너무 안 좋아요." 기사는 다시 백미러를 통해 나를 쳐다보았다. 그러더니 이야기를 꺼냈다. 2주 전에 그의 여자 친구가 임신중절 수술을 했다고 말해주었다. 배우가 되고 싶은 여자 친구는 직업훈련을 마쳐야 하고, 학생인 자기는 택시 아르바이트를 한다고 했다. 그는 "당신은 아이가 살기만을 바라죠. 그런데 우리는…"이라며 말을 흐렸다. 그는 자신들이 내린 결정이 옳기를 바란다고 말했다. 하지만 그는 목사와 대화를 나누었다고 했다. 여자 친구는 겨우 임신 4주차였고, 아직 심장이 뛰는 것을 보지 못했다. 나는 "심장이 뛰는 것을 보았더라면"이라고 말을 꺼냈다가 더 이상 아무 말도 하지 않았다.

지금, 임신 7개월차에 원치 않는 죽음이 내 아이를 위협하고 난 뒤에야 옆 동네의 가게로 가서 처음으로 임부복을 샀다. 금박 장식이 달리고, 반짝이며 흘러내리는 까만 옷이다. 옷에 달린 꼬리표에는 '스타일의 전문가'라는 스티커가 붙어 있었다. 나는 공정무역 상품에 100퍼센트 유기농 면으로 만든 아기 양말도 20유로를 주고 샀다. 더 위대한 힘을 믿어보기로 했다. '보세요, 나는 자신 있어요.'

최근에 받은 의사 소견서의 도표에는 빨간 마름모꼴이 열 개가 넘게 정상 범위를 표시하는 막대 위로 올라와 있고, 몸통에 비해 머리둘레가 너무 크다고 적혀 있다. 예상 몸무게는 얼마 되지 않아서 진단 결과에 자궁 내 성장 지연Intrauterine Growth Retardation의 줄임말인 IUGR이라는 또 다른 약자가 쓰여 있다. 태아 몸무게가 겨우 454그램이다.

그래도 나는 마르야를 믿는다.

2015년 2월 7일

어제 의사한테 다녀온 뒤, 앞에 말했던 그 택시를 타기 전에 엄마에게 전화를 했다. 곧바로 말을 꺼낼 수가 없었다. 마르야가 제대로 발달하지 않고 있다고 말하기가 힘들었다. "죽을 수도 있대요!" 그러자 갑자기 엄마의 음색이 달라졌다. 엄마는 나를 위로했다. "마르야는 분명히 해낼 거야, 살 거다." 나는 엄마의 진심을 느꼈다. 더 이상 몰래 불안해하시는 게 아니었다. 엄마도 마르야가 살기를 바라고 계셨다. 무엇보다 어쩌면 나를 위해서. 이런 것이 내리사랑인가 보다.

우리가 박사 논문에서 읽은 진단 가능한 병명의 목록을 소아신경외과의와 산전검사 전문의가 인내심을 갖고 한 번 쭉 읽어봐 준 일이 고마웠다. 그중 몇 개는 제외시킬 수 있었지만 몇 개는 그러지 못했다.

내가 살던 이전 집 열쇠를 집주인에게 돌려주기 전에 마지막으로 안네가 하는 마사지 숍에 들렀다. 안네에게 새로 산 임부복에 대해 이야기했다. "이제부터 제대로 된 임산부가 될 거야. 마르야를 만날 거야." 떠날 때 안네가 나에게 장미수정으로 된 작은 수호천사를 선물로 주었다.

2015년 2월 13일

어느 날 저녁, 엄마와 친정집에 있는 게스트룸의 침대에 앉았다. 나는 마르야의 검사 결과와 초음파 사진이 담긴 파일을 손에 들고 있었다. "이것 좀 보세요." 엄마에게 내가 가장 좋아하는 사진 중 한 장을 보여드렸다. 마르야의 옆얼굴이 찍힌 사진이었다. 엄마는 "귀엽네"라고 말씀하셨다. 손녀가 장애인으로 태어날 것을 안 뒤 처음으로 이렇게 말씀하셨다. 나중에 엄마는 뱃살이 트지 않도록 바르는 마사지 오일을 공갈 젖꼭지와 함께 선물로 주셨다. 엄마는 내가 좀 더 쉬운 길을 택하지 않은 것도 괜찮다고 덧붙였다. "나에게 임신중절이 더 쉬운 길은 아니었을 거예요." 엄마는 살짝 뽀뽀를 해주시며 "이제 무슨 말인지 나도 이해가 된다"라고 말씀하셨다.

2015년 2월 16일

우리는 또다시 이사를 했다. 임신 7개월차에 이사를 하다니 악몽 같다. 하지만 다른 한편으로는 이제 집에 조그마한 마당이 딸려서 모래놀이를 하거나 그네를 놓을 수 있는 자리가 생겨 다행이다 싶었다. 우리는 새로운 다이닝룸을 아이 방으로 써도 되겠다는 이야기를 나누었다. 그럴 일이 생긴다면. 우리는 우선 긴 식탁을 그 방에 놓았다. 첫해에는 아기 요람을 우리 침대 옆에 놓아야 한다고 생각했다. '첫해에는'이라는 단어가 마치 나와는 상관없는 말처럼 들렸다.

2015년 2월 18일

부모님이 휴가에서 돌아오면서 펜던트가 달린 목걸이를 사다 주셨다. 펜던트에는 '마르야'의 철자 하나하나가 새겨져 있었다. 이제 엄마, 아빠는 다시 할머니, 할아버지가 되셨다.

2015년 2월 19일

한 친구에게서 문자가 왔다. '잘 지내? 결정은 내렸고? 안부 인사 전한다….' 다운증후군이라는 진단을 받은 지 얼마 안 됐을 때, 이 친구에게 전화를 걸어 이 사실을 말했었다. 그러고 나서 거의 3개월 동안 아무런 연락이 없었다. 그런데 지금 와서 이런 문자를 보내다니. 우정은 이것으로 끝났다고 생각했다. '결정은 내렸고?'라는 질문을 어떻게 문자로 할 수 있을까. 어떻게 답을 하면 좋을까? '임신중절 수술했어. 안부 인사 전한다.' '뇌수종까지 있대. 안부 인사 전한다.'

2015년 2월 21일

임신 26주차 + 3일

지난번 의사와 면담을 가졌을 때 의사가 결정을 내릴 준비를 하라고 말했다. 결정, 이 말을 들을 때마다 나는 미칠 것 같았다. 도대체 또 무슨 결정을 하라는 건지. 나는 결정을 내렸다. 마르야는 2~3주 정도 발달이 늦고, 너무 가볍고, 작다. 이것은 제대로 영양 공급이 되지 않으며, 태반에 문제가 있을 수 있다는 뜻이다. 이미 몇 주 전에 '뇌수종'이라고 진단을 내린 뒤, '아이가 전체적으로 문제가 너무 많아요'라고 잊을 수 없는 말을 했던 산전검사 전문의가 우려하던 일이 정말 일어난 것 같다. 자궁 내 성장 지연이다.

의사들이 말했다. "어쩌면 아이를 더 일찍 꺼내야 할 듯합니다. 빠른 시일 안에. 그렇게 하시겠습니까?" 임신 26주차에 조산을 하면 뇌출혈이 발생할 위험성이 큰데, 아이는 이미 다운증후군에 심장 이상, 뇌수종이 있고, 체중은 겨우 500그램이다. 의사가 다시 물었다.

"그렇게 하시겠습니까?"

대체할 방법이 있을까? 마르야가 태내에서 죽을 때까지 기다리는 건 아니겠지?

"얼마나 걸릴까요?"

"3주에서 4주가 걸리거나 며칠 안에 일어날 수도 있습니다. 분만할 병원을 찾아보세요! 진통이 오면 무엇을 할지 잘 생각하세요!"

우리는 이 내용을 서류로도 받았다. 2월 17일에 받은 의사 소견서를 보면 '오늘 부당경량아임신 기간에 비해 저체중인 아기 소견을 받은 부부와 40분 이상 집중 면담, 높은 수치의 배꼽동맥 도플러… 사산 위험성이 각별히 높음.'

'사산'이라고, 의사들은 마르야를 그렇게 말하고 있다. 나는 속은 느낌이 들었다. 매일 아이에게 '그래, 낳을 거야'라고 말했는데, 이제 와서 죽는다니. 임신 중에 죽어야 한다니. 지난번 초음파검사를 끝내고 나오면서 주차 기계에 주차비를 넣으며 크리스토프는 "어쩌면 이게 우리가 배워야 할 건가봐"라고 말했다. "우리가 아이를 쉽게 안아볼 수 없다는 거."

2015년 2월 22일

마르야를 분만하는 데 어느 병원이 가장 적합할지를 인터넷에서 검색해보았다. 1,250그램이 안 되는 조산아를 다룰 수 있는 '돌봄 단계 1'이 가능한 주산기센터로 가야만 했다. 나는 독일 전체 병원이 적힌 목록을 살피면서 사례 수를 비교하고, '심각한 증상이 없는 조산아의 생존'에 대해 조사했다. '조산아의 생존'에 대해 공부하면서, 의학의 발달로 저체중인 아기가 점점 더 많이 생존하게 되었음을 알았다. 심각할 정도로 저체중이고, 중증 장애가 있더라도 말이다. 나는 이것이 기형이 있는 태아를 아예 처음부터 태어나지 않도록 하는 의학과 똑같은 현대 의학이라고 생각했다. 의사는 우선 태아를 방해받지 않고 미숙아로 만들어야 한다. 그런 다음에야 살아남을 기회를 가질 수 있다. 절대 눈에 띄어서는 안 된다!

나는 어느 도시에 최고의 소아신경외과와 소아심장학과가 있는지 알아내려고 애썼다. 방법이 있다면 마르야는 미숙아로 태어나지 않아도 된다. 언제 처음 수술을 해야 할지 모르기 때문이다. 독일 어느 곳에 방을 빌려 지내는 것도 방법이지 않을까? 나 혼자 낯선 도시에서 가족이나 친구 한 명 없이. 내 아이는 중환자실에 있고, 크리스토프는 집에 머물고. 지금은 2월인데 마르야는 원래 태어날 예정일인 5월 말까지 적어도 병원에 있어야 한다. 물론 크리스토프는 그 시간 동안 일을 해야만 한다. 그리고 당연히 그는 아이를 가능하면 자주 보고 싶어 할 것이다. 마르야가 언제까지 살 수 있을지 모르기 때문이다. 우리가 할 수 있는 일이 무엇이 있을까?

2015년 2월 23일

4개월 전에 찍었던 것처럼 배 사진을 옆에서, 그리고 앞에서도 한 장씩 찍었다. 아직 아무런 진단 결과를 받지 않았던 그때처럼. 그 사이에 찍은 사진은 한 장도 없다.

2015년 2월 24일

3D 사진상으로 보니 마르야의 코가 크고 넓게 보였다. 의사에게 물어보니 초점이 잘 안 맞아서 그렇단다. 의사는 휴대폰으로 셀피를 찍으면 자기 코도 굉장히 크게 나온다고 설명했다. 나는 의사의 얼굴을 쳐다보았다. "압니다. 내 코가 실제로도 크다고 생각하시죠?" 우리는 웃었다. 좋은 날이다. 다른 기형도 발견되지 않았고 마르야의 코는 예뻤다.

나는 밖에서 크리스토프에게 문자를 보냈다. '마르야를 3D 사진으로 봤어. 자궁벽에 대고 아늑하게 웅크리고 잘 있어. 어쩌면 잠깐 눈을 뜬 것 같기도 해. 의사가 마르야의 입술이 예쁘게 생겼대.'

2015년 2월 27일

슈바르츠발트 지역에 있는 별장에서 며칠을 지냈다. 도자기 오리와 원시인 인형이 세워진 작은 칸막이 장식장이 여전히 복도에 놓여 있다. 내 어린 시절의 보물에 먼지가 쌓여 있다. 언젠가 내 아이와 함께 이곳으로 돌아와 동네를 한 바퀴 돌겠다는 생각을 자주 했다. '여기는 옛날에 마구간이었고, 여기는 플리카라는 도서관이 있던 자리야. 엄마는 여기서 여름 내내 탐정소설을 빌려 읽었어. 저기는 사

슴 먹이를 주던 곳이고, 저기는 가장 맛있는 소시지를 파는 정육점이야.'

눈이 오는데 산책을 나섰다. 겨울 점퍼가 배를 완전히 덮지 못했다. 크리스토프는 스키를 가지고 산 위로 올라갔고, 프리다가 그 옆을 뛰어다녔다. 산 아래 스키 타는 사람들을 위한 오두막 안은 혼잡했다. 나는 나무 벤치에 앉아 햇빛을 받으며 코코아를 마셨다. 저 멀리 크리스토프와 프리다가 소나무 사이에서 두 점이 될 때까지 눈을 깜빡이며 바라보았다. 내 앞에서 한 엄마가 외투를 눈 바닥에 깔고는 아기 기저귀를 갈았다. 나도 그렇게 하고 싶다는 생각이 들었다.

몇 주 전 '다운증후군'이라는 검색어에 진이 빠진 오후에 마르야라는 단어가 가진 뜻이 무엇인지 찾아보았다. 그전에는 단지 들었을 때의 느낌 때문에 마르야라는 이름이 좋았다. 단어의 기원에 대해 설명하는 한 사이트에는 마르야가 핀란드 여자 이름이며, 딸기라는 뜻이 있는 것 말고도 아랍어로 '비통함'이라는 뜻이 있다고 적혀 있었다. 이런 이름을 지어서는 안 된다고 생각했다.

엄마라면 아이에게 '빛나는' 또는 '우아한'이라는 의미가 담긴 이름을 줘야 한다. 그다음에 마르야라는 단어에 들어 있는 두 번째 의미를 읽었다. 이집트에서 기원한 것으로 '사랑받는 여자'라는 뜻이 있었다. 그러자 마르야라는 이름이 다시 마음에 들었다. 아이를 평생 비통함과 사랑 중에 어느 것으로 부르게 될지는 내 손에 달렸다. 마르야와 함께하려면 결심해야 한다는 건 이미 알고 있다.

나중에 침대에 누웠을 때 "손으로 느껴봐. 마르야가 다시 체조를 하고 있어"라고 크리스토프에게 말했다. 저녁 8시쯤 내가 피곤함을 느낄 때면 마르야의 시간이 시작된다. 크리스토프는 휴대폰으로 내 사진을 찍었다. 나는 오리털 이불을 두 개나 덮고, 머리에는 크리스토프가 어렸을 때 썼던 귀덮개가 달린 오래된 털모자를 쓰고 있었다. 배 위에 펠트로 만든 버섯 인형을 올려놓고 균형을 맞추면서 '잘 자라 우리 아가' 노래를 부르며 놀았다.

2015년 3월 2일

임신 27주차 + 5일

마르야의 몸무게: 709그램.

2015년 3월 3일

이전에 인도와 중국에 갔을 때 가지고 다녔던 은색 여행용 트렁크를 열어 바닥에 놓았다. 병원에 가기 위해 몇 가지를 챙겨야 한다.

아이가 얼마나 오랫동안 살지 모르는데 대체 무엇을 가져가야 하지? 지난번 초음파검사를 하고 나오면서 기독병원 맞은편에 있는 가게에서 '수호 오리'라고 산, 천사 날개가 달린 목욕용 장난감 오리. 우리 욕조 가장자리에 놓여 있는 신랑, 신부 오리의 새끼다. 임신 초기였을 때 크리스토프가 어느 날 아침에 준 아기 스머프를 데리고 있는 스머페트. 우리 둘 다 어렸을 때 스머프 인형을 모은 것을 알고 난 뒤에 그가 사온 것이다. 그리고 책 한 권과 마르야를 위해 인큐베이터 안에 깔아줄 코끼리 무늬가 수놓아진 하얀 수건 몇 장, 휴대폰, 충전기, 사진기.

몇 달 전에 산부인과에서 받은 '임신 조언서'에는 '첫 출산에 필요한 용품과 구매에 유용한 팁'이라는 장이 있다. 여기에는 아기 우주복부터 수면 조끼, 기저귀 쓰레기통, 저울, 체온계, 아기용 손톱 가위, 유모차까지 모든 것이 적혀 있다. 그중 우리는 아무것도 준비하지 못했다.

사랑하는 아가,
바로 너였어

2015년 3월 8일

매일 아침마다 샤워를 마치고 트렁크를 들고 병원으로 갔다. 혹시라도 곧바로 입원해야 할 수도 있기 때문이다. 이제는 24시간마다 초음파검사를 받아야 한다. 동맥 안의 혈류를 보여주는 도플러 수치가 나빴다. 최근에 나는 분만실이 있는 병동에서 근무하는 모든 의사 과장들을 알게 됐다. 때로는 외국인 객원교수와 젊은 인턴도 같이 왔다. 나는 흥미로운 사례였다. 새로운 의사는 새로운 제안을 했다. 이들은 자신들의 제안이 해결책이라고 생각하는 게 틀림없다. 하지만 나는 지금 아이를 꺼내야 할지를 묻는 이들의 반복적인 질문과 대화가 마치 블라인드가 내려진 어둠 속에서 나를 때리는 구타처럼 느껴졌다. 이들이 이렇게 물을 때마다 나는 매번 눈물을 쏟았다. 결국은 '엄마는 임신 유지를 원함'이라는 말이 오갔다. 이제 이 말이 내 임신에 대한 의사들의 최종 입장이 됐다.

코르티손 주사를 이미 두 대나 맞았다. 마르야의 폐가 준비를 해야 한다고 했다. 어처구니없는 상황이다. 의사들은 태내에 하루라도 더 있어야 한다고 말한다. 몸의 기관이 성장해야 하기 때문이다. 하지만 하루라도 더 기다리면 마르야에게 기회는 없다.

나는 뱃속에 있는 마르야를 자주 느낀다. '좋은 신호야, 그렇지? 아이의 움직임처럼 좋은 건 없어.' 의사 과장 중 한 사람은, 움직임 자체는 좋지만 영양을 제대로 공급받지 못하는 상황에서의 움직임은 태아에게 스트레스를 의미한다고 덧붙였다. 나는 마르야가 더 이상 아늑함 속에서 자라지 않는다는 생각이 들었다. 마르야는 지금 싸우고 있다. 의사 과장은 나중에 너무 움직임이 적으면 더 심각한 문제라고 말했다.

마르야의 심장박동을 기록하려고 간호사 몇 명이 내 배 둘레에 감지기를 붙였다 떼기를 반복했다. 그렇게 나는 움직이지 않고 가만히 심장박동에 귀를 기울인 채로 매번 30분 동안 혼자서 작은 병실에 누워 있었다. 아직 태어나지 않은 아기의 심장이 뛰는 소리는 마치 다그닥, 다그닥 말발굽 소리처럼 들렸다. 내 작은 말은 다행히 다그닥거리며 잘 달렸다. 걸려서 넘어지지도 않고, 자기 박자에 맞추어 앞을 보고 달렸다. 이보다 더 아름다운 소리를 들어본 적이 없다.

임신중독이 의심되어 이틀 동안 입원했었는데, 그나마 결과가 다행히 깨끗하다고 나왔다. 하지만 의사들은 '태아의 혈액순환'에 문제가 생겼다고 말했다. 마르야가 생명에 중요한 기관인 뇌와 심장, 부신 같은 기관에 피를 집중적으로 공급하도록 혈액순환 체계를 바꾸었다. 경고등이 켜졌다. 이제 마르야의 생명은 실제로 현대 초음파 기계와 자신이 보는 것을 올바르게 해석할 수 있는 의사들에게 달렸다. 내가 저주를 퍼부었던 산전검사 전문의가 없으면, 우리는 마르야를 잃을 수도 있을 것이다.

젊은 여의사가 나 때문에 주말에 잠을 잘 자지 못했다고 말했다. 의사가 마르야 걱정 때문에 잠을 못 이루었다고 하면, 나는 도대체 어떻게 지내란 말인가? 산부인과 병동의 의사 과장은 회의에 참석해서 화요일이 되어야 병원에 돌아온다고 한다.

나는 신생아 중환자실을 들여다봐도 좋다는 허가를 받았다. 크리스마스 다음 날, 임신중절 수술 예약일 하루 전, 유리창을 통해서 소아과 의사를 찾았던 그곳이다. 끝없는 기복을 받아들일 준비를 해야 한다고 의사 과장이 말했다. 마르야 같은 아기를 위한 계획표는 준비되지 않았다.

2015년 3월 9일

임신 28주차 + 5일

오늘 아침 의사 소견서에 적힌 내용이다.

목표: 계속해서 안정적인 상태로 임신 30주차+0까지 임신 기간 연장시키기.

오늘 아침 일찍 초음파검사를 마친 뒤, 나는 새로운 집에 필요한 전등을 사러 갔다.

2015년 3월 10일

임신 28주차 + 6일

출산 보고서에서 발췌한 내용이다.

2차 제왕절개…, 두위 정상위, 병리학적 도플러 증상, 조산, 태아의 염색체 이상.

태아: 몸무게 745그램, 키 30센티미터.

'사랑하는 아가야,

다시 네가 들어 있는 인큐베이터 앞에 앉아 있어. 우리 둘은 이미 다양한 경고음을 알게 됐단다. 심각한 경고, 겁을 주는 경고, 그리고 보통의 경고음. 네가 나중에 무엇을 할 수 있을지 알 수 없지만 우리는 네가 청각 능력 검사에서 합격했다고 믿어. 내 목소리가 들리면 너는 한쪽 눈을 아니면 심지어 두 눈을 뜨거든. 너는 가끔씩 이마를 찌푸리기도 한단다. 3월 10일에 의사가 너를 세상 밖으로 꺼내기로 결정했어. 교수는 "이제 임신 기간은 끝났습니다"라고 말했지. 그게 14시경이었어. 나는 16시에 수술실로 들어갔고, 16시 23분에 네가 태어났지. 네가 보이지는 않았지만 소리를 들을 수 있었어. 나는 배가 열린 채로 수술대에 누워서 의사들이 가름막으로 펼쳐놓은 하늘색 수술용 멸균천만 봤단다. 하지만 배에서 네가 꿈틀거리는 것을 느꼈어. 그러다 갑자기 화가 크게 난 것처럼 꽥꽥거리는 소리가 났어. 그게 너였어, 마르야. 사랑하는 아가, 바로 너였어.'

우리 딸이 세상에 나온 이야기를 나는 나중에 다른 사람을 통해 들었다. 크리스토프는 계속해서 친구들과 우리 가족에게 수술실에서 자신이 겪은 그 순간에 대해 이야기했다.

의사 과장은 "자, 아빠가 한번 보실래요?"라고 말했다. 크리스토프가 일어섰을 때 의사는 자기 손에 안고 있던 우리 아기를, 더 정확하게 말하자면 회색의 투명한 껍질로 된 풍선 하나를 크리스토프에게 건네주었다. 바로 그 풍선 속에서 마르야가 몸을 웅크리고 손을 얼굴 앞으로 한 채로 떠 있었다. 크리스토프는 한동안 훼손되지 않은 태포 안에 있는 우리 딸만 바라보았다. 마르야가 움직였다. 의사는 "주문이라도 외운 것 같죠"라고 말했다. 갑자기 껍질이 없어지더니 마르야가 두 팔을 위로 치켜들었고, 745그램에 지나지 않는 새로 태어난 생명은 세상이 떠나가도록 크게 울기 시작했다.

두 가지 일이 기억난다. 첫 번째는 두 명의 중환자실 담당 의사와 소아과 간호사가 마르야를 받아서 따뜻함을 유지한 채 중환자실로 데려가려고 비닐에 쌌고, 이런 야단법석 가운데 내가 수술대 위에서 혼자 남겨졌을 때 오른편에 있던 금발 머리 간호사가 나에게 "축하합니다! 정말 훌륭하게 해냈어요!"라고 말한 일이다. "그런데 아이를 더 이상 뱃속에 넣지 않고 밖으로 내놓는 일은 많이 힘든가요?" 그녀가 물었다. "아니요. 난 너무 기뻐요. 다른 사람의 도움을 받을 수도 있으니까요." 그것이 내 대답이었다.

두 번째로 기억하는 일은 부끄러움이다. 마르야가 세상 밖으로 나온다고 느낀 순간 내가 "엄마 여기 있어!"라고 외쳤는데, 그 소리가 상상 이상으로 크게 들렸다.

나는 나중에 혼자 병실에 있었고, 우리 아이는 나와 떨어져 다른 건물에서 지냈다. 병실 안은 조용했고, 통증이 찾아왔다. 내가 엄마가 되었다고 알리는 표식은 아무것도 찾아볼 수 없었다. 지난 십수

년 동안 이런 날에는 병실에 꽃다발이 가득하고, 기쁨으로 충만한 사람들이 계속해서 병실 문을 열고 들어와 선물 놓을 자리도 부족하고, 전화도 끝없이 울려댈 거라고 생각했다. 심지어 14시에서 16시 사이에, "이제 임신 기간은 끝났습니다"라고 의사가 말한 뒤 등에 주사를 맞기 전에, 넓은 욕조가 구비된 분만실 샤워장에서 머리도 감았다. 나는 위대한 순간으로 이어질 시간 동안 나중에 방문객이 병실로 찾아왔을 때, 머리가 지저분하게 보이지 않기를 원했다.

하지만 오늘 마르야가 태어난다는 걸 아는 사람은 극소수였다. 일전의 회의에서 돌아온 의사 과장은 내 분만을 기점으로 병원 일을 시작했다. 그는 더 기다리면서 위험을 감수하고 싶어 하지 않았고, 남편에게 연락하라고 내게 말했다. 곧장 병원으로 오는 게 좋겠지만 너무 서두르지는 말라고. 의사는 급하게 오지 말라고, 지금 사고를 내서는 안 된다고 반복해서 말했다. 임신 기간이 끝나면 당분간은 지금처럼 신경이 곤두설 일은 다시는 없을 거라고 생각했다.

나는 크리스토프에게 전화를 했다.

"응? 지금 회사 동료들하고 같이 있어."

"제왕절개야. 지금 출발해야 돼."

"뭐라고, 지금?"

"응, 그래. 지금."

크리스토프가 말하는 소리가 수화기 밖으로까지 들려서 의사 과장과 나는 웃을 수밖에 없었다. 크리스토프의 목소리는 정말 믿을 수 없다는, 약간 언짢아하는 듯이 들렸다. 마치 일을 하는데 누군가 쓸데없이 방해하는 것처럼.

"그런데 너무 빨리 운전하지는 마. 바로 분만실로 와야 해!"

그제야 그의 목소리가 변했다. 부모들이 하는 대화를 우리가 지금 나눈다는 기분이 들었다.

완전히 긴장해서 몸이 굳은 상태로 구급차를 타고 분만실로 가는 도중에 도로와 엄마에게 이제 때가 됐다고 전하기 위해 전화를 했을 때야 비로소 눈물이 나왔다. 수술실에 들어가기 전에 마지막으로 두 사람과 문자를 주고받았다.

'다 잘될 거야, 우리 예쁜 딸! 우린 너만 생각한다. 뽀뽀, 엄마가.'

'고마워요. 벌써 링거주사 맞고 있어요.'

'마르야는 자기에게 주어진 운명을 견딜 수 있을 만큼 분명히 질기고 강한 사람이 될 거야. 이제 무슨 일이 일어나든 그건 마르야의 운명이야. 너는 할 수 있는 만큼 그 아이를 도와주거나 같이 견디기만 하면 돼. 너랑 크리스토프는 멋진 부모가 될 거야. 사랑해, 도로가.'

도로는 '마르야와 함께 견딘다'라고 썼다. 나는 간호사가 제왕절개를 한 많은 여성이 수술한 날 침대에서 나오지 못한다고 한 말을 생각했다. 미숙아를 낳은 엄마들만 출산 당일에 곧바로 침대 밖으로 나온단다. 이들은 처음으로 아기를 보기 위해 이를 악물고 통증을 참으며 휠체어에 탄다고 했다.

나는 미숙아 엄마지만 더 이상 해낼 수 없었다. 나는 두려움조차 느끼지 못할 정도로 너무나 지쳤다. "아이는 분명 사망할 거예요." 아이를 낳기 전에 산부인과 의사가 이렇게 말했다. 내가 신생아 중환자실에 있는 의사 과장에게 산부인과 의사가 한 말을 전하자 그는 고개를 저었다. "엄마가 볼 수 있게 마르야가 오늘 하루만 살 거라고 생각하세요? 오늘 밤에 코끼리 점보가 지붕으로 떨어진다면 그런 일이 일어날 수도 있겠죠."

크리스토프가 병실로 찾아왔다. 그는 친절한 소아과 간호사가 마르야를 담당해서 돌본다고 말해주었다. 간호사가 인큐베이터에 있는 마르야를 오랫동안 지켜보더니 '사랑에 빠진 것 같아요'라고 말했단다. 사랑스러운 여자다.

크리스토프는 내 카메라로 처음 찍은, 우리 딸 마르야의 사진을 몇 장 보여주었다. 수술실의 의사 과장은 마르야를 '얇은 와이셔츠'라고 이름 붙였다. 붉은 몸이 면포에 싸여 인큐베이터 속에 있었다. 다리는 구부정하게 굽힌 채 발뒤꿈치까지 내려오는 엄청나게 커 보이는 종이기저귀를 차고, 팔은 힘없이 펼친 상태로 축 처져 있었다. 손에는 링거주사 바늘이 꽂혀 있었다. 입에는 녹색 호스가 연결되었고, 가슴에는 전극이 붙어 있었다. 눈은 감았고, 머리는 호흡 보조장치가 달려 있는 하얀색 모자 아래 숨겨져 보이지 않았다. 마르야는 보조기가 없으면 숨을 쉬지 못했기 때문이다. 마르야에게 연결된 기계는 숨을 들이쉬는 걸 도와주지만, 우리는 마르야가 혼자서 숨을 쉬고 있다고 믿었다.

나는 마르야의 가슴이 첫날에 얼마나 오르고 내리는지 보지 못했다. 크리스토프는 "꼭 노인처럼 거기에 누워서 결투를 벌이고 있는 것 같았다니까"라고 말했다. 크리스토프도 마르야를 만지지 못했다. 병원 측에서 내가 있는 병실로 심리치료사 한 명을 보냈다. 나는 "오늘 어떻게 미숙아 병동에 가야 할지 모르겠어요. 나는 완전히 끝이에요"라고 말했다. 나는 하늘을 날 수 있는 코끼리 점보를 생각했다.

그때 엄마가 병실 문틀에 서 계셨다. 꽃다발을 들고 마스크를 한 채로. 엄마가 지독한 감기에 걸렸기 때문에 엄마에게 병실로 찾아오지 말라고 당부했다. 엄마한테 감기가 옮아서 미숙아 병동에 가지 못하고, 내 딸도 만나지 못할까봐 걱정이 됐다. 하지만 나는 엄마가 와주셔서, 꽃다발과 수호천사 곰 인형을 가져오셔서 기뻤다. 이제 우리 둘 다 엄마다.

나는 마르야가 있는 병동의 전화번호를 휴대폰에 저장했다.

새로운 연락처: 우리 아이.

2015년 3월 12일

마르야의 세 번째 날

엄마에게서 문자가 왔다. '사진 보내줘서 고맙다! 꼭 리스헨을 찍은 것 같더구나. 마르야는 정말 귀여워.'

리스헨은 내가 첫 생일에 선물로 받은 인형이다. 엄마는 마르야가 내가 태어났을 때 체중인 3,200그램의 4분의 1에도 못 미치고 키도 나보다 18센티미터나 작다는 사실을 믿기 어려웠을 것이다.

나는 모두에게 문자를 보냈다.

'마르야는 수염이 없는 난쟁이 인형같이 생겼어요. 그래도 혼자 숨도 쉬고, 평화롭게 쭉쭉이도 잘하고, 자기가 있는 인큐베이터 세계를 관찰하려고 눈도 반쯤 뜨곤 한답니다. 마르야가 해낼 수 있도록 응원해주세요. 삶의 의지가 강한 멋진 여자아이랍니다.'

2015년 3월 15일

마르야의 여섯 번째 날

도로에게 문자를 보냈다.

'오늘 의사와 굉장히 힘든 면담을 했어. 마르야의 뇌수가 더 많아져서 다음 주쯤 수술해야 할 수도 있대. 몸무게가 고작 700그램밖에 안 되는데, 너무 무서워. 또 의사들은 뇌에 기형이 있는 것 같다고도 했어. 너무 슬퍼. 그나마 멋진 일은 마르야를 낳고 오늘 처음으로 가슴 위에 아이를 올려놓고 안아본 거야. 나는 기뻐하면서 마르야와 함께 잠이 들었어.'

도로에게서 답장이 왔다.

'뭐라고? 수술? 진짜 어떻게 이런 일이 있니? 왜 좋은 일은 일어나지 않는 거야? 너무 화가 난다! 뇌 기형이라니, 그건 또 무슨 일이야? 멀리 있지만 널 꼭 안아줄게. 세상에 있는 모든 힘이 너희에게 전해지길 진심으로 바란다. 수면제 달라고 해.'

마르야와 하늘 사이,
두 개의 장애물

2015년 3월 19일

마르야의 열 번째 날

외과 의사가 작성한 자료 두 건에 오마야 리저버약물 전달 도관 삽입을 위한 준비가 포함되어 있었다.

> 1. 손으로 그린 그림: 측면에서 그린 얼굴과 뇌 그림
>
> 머리 피부 아래 이상하게 생긴 물체가 있고, 뇌수가 들어 있는 곳으로 연결된 물체가 보인다. 머리 위로는 나중에 뇌수를 빼낼 주삿바늘이 매달려 있다.
>
> 2. 보고서: 설명을 위한 면담 내용
>
> 수술의 목표: 오른쪽 앞, 피하에 천자할 수 있는 리저버 삽입.

수술 위험성: 출혈과 후출혈, 생명의 위협이 있음, 신경적 부분으로 악화 가능, 예를 들어 지각장애, 시각장애, 영구적이거나 일시적인 마비, 뇌경색, 척수 감염(이 경우 해당 부위 절단 필요), 뇌막염, 간질 발생 등등. 기타 질문 없음.

나는 수술에 동의했다.

2015년 3월 21일

마르야의 열두 번째 날

도로에게 문자를 보냈다.

'뇌수술이 월요일로 앞당겨졌어. MRI를 찍었는데 그 뒤로 의사와 아직 면담을 못 했어. 기형이 심하지는 않을 것 같다고 하는데, 정말 그랬으면 좋겠어.'

2015년 3월 23일

마르야의 열네 번째 날

소아신경외과 의사의 수술 보고서.

활 모양으로 절개, 이마뼈 표본. 다이아몬드 밀링을 통한 머리뼈 절개술….

도로에게서 온 문자.

'너희를 생각할게! 마르야의 수호천사가 곰의 가죽을 쓰고 용맹한 전사처럼 열심히 싸우고 있어. 무슨 일이든 다 해낼 거라고 믿어.'

쿠싱 캐뉼라 삽입과 4센티미터 길이의 오마야 리저버를 통한 뇌경막 응고와 뇌경막 개봉, 뇌실 체계의 천자술이 진행됐다.

2015년 3월 26일

마르야의 열입곱 번째 날

도로에게 보낸 문자.

'제왕절개를 한 뒤에 꿰맨 자리가 터져서 내일 다시 수술해야 해. 이번에는 전신마취래. 인큐베이터 안에 있는 마르야에게 자주 갈 수 없어서 어쩔 줄 모르겠어. 마르야도 3일 전에 수술을 받았는데, 내가 곁에 있어주면 좋을 텐데.'

2015년 3월 29일

마르야의 스무 번째 날

마르야의 혈액 배양 검사에서 'B형 연쇄상구균'이 검출됐다.

2015년 3월 30일

마르야의 스물한 번째 날

인큐베이터 위 모니터에 노란 풍선이 매달려 있다. 풍선 윗부분에는 날짜가, 아래 부분에는 '마르야'가, 가운데 부분에는 '1,000그램'이라는 숫자 주변으로 두 개의 하트가 까만색으로 테두리를 두르고 있다.

2015년 4월 7일

모두에게 문자를 보냈다.

'우리 마르야가 태어난 지 4주가 지났습니다. 모든 분과 이 기쁨을 함께하고 싶습니다. 뇌수술과 패혈증을 잘 이겨내고 어제 젖병으로 분유도 3밀리리터 마셨습니다. 인큐베이터 안에서 물리치료도 받고 있어요. 마르야에게 완전히 푹 빠져 있다는 건 저도 잘 알지만 마르야는 정말 슈퍼 키드예요. 지금은 몸무게가 1,200그램이나 나간답니다.'

2015년 4월 9일

병원 안, 햇살이 잘 비치는 공원 벤치에 앉아 마르야를 생각했다. 마르야는 무슨 생각을 했을까? 혼자라고 느꼈을까? 마르야가 세상에 나오고 닷새 만에야 처음으로 마르야를 내 가슴 위에 올려놓아도 좋다는 허락을 받았다. 뇌출혈의 위험이 너무 높아서였다. 금방이라도 깨질 듯 보이고 이마와 가슴 위에 핏줄이 선명하게 도드라져 있었다. 갈비뼈도 하나씩 셀 수 있을 정도였다.

간호사는 링거 줄이 주렁주렁 달린 자그마한 마르야를 인큐베이터에서 꺼내 매일 내 맨살 위에 올려놓았다. 몸무게가 거의 느껴지지 않는 마르야는 움직이지 않고 숨만 쉰다. 우리는 두세 시간 동안 함께 미숙아 병동에 있는 긴 의자에 누워 있다. 내 심장 소리와 냄새, 목소리가 마르야에게 도움이 된다고 했다. 이런 치료를 '캥거루 케어'라고 한다. 부모와 밀접하게 접촉함으로써 미숙아는 스트레스를 덜 받고, 체온 조절을 더 잘하고, 발달 속도도 빨라진다. 마르야는 내 가슴 위에서 더 쉽게 숨을 쉬었다. 캥거루 같은 유대류들의 의법이다.

마르야는 햇빛처럼 노랗고 보라색 줄무늬가 있는 털모자를 썼다. 미숙아 병동의 봉사단체에서 활동하는 나이 든 여성분들이 직접 짜 주셨다. 이렇게 작은 털모자는 어디에서도 살 수 없다. 모자는 마치 삶은 계란이 식지 않게 씌워놓는 덮개처럼 생겼다. 나는 이렇게 작은 우리 딸을 미용실에서 하는 것처럼 손거울을 들고 비추어 보았다. 마르야의 코는 내 가슴 위에서 몇 밀리미터밖에 떨어지지 않았다. 크리스토프도 일을 마치고 와서는 캥거루처럼 마르야를 안았다. 크리스토프의 체크무늬 셔츠 밖으로 마르야의 머리가 삐죽 나왔다.

나는 이제 거의 글을 쓰지 않는다. 고민하는 대신, 마르야만 살필 뿐이다. 내 삶은 이제 병원에서만 흘렀다. 중환자실에 들어갈 때면 결혼반지마저 손가락에서 빼야 했다. 감염 우려 때문에 보석도 허용되지 않았다. 배의 통증 때문에 계단을 오르내리기가 어려워 매일 아침 승강기를 타고 1층으로 내려갔다. 중환자실의 유리문에 있는 벨을 누르면 첫 번째 문이 열린다. 그곳에 들어가 가방을 사물함에 넣고, 손을 닦고 팔꿈치로 소독제 통의 손잡이를 누른다. 두 번째 문이 열리고 마르야가 있는 방으로 들어간다. 마르야는 문 옆의 첫 번째 인큐베이터에 있다.

처음에는 마르야가 왠지 두 번째 아이처럼 느껴졌다. 지금껏 내가 알던 아이는 내 뱃속에 들어 있던 아이다. 인큐베이터에 있는 아이는 어쩐지 새롭고 낯설었다. 여리여리한 얼굴에 이마가 넓고, 뒤통수가 크고, 가느다란 팔과 다리를 가졌다. 어딘가 고대 이집트 유물에서 본 듯한 모습과 비슷하다. 우리의 네페르티티. 의사는 "뇌수종이 있다는 게 단번에 눈에 띄죠?"라고 말했다. 이집트의 왕비 대신 뇌수종이다. 아, 우리의 마르야. 간호사는 매일 마르야의 머리둘레를 쟀다. 어떨 때는 이케아에서 주는 종이 줄자가 돌돌 말린 채 인큐베이터 안에 들어 있기도 했다. 마르야의 귀가 내 가슴에 닿았다. 귀는 단단한 연골의 느낌이 아니라, 미숙아들에게서 전형적으로 나타나듯이 축 처지고 부드러웠다. 몸에는 밝은색의 솜털이 뒤덮여 있었다. 자궁 안에 있는 태아처럼 팔과 등, 어깨는 물론 이마에까지 금발의 하늘하늘한 솜털이 났다.

인큐베이터 위에는 빨간 수건이 걸려 있었다. 며칠이 지나고 그것이 무엇인지 물어보았다. 빨간색은 마르야에게 내 배를 생각나게 한단다. 내가 마르야를 위해 할 수 있는 일은 많지 않았다. 빨간색을 보여주고 한 손을 등에 올려놓고, 손가락으로 발을 감싸주는 일뿐이었다. 내가 마르야를 만지면 모니터를 통해 마르야의 심장이 더 편안하게 뛰는 것을 볼 수 있었다. 우리는 어떤 방법으로 쓰다듬어주는 게 좋은지 배웠다. 한 군데만 왔다갔다 문지르는 게 아니라, 손 전체를 펴서 넓게 살짝 누르는 게 좋다. 미숙아는 뱃속에서 이렇게 느낀단다.

하루에 한 번, 항상 오전에 물리치료사가 병동으로 찾아왔다. 물리치료사는 작은 아기의 몸을 만질 때 장갑을 끼고, 호흡에 필요한 근육을 튼튼하게 만들기 위해 아기의 상체를 흔들었다. 이렇게 하면 몸이 성장하는 데 도움을 준다고 한다.

나는 마르야에게 아직 뽀뽀를 하지 못했다. 입술에 헤르페스가 없으면 입을 맞춰도 된다고 했지만, 어디에 뽀뽀를 해줘야 할지 모르겠다. 온갖 줄이 연결되어 있고, 주삿바늘이 꽂혀 있고, 반창고가 붙어 있고, 기저귀에 싸인 작은 몸뚱이가 인큐베이터 속에 있었다. 나는 무엇인가 알지 못하는 병을 감염시킬까봐 위험을 감수하고 싶지 않았다. 뽀뽀를 해서 마르야에게 해를 입히고 싶지 않았다.

매일 저녁 잠자리에 들기 전에, 나는 미숙아 병동에 전화를 걸어 마르야가 어떤지 물었다. 부모가 미숙아 병동에서 함께 잘 수는 없어도 전화는 어느 때나 할 수 있었다. 간호사와 통화를 하다가 운 적도 있다. 마르야가 어떻게 될까봐 너무나 겁이 났다.

그래도 뱃속에 있을 때 듣던 오르골 시계가 달린 인형이 옆에서 마르야를 지켜줬고, 머리맡에는 파울의 부모가 선물로 준 깨끗이 빨아놓은 용 인형도 놓여 있었다. 이들은 마르야에게 줄 선물을 한아름 가지고, 내가 제왕절개를 한 다음 날 친구 중에서는 첫 번째로 문병을 왔다. 이들이 해준 말은 짧고 명확했다. 마르야가 이런저런 진단을 많이 받았지만 그래도 태어난 걸 축하할 일이지, 울 일이 아니라는 것이었다.

매일 밤에 간호사는 마르야의 몸무게를 측정했다. 2킬로그램이 되면 다음번 수술을 진행해도 된다고 했다. 그 정도로 크면 뇌에 관을 삽입할 수 있지만, 그다음에 어떨지는 외과 의사가 우선 심장 결손을 들여다봐야 한단다. 폐도 잘 지켜야 하기 때문이다.

마르야와 하늘 사이에는 두 개의 장애물이 있다. 하나는 인큐베이터의 아크릴이고, 또 하나는 미숙아 병동의 창이다. 이곳에서 보이는 하늘은 바로 내가 마르야에게 약속했던 하늘이다. 하얀색 줄무늬가 넓게 퍼져 있는 밝은 하늘. 마르야는 아직 하늘이 어떻게 생겼는지 알아볼 수 없다. 눈 근육이 너무 약하고, 눈동자가 흐릿하다.

2015년 4월 14일

원래는 가족 중 두 명만, 즉 엄마와 아빠만 중환자실에 들어갈 수 있다. 그런데 수간호사가 가끔씩 예외로 다른 사람을 들여보내 줄 때가 있다. 그래서 맞은편 아기의 할아버지도 아기를 보러 한 번 들어오셨다. 방문자가 다 돌아간 늦은 저녁에, 엄마가 조심스럽게 마르야가 있는 인큐베이터에 다가왔다. 엄마는 흥분해서 "이게 우리 마르야야? 어머나 이렇게 작다니!"라고 말했다.

아빠는 며칠 전에 옮긴 관찰 병동에서 마르야를 처음으로 보셨다. 이곳에서는 손을 흔드는 할아버지와 할머니, 폴짝거리는 형제자매가 아기들이 있는 온열 침대를 들여다보려고 발코니에 모여 코를 바짝 유리창에 갖다 댄다. 우리는 운이 좋았다. 마르야의 침대가 바로 창가 쪽에 있었기 때문이다. 아빠는 유리창을 사이에 두고 우리 사진을 찍으셨다.

2015년 4월 22일

도로에게서 문자가 왔다.

'사진 정말 고마워. 감동적이야! 마르야 진짜 귀엽네. 너도 행복해 보여. 다 좋은 거 맞지?'

나도 답장을 보냈다.

'나 지금 너무 절망적이야. 마르야가 다시 감염됐어. 뇌수막염이 아니기를 간절히 빌고 있어. 다시 항생제를 먹고 있고, 의사랑 면담도 또 잡혔어. 너무 무섭고, 새로운 병동 때문에 너무 화가 나.'

혈액 배양 검사 결과에서 또 B형 연쇄상구균이 발견됐다.

2015년 4월 23일

도로에게서 문자가 왔다.

'안타까워서 어째. 의사들은 말로 모든 걸 쉽게 망가뜨릴 수 있지. 나도 너무 잘 알아….'

2015년 4월 24일

도로에게서 문자가 왔다.

'마르야는 상태가 어때? 걱정돼서….'

나도 답장을 보냈다.

'인큐베이터 옆에 있는 간이 의자에 앉아서 밤을 새웠어. 항생제 효과가 나타나고 있는데, 뇌수에도 영향을 주는지는 아직 결과가 안 나왔어. 그래도 마르야가 오늘 저녁에 드디어 며칠 동안 감고 있던 눈을 다시 떴어.'

2015년 4월 25일

도로에게 문자를 보냈다.

'월요일에 교수랑 면담이 있어. 그러면 심장수술에 대해 자세히 알 수 있어. 간호사 말로는 다음 주말쯤에 수술할 수 있다고 해.'

2015년 5월 4일

마르야의 세 번째 달

의사 소견서에서 발췌한 내용이다.

친애하는 동료 여러분, 우리 병동에 입원한 이 환자는 출생 후 잘 적응하고 있고, 인공호흡기를 장착할 필요가 없으며… 병원과 실험실에서 확인한 반복적인 감염도 항생제를 통해 성공적으로 치료했으며, 오마야 리저버에서 빼낸 뇌척수액 배양 검사에서도 세균이 발견되지 않았습니다. 부종과 비대해진 간을 치료하기 위해 4월 29일부터 HCT를 통한 이뇨제 처치를 했습니다. … 예상되는 아이젠멘거 반응을 피하기 위해 우리는 여러분이 동의한 바와 같이 폐동맥 교액술을 진행합니다.

우리의 작은 '싸움닭'

2015년 5월 7일

수술: 폐동맥 교액술.

목적: 폐로 혈액이 유입되는 것을 제한시키기.

모두에게 문자를 보냈다.

'마르야가 첫 번째 심장수술을 받습니다. 엄마인 제가 할 수 있는 것이라고는 여러분께 모든 수호천사를 보내달라고 부탁드리는 것뿐이네요. 모두 마르야를 생각해주시면 정말 감사하겠습니다. 잔드라 드림.'

소아외과의 수술 보고서에서 발췌한 내용이다.

흉골 위의 피부 절개… 전기톱으로 정중흉골절개… 폐동맥과 세 개의 유지 봉합 장치 위로 심낭 부분 개복… 폐동맥 주변으로 테플론 밴드 감기.

도로에게서 문자가 왔다.

'수호천사 D의 활동 개시. 마르야를 낫게 할 봄의 빛과 색, 냄새를 보낼 거야.'

수술 경과 보고서에는 다음과 같이 적혀 있다.

85~88퍼센트의 시스템 포화상태에 의해 폐동맥 압력 측정 아래 폐동맥이 반자동적으로 연결. 밴드는 6×0 프롤린 실로 고정시킨다. 심낭이 완전히 닫힌 뒤에 흉골 후방의 배농 장치와 흉부 봉합. 간단히 말해 상처 봉합과 피부 봉합.

모두에게 문자를 보냈다.

'독일 전역에 계신 모든 수호천사님께 깊은 감사 말씀을 드립니다! 우리 마르야를 모두 정말 잘 지켜주셨어요. 수술도 어려움 없이 지나갔고, 마르야는 굉장히 지쳤지만 온열 램프 아래서 인공호흡기를 달고 안정적인 상태를 유지하고 있습니다. 다음 48시간이 중요하다고 합니다.'

2015년 5월 10일

미숙아를 둔 한 엄마에게서 문자가 왔다.

'어머니날을 처음으로 맞이한 걸 축하합니다!'

나도 답장을 보냈다.

'오, 감사합니다! 엄마가 된 게 정말 자랑스러워요.'

2015년 5월 20일

도로에게 문자를 보냈다.

'마르야는 지금 정말 상태가 좋아. 꼭 황소처럼 젖병에서 우유를 힘차게 빨아 먹고 가끔 미소를 짓기도 해. 이곳에서 일하는 간호사들은 굉장히 친절해. 그래서 훨씬 수월해.'

2015년 5월 26일

다비드에게 문자를 보냈다.

'마르야와 나는 병원의 모자 병실에서 첫 번째 밤을 함께 지냈어. 힘들긴 해도 행복해. 마르야는 벌써 몸무게가 2.6킬로그램이나 돼!'

2015년 6월 4일

마르야의 네 번째 달

도로에게 문자를 보냈다.

'마르야는 내복 위에 작은 원피스를 입고 있어. 머리에 솜털이 뽀송뽀송하게 난 게 완전히 여자아이야.'

2015년 6월 6일

도로에게 문자를 보냈다.

'어제는 기념할 만한 날이었어. 마르야를 유모차에 태우고 밖으로 나갔거든! 마르야는 처음으로 바깥 하늘 아래 있었어. 햇볕을 쬐면서. 말로 표현할 수 없을 만큼 너무 좋고 감동적이라 거의 울 뻔했어. 병원 울타리 안에서 잠깐 거닌 것뿐이지만 정말 좋았어.'

2015년 6월 9일

미숙아를 둔 또 다른 엄마가 문자를 보냈다.

'마르야는 잘 지내나요? 새로운 소식이 있나요?'

나도 답장을 보냈다.

'안부 물어봐줘서 감사해요. 다 좋아요. … 그런데 어쩌면 다음 주에 션트 삽입 수술을 해야 한대서 불안해요. 어디에서 수술을 받을지 아직 고민 중이에요. 저도 매우 지쳤어요. 휴가라도 떠날 수 있다면 좋겠어요.'

2015년 6월 12일

도로에게 문자를 보냈다.

'마르야를 다른 병원으로 옮기는 문제로 마음이 심란해. 다음 주에 뇌수술이 잡혔어. … 그건 그렇고, 오늘 마르야가 챙 달린 모자를 썼는데 얼마나 예뻤는지 몰라!'

2015년 6월 13일

도로에게서 문자가 왔다.

'나는 벌써 네가 1년 뒤에 마르야랑 산책할 모습이 눈에 아른거려. 멋져….'

2015년 6월 15일

다른 병원의 소아신경외과로 옮겼다.

2015년 6월 17일

수술: 뇌실-복막 션트 삽입, 오마야 캡슐 제거.

목적: 뇌수를 복강으로 빼내기.

모두에게 문자를 보냈다.

'오늘 마르야의 솜털 같은 머리카락을 면도했어요. 뇌수술을 받기 위해서입니다. 션트가 막힐지, 감염이 될지 다음 몇 주가 특히 고비입니다. 마르야는 훌륭한 보살핌을 받고 있어요. 재미있고, 작은 소녀가 됐습니다.'

2015년 6월 30일

모두에게 문자를 보냈다.

'집에 있는 요람에서 처음 찍은 마르야 사진입니다! 병원에서 3개월 반을 보냈는데 이제 몸무게가 3.5킬로그램이나 되고, 세 번의 수술을 뒤로하고 어제 드디어 퇴원했습니다. 우리는 시간이 부족해 먹는 둥 마는 둥하고 잠도 제대로 못 자는 데, 마르야는 만족스럽다는 듯 잘 웁니다.'

2015년 7월 9일

마르야에 대해 들려줄 이야기는 두 가지다. 어떤 걸 먼저 들려줘야 할까? 마르야가 비쩍 마른 한 마리의 작은 새처럼, 세상에 태어난 지 13일째 되는 날에 인큐베이터 속에 있는 채로 수술실로 들어간 것과 뇌 때문에 외과 의사를 애먹였던 이야기. 마취과 여의사는 신생아용 마취약이 따로 없기 때문에 경험에만 의지한다고 설명했다. 나는 마르야가 중환자실의 유리문 뒤로 사라져가기 전에, 하얀 하트 모양 반창고를 볼에 붙인 채 몸을 덮은 면 이불 위로 갈비뼈가 툭 튀어나온 모습을 지켜보았다. 몸무게가 겨우 745그램밖에 나가지 않는데, 수술용 메스 아래에 놓였다.

수술이 끝나고 마르야를 다시 마주했을 때의 모습은 말도 못 할 만큼 끔찍했다. 머리에는 마치 가시처럼 파란 실이 늘어져 있고, 이마 한쪽은 혹이 난 것처럼 불룩 솟아 있었다. 오마야 리저버라고 머리 피부 아래에 캡슐을 삽입했기 때문이다. 의사는 몇 주 동안 넘치는 뇌수를 빼기 위해 하루에 한 번, 처음에는 심지어 두 번이나 가느다란 주삿바늘로 캡슐을 찔렀다. 매일 뇌로 직접 세균이 침투할 수 있는 위험을 몇 주간 감수해야 했다. 잘못되면 계속해서 뇌수막염이 일어나고 장애의 등급이 높아지지만, 그래도 이 방법이 가장 위험이 적었다. 션트를 삽입하기에는 마르야가 아직 너무 작고 여리기 때문이다. 뇌수는 어떤 방법으로든 반드시 빼내야 했다. 그렇지 않을 경우에는 뇌가 크게 손상을 입기 때문이다.

많은 시간을 걱정으로 보내고, 아침마다 어느 병실에 마르야가 있을지 걱정하며 미숙아 병동에서 애태운 날들. 오늘은 슈퍼 박테리아균에 대한 코드인 '특별 위생조치: 마스크, 장갑, 감염 보호복에 주의'라는 표지판이 붙어 있을까? 다른 부모는 병동 앞 옷 보관소가 있는 간이 의자에 앉아 있을까? 사태가 심각해지거나 위급하게 검사를 해야 하는 경우, 부모는 밖에서 기다려야만 했다. 매일 아침에 무슨 일이 또 일어났는지 근심하면서 물었다.

한번은 마르야가 경련을 일으킨 적이 있었다. 임신 기간에 그렸던 그림이 그대로 떠올랐다. 경련보다 더 두려운 일은 없었다. 언젠가 경련은 뇌에서 일어나는 천둥과 번개 같다고 읽은 적이 있다. 저렇게 작은 머리에서 이런 끔찍한 일이 일어나고 있다니. 마르야는 새로운 약을 처방받았는데, 몇 주 동안 날마다 복용해야 한다. 마취제 성분의 '페노바르비탈'이라는 약이다. 혹시라도 약 때문에 아직 발달해야 하는 뇌에 마비가 오는 건 아닐지, 새로운 걱정거리가 생겼다. 하지만 약을 복용하지 않으면 경련이 더 심해질 것이다.

크리스토프는 "페노바르비탈?" 하고 물었다. "나치가 사람을 죽일 때 사용했던 약인데." 위키피디아에는 장애아들이 약물 과다복용으로 사망하는 경우도 있다고 적혀 있다. 내가 할 일은 즉시 이런 사실을 머릿속에서 지우는 것이다. 맞은편 인큐베이터에 있는 아기도 페노바르비탈의 효과를 봤다. 다시 악몽이 시작됐다. '행여나 간호사가 실수로 너무 많은 양의 페노바르비탈을 주면 어쩌지?' 나는 땀에 흠뻑 젖은 채 잠에서 깨곤 했다. 임신했을 때 통화했던 한 여성이 생각났다. 그 여성의 아기는 다른 병원에서 호스를 통해 낯선 사람의 모유를 마셨는데, 간호사의 잘못으로 병이 바뀌는 바람에 나중에 에이즈 검사를 받아야 했다.

깨끗이 씻으려고 마르야의 인큐베이터에서 떼어낸, 인큐베이터 뚜껑에 달린 고무링이 생각났다. 간호사는 "교대근무가 끝나기 전에 다시 끼울 거예요"라고 말했다. 늦은 저녁 간호사가 퇴근한 지 한참 지났는데도 아직 인큐베이터에 고무링이 끼워져 있지 않았다. 그래도 자동 온도조절 장치가 제대로 작동할까? 나는 다시 침대에서 뒤척였다. '다 괜찮을 거야. 무슨 일을 해야 하는지 간호사가 잘 알 거야. 그럼, 모든 게 다 괜찮아. 고무링은 전혀 중요한 게 아닐 거야.' 중요하다, 안 중요하다, 모든 것이 불분명했다. 두 번에 걸쳐 수혈까지 받았는데, 모든 것을 걱정할 수는 없다. 그냥 잠드는 수밖에 없다.

어느 날 아침에 의사와 면담이 있었다. 마르야의 상태가 전날 밤에 급작스럽게 나빠졌다고 했다. 피부도 거의 회색에 가까울 정도로 창백해지고, B형 연쇄상구균에 걸려서 간호사가 알람을 울렸다고 했다. 마르야는 그날 새벽부터 항생제를 처방받았다. 나는 "병원체가 머릿속에 있나요?"라고 물었다. "지금까지는 혈액 속에서만 발견됐습니다." 의사가 답했다. "아, 그럼 다행이네요."

"그게…." 의사는 평소와는 다른 목소리로 말했고, 나는 그가 한 말을 집중해서 듣고 집에서 검색해보았다. 몇 시간 안에 사망에 이를 수도 있고, 뇌수막염을 일으키기도 한다고 나왔다. 갑자기 어디에서 병원균에 감염된 걸까? 제왕절개로 태어났으니까 분만하는 과정에서 균이 묻은 것은 아닐 것이다. 유축기로 짜낸 모유는 검사를 통과했다. 침액 검사에서도 음성 반응이 나왔다. 나한테 병원균이 전염된 게 아니라는 것은 확실했다.

마르야는 열흘 동안 종류가 다른 두 개의 항생제를 복용한 다음에 목구멍에서 표본을 채취해 검사했다. B형 연쇄상구균이 아직도 검출됐다! 약을 바꿔야만 했다. 이제 항생제가 세 개로 늘었다. 그런데도 의사는 마르야를 회복실로 옮겼다. 이곳은 아기들이 퇴원을 기다리는 곳이다. 엄마들은 모유수유 방법을 배우고, 몇 명 안 되는 간호사가 많은 아기를 돌본다. 일요일과 저녁에는 병동에 의사가 없는 곳이었다. 나는 마르야가 받을 심장수술과 그다음에 있을 두 번의 뇌수술을 위해 건강해야 한다고 간절히 바랐다. 하지만 아무런 소용이 없었다. 가장 튼튼한 아이가 나가야 한다. 그것이 이 좁고 작은 중환자실의 규칙이다. 자리는 한정됐는데 임신중독으로 계속해서 새로운 환자가 들어왔고, 또 새로운 미숙아들이 뒤따랐다. 하지만 일찍 나갔던 아기도 상태가 안 좋아지면 다시 중환자실로 돌아오기도 했다. 창가에 있던 남자 아기처럼 말이다. 마르야도 목에 B형 연쇄상구균이 있지만 이곳을 떠나야 했다.

어느 날 오후에 새로운 병실의 모니터가 삐익 소리를 내기 시작했다. 산소포화도 감소가 연이어 일어났다. 간호사는 심각한 문제가 아니라고 했다. 산소 투여용 카테터 없이도 괜찮은지 시험해봤다고 안심시켰다. 나는 마르야가 연쇄상구균에 걸렸으니 다시 혈액검사를 해보라고 애원했다. 간호사는 나중에 의사가 와서 볼 거라고 건성으로 얘기했다. 나중에 피를 뽑아서 검사할 것이라고. 그러다 갑자기 허둥대기 시작했다. 염증 수치가 갑자기 치솟아서 즉시 링거를 꽂아야 했다. 하지만 마르야의 정맥을 더 이상 찾을 수 없었다. 너무 많은 곳을 찔러대 상처가 나서 말초정맥용 카테터를 집어넣을 수 없었다. 여의사가 정맥을 찾느라 이곳저곳을 시도하는 동안 마르야는 계속 울어댔다. “아기가 심하게 아파서 항생제를 넣어야 합니다.” 의사가 목소리를 높여 얘기했다. 결국 항생제 용액이 마르야에게 들어갈 때까지 나는 눈물을 흘리며 복도를 오가다 인큐베이터 옆에 놓인 간이의자에 털썩 주저앉았다. 그 상태로 아침 해가 떠오르는 것을 맞이했다. 꼬박 하룻밤을 지새우고, 아침 회진 시간에 여의사에게 왜 그토록 늦은 시간에 이전에는 한 번도 한 적이 없는 혈액 수치를 쟀는지 물었다. 그러자 여의사는 나에게 다른 병원으로 가도 좋다고 말했다. 나는 아이가 인큐베이터에 들어 있다고 말했다. 마르야는 다시 중환자실로 옮겨졌다. 연쇄상구균에 감염됐다는 검사 결과가 또다시 나왔다.

이런 병균을 이겨내고 얼마 지나지 않아서 마르야를 구급차에 태워 다른 병원의 심장의학과로 옮겼다. 구급차의 보닛에는 '아기 구급용'이라는 글자가 적혀 있었다. 마르야는 인큐베이터에 든 채로 고속도로를 달렸고, 우리는 그 뒤를 따랐다. 병원에 도착하자마자 곧장 진찰을 받았다. 대여섯 명의 전문의가 아무 말도 하지 않은 채 산소포화도 표시판을 응시했다. 이들은 수치 때문에 혼란스러워했다. 나는 "무슨 문제라도 있나요?"라고 물었다. 의사 한 명이 머뭇거리며 대답했다. "폐동맥고혈압이라고 의심됩니다. 어쩌면 수술하기에 너무 늦은 것 같습니다. 이건 일방통행이에요." "무슨 뜻이에요? 내 아이가 지금 죽을 거라고 말씀하시는 건가요?" 침묵. 나는 무슨 조치를 취할 수 있는지 묻고, 또 물었다. '심장-폐-이식'이라는 단어가 나오고, 의사 과장이 그다음에는 약물로 시험해보자고 제안했다. 산소포화도가 상승하면 아직은 늦지 않았다고 말했다. 우리는 마르야의 침대를 둘러싸고 서 있었다. 모니터의 파란 숫자에 모든 것이 달렸다. 92에서 93으로. 숫자가 다시 97, 98, 99로 올라갔다. 100이라는 숫자가 나타나자 의사는 휴대폰으로 사진을 찍었다. 의심이 사라지고 다시 모든 것이 계획대로 진행됐다. 마르야의 체중이 2킬로그램이 되면 첫 번째 심장수술을 한다는 계획이었다. 한 시간 안에 '심장–폐–이식'에서 다시 다른 방향으로 돌아왔다. 우리는 신경 쇠약에 걸릴 것 같았다. 하지만 쓰러질 시간이 없었다.

외과의들이 정교한 기술로 마르야의 폐동맥을 만지작거리는 동안에 나는 호텔방의 침대에 쓰러져 마르야의 우주복을 얼굴에 펼쳐놓고 냄새를 맡았다. 젖과 침, 체취가 옷에 배어 있었다. 비교적 작은 수술이라고는 해도 과소평가할 수 없고 사망률이 높은 편이라고, 의사가 내뱉은 단 한 마디 때문에 다른 여의사가 자기네 병원에서는 위험률이 훨씬 낮다고 말할 때까지 점심시간 내내 울었다. 중환자실에 마르야와 함께 입원했던 중증 심장 결손이 있던 남자 아기는, 며칠 동안에 걸쳐 문제가 발생해서 응급 수술을 받았지만 끝내 세상을 떠나고 말았다. 가림막으로 가려진 그를 둘러싼 세상과 아이 엄마의 얼굴을 바라봤다. 나는 그토록 창백한 얼굴색을 처음 보았다. 마르야는 흉부 상처가 아물 때까지 6주 동안 쉬고 난 뒤, 세 번째 수술을 받았다. 태어난 지 3개월도 지나지 않았다. 이번에는 다시 뇌수술이었다.

몇 주 전부터 매일 밤 여덟 시간을 접이식 간이 의자에서 보냈다. 내 손은 소독제 때문에 손바닥이 불에 덴 듯 벌겠다. 손가락 사이의 피부가 벗겨졌다. 내 이름을 잃은 지는 한참 됐다. 모든 간호사가 나를 '마르야 엄마'라고만 불렀다. '마르야 엄마'는 아기가 호스와 케이블에 연결됐는데도 기저귀 가는 법을 배우고 방사선과로 심장초음파를 찍으러, 뇌전도를 찍으러 복도로 아이를 데리러 오고 갔다. '마르야 엄마'는 수술 전에 의사 과장 두 명이 협의한 것에 반해, 어떤 의사가 마음대로 밤에 항생제 주는 것을 빼먹은 사실을 알게 됐을 때 큰소리로 따질 수도 있었을 것이다. 천자穿刺를 한 뒤 주사로 찌른 곳에서도 뇌수가 많아져서 마르야의 머리 위로 흘러내리는 걸 보면서, 소리를 지를 수도 있었을 것이다. 하지만 결단코 그러지 않았다. 아픈 아이의 부모를 의사와 연결시키는 것은 단지 감사함뿐만이 아니었다. 여기에는 또한 의존하는 마음도 있었다.

그런 이유에서 수술 전에 우리를 다른 방으로 따로 불러서 설명하지 않고, 피곤해서 녹초가 된 의사가 시간이 부족하다는 핑계로 여러 사람이 있는 승강기 옆에서 수술 중에 발생할 수 있는 재앙을 기계적으로 읊어도, 마비와 의식불명, 사망 등에 대해 모두 인지하고 동의한다는 서류를 내밀어도 아무 말도 하지 않았다. 우리는 날짜를 쓰고, 서명했다. 우는 일은 나중으로 미뤄야 했다.

'마르야 엄마'는 병원을 옮기는 일을 알아보고, 병원 원무과 직원과 통화하고, 병원 옆에 민박집을 빌리고, 수습 간호사가 됐다. 발 둘레에 산소측정 감지기를 연결하고, 전극을 붙이고, 물에 약을 타고, 주사를 잡아당기고, 튜브가 위장에 자리를 잘 잡았는지 청진기로 검사했다. 나는 건강 매니저와 간호사라는 새로운 직업이 생겼다고 농담을 했다. '엄마라는 직업은 아직 시작도 하지 않았다.'

석 달 반이 지나고 마르야는 퇴원을 했다. 머리에 초승달 모양의 흉터와 작은 가슴에 세로로 길게 흉터를 얻은 채로. 가슴에는 전극을 붙이고, 요람에서 모니터로 연결된 전선도 따라왔다. 우리는 처음으로 몇 주를 집에서 함께 보냈는데, 얼마 지나지 않아 다시 마르야를 병원으로 데리고 가야 했다. 여섯 시간이나 걸리는 네 번째 수술을 받기 위해서였다. 외과 의사는 다시 마르야의 가슴을 열었고, 심장과 폐 기계가 작업을 하고, 교수는 주사를 놓고, 매듭을 짓고, 꿰매고, 심장을 고어텍스로 땜질을 했다. 나는 마르야의 심장은 '외과 의사가 다시 뛰게 하기 전까지 멈출 것'이라고 들었다.

아니면 다른 이야기를 들려주어야 하나?

어느 날 내가 마르야의 온열 침대에 다가가서 미숙아 병동에서 들려오는 바닷소리에 귀를 기울였다는 이야기. 한 간호사가 미소를 지으며 "마르야는 휴가 중이에요"라고 말했다. 간호사는 마르야 머리맡에 다양한 소리가 나오는 베이비 에그라는 장난감을 갖다 놓았다. 심장박동 소리와 시냇물이 첨벙대는 소리도 나왔다. 나는 중환자실 병동의 벽에 있는 포토 갤러리에 마르야의 사진도 언젠가 걸리면 좋겠다고 생각했다. 첫 번째 사진은 노인처럼 보이는 신생아 사진, 2년 뒤 사진은 바닷가 모래성 옆에 있는 말괄량이 소녀.

마르야가 태어난 지 열두 번째 되는 날에 한 소아과 간호사에게서 편지를 받은 이야기. 편지 봉투에는 '엄마와 아빠에게'라고 쓰여 있었다. 그 간호사는 마르야가 첫 번째 뇌수술을 받기 전날 밤에 마르야를 담당했다. 의료 보조 수단을 바꿀 때마다 우리를 위해 사진을 두 장씩 찍어두었다. 그 덕분에 우리는 반창고나 호흡기기, 호스를 붙이지 않은 마르야를, 세상에 나왔을 때처럼 온전한 우리 아이를 볼 수 있었다. 기저귀 회사 팸퍼스의 홍보용 포스트잇에 빨갛게 마르야의 발 도장과 오른손 도장도 찍어주었다. 발 길이가 내 엄지손가락에도 미치지 못할 정도로 작았고, 마르야의 가운뎃손가락은 내 엄지손톱보다도 짧았다.

가끔 엄마들이 한꺼번에 인큐베이터 옆 접이식 간이침대에 누워 캥거루처럼 아기를 가슴에 올려놓고, 친절한 간호사가 근무하는 날이면 "자, 누구한테 먹을 걸 줄까요?"라며 기분 좋게 모두를 향해 외칠 때가 있었다는 이야기. 나는 간호사가 미숙아들이 위 속으로 연결된 튜브를 통해 1밀리미터씩 마실 수 있도록 모유가 든 주사기를 나눠주면, 인큐베이터와 호흡기로 꽉 찬 비좁은 중환자실이 쉴 틈 없이 삑삑 하고 울려대도 굉장히 편안하게 느껴졌었다.

첫 번째 심장수술을 위해 새로운 병원으로 향하면서 노란 종이 상자와 비단 리본을 가지고 갔고, 중환자실 병동에서 하루를 보내고 저녁에 호텔 방에서 마르야가 태어난 것을 알리는 카드를 만들었다는 이야기. 미숙아 병동에서 받은 모자를 쓴 마르야의 사진 위로 모자의 줄무늬 색깔에 맞추어 '네가 세상에 태어났다니 정말 좋아!'라는 글귀를 보라색으로 썼다.

심장수술을 마친 뒤에 마르야가 이때 처음으로 충분한 힘이 생겨 다른 아기들처럼 단순히 배가 고파서 우는 소리를 들은 이야기. 마르야가 두 번째 뇌수술을 마친 뒤에 내 목소리를 듣자 미소를 지었던 이야기. 마르야가 키도 크고, 몸무게도 늘고, 젖을 먹고 싶으면 혀를 내민다는 이야기. 마르야 주변에 아기 냄새로 된 구름이 떠다니고, 우유병을 들고 우유를 먹이면 내 얼굴을 오랫동안 빤히 쳐다본다는 이야기. 그리고 임신 25주차에 내가 마르야에게 사준 유기농 면으로 된 비싼 양말에 관한 이야기. 그 양말을 소아심장외과 중환자실에 있는 동안 신어서 양말목이 너덜거리고, 한 짝은 실수로 병원 빨래에 섞여서 영원히 사라져버린 이야기.

마르야가 생후 9주가 됐을 때 처음으로 마르야를 위해 산 달팽이 인형을 아기 곁에 놓았다. 마르야는 병원 침대에서 편안한 자세로 누웠다. 한 다리는 꼬아서 발바닥으로 쿠션을 누르고, 다른 한쪽 다리는 달팽이 인형 위에 자연스럽게 올려놓았다. 한쪽 손은 무언가를 찾는 듯이 침대를 둘러싼 천을 향해 뻗어 손가락 끝이 꽃무늬 천에 닿은 채 잠이 들었다.

"코가 엄마 코를 닮았어요." 간호사 한 명이 말했다. 나는 코뿐만 아니라 강인한 성격도 닮았다고 생각했다. 마르야는 내 아이다. 금발의 솜털 같은 머리카락과 길고 뾰족한 손톱. 마르야는 자면서 낑낑거렸다. 우유 먹는 시간이 늦어지면 화가 나서 빽빽거렸다. 하품을 하고 입을 쩝쩝 다셨다. 의사들은 마르야가 쑥쑥 잘 자라고 있다고 말했다. 나는 마르야가 사랑스러워 가슴이 터질 것 같았다.

심장수술에서 회복한 뒤 마르야를 데리고 병원 경내를 하루에 한 시간 정도 산책해도 좋다는 허락을 받았다. 우리는 항상 같은 곳을 돌았다. 의사 과장의 지정 주차장을 지나 오래된 큰 나무가 있는 잔디밭으로 갔다. 그다음에는 병원 정문 쪽을 지나 작은 장미 정원이 있는 언덕으로 올라갔다. 나는 그곳에 있는 벤치에 앉아 병동에서 빌린 이동식 모니터가 달린 유모차 안에서 마르야가 자는 동안 6월의 햇살을 맞았다. 처음으로 실제로 육아휴직에 들어간 진짜 엄마처럼 느껴졌다. 가끔 크리스토프가 와서 마르야를 돌볼 때는 병원 카페테리아에서 매그넘 아이스크림을 사 먹기도 했다.

두 번째 뇌수술이 끝나고 마르야가 아직 중환자실에 있던 어느 날 오후, 우리는 지하에 있는 병원 구내식당으로 내려가지 않았다. 그 대신에 병원 근처에 있는 아기용품 도매시상에 갔다. 우리는 한 시간 반 동안 그네 침대와 기저귀 가는 선반, 온열 램프, 수면 조끼, 목욕용 온도계를 구입했다. 다음 날 오후에 또 나가서 유모차도 사가지고 왔다.

유모차와 그네 침대는 나와 크리스토프의 부모님이 선물로 사주셨다. 하지만 우리가 받은 이보다 더 좋은 선물은 다른 것이었다. 우리 곁에 있어주시려고 독일 전역의 병원으로 매번 수백 킬로미터를 달려와 주신 나와 크리스토프의 부모님이, 심장수술이 끝난 후 처음으로 마르야를 품에 안아본 순간이었다. 가운과 마스크로 가려졌지만 그분들의 눈에 기쁨이 어리는 게 보였다. 또 수술이 있을 때마다 친구와 가족이 보내준 수많은 문자도 큰 선물이었다. 집배원이 계속 해서 마르야에게 새로운 선물을 배달해주었고, 어느 날에는 의사로부터 퇴원해도 된다는 기쁜 소식을 선물받았다.

우리는 위급 상황을 대비한 심폐소생술과 심장 마사지 강좌를 속성으로 들었다. 진찰실에는 실습용 인형이 준비되어 있었다. "이렇게 흉골을 누릅니다"라고 여의사가 설명했다. "아니, 더 빨리요!" 의사는 CD 플레이어를 틀었다. "이렇게! 30번을 누른 다음에 두 번 숨을 불어 넣으세요!" 우리 손은 몇 분 동안 위아래로 움직였고, 비지스의 노래 'Staying Alive' 리듬에 맞춰 인형을 압박했다. 그다음에 철제로 된 환자용 침대에서 아이를 꺼내 모두 함께 집으로 왔다.

나는 크리스토프에게 물었다.

"요즘 내가 마르야가 병원에서 있었던 이야기와 집에 와서 새롭게 시작한 이야기 중에서 어떤 걸 더 자주 하는 것 같아?"

크리스토프는 한 치의 주저함도 없이 말했다.

"승리에 대해서 자주 이야기하지."

그의 말이 맞다. 우리에게 마르야는 항상 모든 것을 해내고 모든 장애를 넘은 용감한 딸이다. 결코 약하거나 장애가 있는 안쓰러운 아이가 아니다. 마르야는 강하다. 크리스토프는 '작은 싸움닭'이라고 말했다. 그는 나와 마르야에 대해 이야기를 할 때면 인상 깊은 다른 기억들이 되살아난다고 했다. 나도 마찬가지다. 이런 경험은 해보지 못한 사람과는 나누기 힘들다. 내 경우에는 아이라는 범주가 먼저 오게 됐다고 확신한다. 이전에는 새로운 사람을 알게 될 때 이들이 어떤 기사를 쓰는지, 외국에서 어떻게 사는지, 어떤 책을 읽고, 무엇 때문에 웃는지 등으로 이들과의 연결점을 찾았다. 지금도 그렇긴 하다. 하지만 '아이를 잃어버릴지도 모른다는, 미칠 듯이 무서운 느낌을 아세요'라는 입에 올리기조차 힘든 질문에 '그렇다'고 대답하는 사람에게서 느껴지는 직접적이고 깊은 친밀감은 새롭다.

마르야의 두 번째 이야기는 첫 번째 이야기보다 짧다. 불행은 글로 써서 남길 수 있다. 하지만 행복은 살면서 누려야 한다.

장애아의 가족으로
산다는 것

2015년 9월 18일

외과 의사가 마르야의 심장을 정지시키고 수술한 다음에 경과보고서에 쓴 아름다운 한 문장. '심장이 갑자기 안정적으로 규칙적인 리듬으로 뛰기 시작했다.'

2015년 11월

아기라도 수술실에 있는 성인용 침대에 눕혀 옮기는 것이 일반적이라는 것을 몇 주 전에야 알게 됐다. 움직이지 않는 작은 아기라도 몸 옆에 수많은 케이블과 호스를 놓을 자리가 충분해야 하기 때문이다. 마르야의 가슴에서 뻗어 나와 발끝에 놓인 파란 상자로 연결되는 심박조정기 전극은 마르야의 심장과 연결되었다. 수술 뒤에 심장 박동 장애가 올 경우를 대비해서다. 마르야가 진통제로 모르핀을 맞았기 때문에 정신이 혼미한 것처럼 보이고, 거의 말을 걸 수 없는 듯한 인상을 받을 수 있다고 간호사가 설명해주었다. 모르핀의 양을 점차적으로 줄이면 많이 울 것이라고도 했다.

우리는 다시 집에 왔다. 나는 아몬드 오일이 마르야의 피부에 좋고, 매일 목을 닦아줘야 하는 일 등 실제로 일상에서 필요한 것을 배웠다. 마르야를 낳기 전부터 나를 돌봐준 조산사가 집으로 찾아왔다.

집에서 한적하게 누울 수 있는 특권은 이미 사라졌다. 퇴원하고 9월에 뇌수술을 받기 전까지 여름의 몇 주 동안 행복했다. 자장가를 불러주면서 마르야를 요람에 눕혔다. 그러다가 눈을 뜨면 마르야의 숨결이 바로 내 귀 옆에서 느껴졌다. 한번은 조산사가 마르야를 목욕시킨 뒤에 물이 뚝뚝 떨어지는 축축하고 따뜻하고 미끄러운 상태로 내 배 위에 올려주고 이불을 덮은 채로 방에서 나갔다. 마르야와 나는 침대에서 발가벗은 채 이불 속에서 서로를 따뜻하게 덥히고 하나가 됐다. 그 순간에 나는 놓쳤던 분만의 경험을, 제왕절개를 한 뒤 몇 주가 지나 15분 동안 만회했다. 이런 의식을 본딩 배스Bonding Bath라고 부른다. 그 당시에는 몰랐지만 그래도 너무나 좋은 경험이었다. 조산사는 마르야가 소변을 볼 수도 있다고 경고했다. 나는 괜찮다고 말했고, 5분 뒤에 침대 매트리스가 젖는 것을 느꼈다.

어려운 고비를 넘긴 뒤에 지금 내가 느끼는 감정은 다른 것이다. 바로 아이가 다시 수술대 위에 오를 때까지 며칠이 남았는지 더 이상 셀 필요가 없다는 해방감이다. 병원에서 응급 상황이 발생해서 두 번이나 마르야의 심장수술이 연기됐다. 우리는 이미 한 번 돌려세운 모래시계를 다시 뒤집어 세워야 했다. 하지만 이제 마르야는 편하게 클 수 있다.

마르야가 병원에 갈 때 이번에도 함께 가지고 갈 달팽이 인형을 깨끗하게 빨아놓았다. 나는 마르야의 발가락에 입을 맞추며 내가 쓸데없는 말을 중얼거리고 있음을 깨달았다. 드디어 내가 하는 말을 들을 다른 엄마도, 간호사도, 의사도 방에 없었다. 나는 마르야를 온열램프 아래 눕혀 놓고 매일 아침마다 "안녕하세요, 발 아저씨! 안녕하세요, 발 아줌마"라고 흥얼거렸다. "오늘은 어떠신가요?" 미숙아 병동에 있을 때 간호사가 발은 건드리지 않는 편이 좋을 거라고 조언했다. 피검사를 하고 링거주사를 놓느라 많이 찔러대서 마르야에게는 나쁜 기억으로 남아 있을 수 있기 때문이란다. 하지만 내가 엄지발가락 두 개를 서로 비비적거리고 부드럽고 따뜻한 발뒤꿈치를 내 입술에 대고 누르면 마르야는 매번 미소를 지었다. 가끔 애정을 표현하는 나를 보면 새끼를 핥는 동물의 어미가 된 것 같았다. 병원에서 넉 달을 보낸 뒤 마르야는 드디어 내 아이가 됐다. 우리는 너무 많은 소중한 순간을 병원에 빼앗기고 말았다.

마르야가 옷을 입은 채로 병원 침대에 누워 있는 모습을 처음 마주했을 때 나는 목이 메었다. 늘 기저귀만 찬 발가벗은 모습만 봐온 터라 언젠가는 내가 마련해둔 하얗고, 목둘레에 레이스가 달린 보디슈트를 입은 마르야를 보는 날을 목이 빠지게 기다려왔다. 깨끗이 빨아 잘 개어놓은 보디슈트는 옷장 서랍에서 주인을 기다리고 있었다.

그런데 우리 딸이 처음으로 평범한 아기처럼 보이던 날에 입고 있던 것은, 병원에 구비된 선명한 녹색의 마르야가 입기에는 너무 큰 옷이었다. 나를 깜짝 놀라게 해주려고 간호사가 좋은 뜻에서 그랬을 것이다. 미숙아 병동에서 일하는 간호사들은 특별히 더 잘 알고 신경 써서 돌보는 '자기' 아기가 있다. 그렇게 돌봐주는 것을 당연히 좋게 생각했지만 그래도 내 아기가 나 없이 처음으로 젖병으로 우유를 마신 것에 내내 마음이 아프기도 했다. 더 마음을 아프게 한 일은 다른 간호사가 자기가 마르야를 오늘 아침에 목욕시켰다고 나에게 지나가는 말로 전한 것이다. 내가 마르야를 목욕시킬 수 있다고 몇 주 동안 기뻐서 들떴는데. 중환자실에서 엄마들이 기쁨을 느낄 수 있는 순간이 뭐가 더 있겠는가.

나는 조산사에게 더 이상 젖을 유축하지 않겠다고 말했다. 기분이 그다지 좋지 않았지만 이렇게 말하는 것이 무슨 자백처럼 들리지 않기를 바랐다. 내가 휠체어를 타고 잠옷을 입은 채로 아이를 처음으로 찾아갔을 때였다. "지금 마르야를 위해 할 수 있는 건 모유를 주는 거예요." 미숙아 병동에 있는 여의사는 다음 날 아침에 바로 모유를 가져올 수 있는지 물었다. 조산사도 축하한다며 문자를 보내면서 제왕절개를 한 저녁에 바로 젖이 생기도록 유축하는 게 좋다고 시켰다. 조산사가 '아이가 있다는 걸 가슴이 알아야 해요'라는 문자를 보냈을 때 아직은 모든 게 재미있게만 들렸다. 나는 크리스토프에게 4일이나 지나서야 가슴이 그것을 알아챘다고 말하며 "자, 이제부터 나는 젖소야!"라고 외쳤다. 나는 모유와 지능지수 간에 연관성이 있다고 주장하는 연구 때문에라도 의사와 조산사가 요구하는 것을 해줄 수 있었을 것이다. 제왕절개 수술을 하고 고통으로 몸을 잘 일으키지 못하면서도 유축기를 찾아 분만 병동을 유령처럼 돌아다녔다. 구비된 유축기가 부족해 전부 사용 중이라고 했다. 나는 새벽 4시에 타이츠만 신고 한 손에는 처음 나온 소중한 모유 몇 방울을 넣은 주사기를 들고 옆 병동으로 건너갔다. 나는 그 뒤 몇 주 동안 다른 엄마들과 모유를 짜는 유축실에서 몇 시간씩 보냈다. 엄마들은 반은 벗은 채 가림막으로만 가려진 곳에서 옆에 나란히 앉아 책상 앞에 노란 기계를 놓고 모유를 얻으려면 어떤 차례로, 어떤 위생적인 방법으로 해야 하는지를 벽에 걸려 있는 사용설명서를 보면서 따라 했다. 인큐베이터와 유축기 펌프 사이를 오갔고, 저녁에는 교통 체증으로 밀리는데도 귀중한 모유가 들어 있는 플라스틱 팩을 주기 위해 다시 병원으로 갔다. 모유가 가득 든 팩을 보면 매혹적이면서 동시에 부끄럽기도 했다. 어떤 아빠들은 간호사에게 '금방 신선하게 통에서 덜어왔습니다'라며 건네주었다.

나는 5~6주가 지난 뒤 유축을 그만두었다. 조산사에게 말했다. "더 이상은 할 수 없어요." 조산사도 내 말을 수긍했다. "이해해요. 그게 당신이 선택할 수 있는 유일한 거니까." 비난도 경고도 아니었다. 나는 조산사를 안아줄 뻔했다. 그녀 말이 옳았다. 그때 나는 무척 힘들었다.

한번은 미숙아 병동에서 일하는 한 간호사가 나에게 무엇인가를 가르치려고 했다. 나는 캥거루 케어를 하려고 간이 침대에 누워 몸 여기저기에 케이블이 연결된 작은 마르야를 가슴에 올려놓고 있었다. 두 시간이 지났을 때 분만 병동에 있는 물리치료사가 엄마의 변형된 골반에 대해 말한 것이 무엇인지를 깨달았다. 나는 "죄송한데 급하게 화장실에 가야 할 것 같아요"라고 맞은편에서 캥거루 케어를 하고 있는 한 아빠에게 들리지 않길 바라며, 간호사에게 속삭였다. 마르야를 다시 인큐베이터 안에 넣어주기를 바랐다. 그런데 간호사는 시간이 없다며 그대로 휙 뒤돌아 가버렸다. 물어보기 전에 예상했어야 했다. 간호사는 한 시간이 넘도록 수술 때문에 상처가 있는 배를 안고 통증을 버티며, 간이 침대에 실수를 하지 않으려 애쓰는 나를 무시했다. 사실 마르야는 편안하게 뛰는 내 심장 소리를 듣는 게 맞을 텐데.

이제 우리는 드디어 집에서 지낸다. 마르야와 크리스토프, 그리고

나. 가족의 모습이 완성됐다. 크리스토프와 나는, 마르야가 푸른 하늘 아래 장미꽃이 핀 테라스에 세워 둔 요람에서 자는 동안 정원에서 30분 동안 탁구를 치기도 했다. 크리스토프가 내 생일 선물로 준 탁구대였다.

그런데 또 긴 식탁 위에 상자가 쌓여 있다. 상자 두 개에는 주사기가 들어 있고, 다른 한 상자에는 전극이, 또 다른 상자에는 발 센서가, 그리고 영양 공급용 튜브와 깡통과 병이 잔뜩 든 상자도 있다. 우리는 몇 주에 걸쳐 마르야에게 코에 연결된 얇은 튜브로 우유를 20밀리리터씩 먹여야 했다. 퇴원을 하고 처음 몇 달 동안 아홉 가지 약을 복용할 때까지 하루에 여섯 번 튜브로 우유를 먹였다. 새벽 4시에 시작해 밤 12시가 되어야 마지막 순번이 끝났다. 크리스토프는 내가 각각의 시간에 적힌 X표 뒤에 체크를 할 수 있도록 '마르야의 약 시간표'라는 제목의 엑셀 파일을 만들었다. 나는 지금 마르야에게 어떤 약을 먹였는지 잊을 정도로 완전히 지쳤다. 때로는 너무 피곤해서 말을 못 할 지경이었다. 한번은 동이 틀 무렵이었다. 막 첫 번째 약을 먹일 시간이 됐을 때, 제3채널에서 우리가 새로 이사 와서 살고 있는 도시에 대한 다큐멘터리가 방송되고 있었다. 블라인드는 내려져 있고, 손에 모유가 든 주사기를 든 채 나는 내 집 문 앞이 어떻게 생겼는지를 텔레비전을 통해 보았다. 시청까지는 아직 가보지도 못했다.

청진기로 마르야의 뱃속에서 꼬르륵거리는 소리를 들으면서 하루를 시작했다. 작고 얇은 마르야의 몸에 달린 호스가 하루의 풍경을 정했다. 영양 공급용 비위관이 위까지 제대로 잘 놓이고 실수로 기도로 미끄러지지 않았을 때만 심장약을 투약할 수 있었다. 튜브를 쓰는 날보다 심한 때는 마르야가 코 줄을 빼버려서 튜브가 없는 날이었다. 튜브 없이는 심장약을 입 밖으로 흐르지 않게 먹일 수 없을 뿐더러, 마르고 작은 우리 아이는 하루 권장량의 절반만 영양을 공급받았기 때문이다.

어느 심장의는 심장 질환이 있는 성인의 약 복용량은 계단으로 오를 수 있는 층수에 비례한다고 설명한 적이 있다. 하지만 심장에 이상이 있는 아기의 약 복용량은 마실 수 있는 우유의 양과 비례한다고 했다. 마시는 일은 큰 성과를 가져오는 스포츠다. 우리는 보기도 싫지만 튜브가 필요했고, 마르야의 식도로 튜브를 집어넣을 간호사가 필요했다. 하지만 간병 서비스가 제때 오는 일은 드물다.

우리는 튜브를 마치 신성한 것처럼 항상 주시하면서 이것이 콧구멍에서 조금이라도 멀리 떨어져 있으면 곧장 반창고와 가위를 들고 뛰어왔다. 우리는 반창고를 입술 위에 마치 콧수염처럼 붙이는 것이 가장 잘 붙게 하는 방법임을 알게 됐다. 하지만 간호사처럼 반창고를 뛰어나게 붙이는 요령은 부족했다.

어쩌다 외출하는 일이 가능해 식당으로 밥을 먹으러 간 적이 있다. 마르야의 볼은 덕지덕지 붙은 반창고에 가려져 보이지 않고 튜브가 신발 끈처럼 얼굴에 늘어져 있었다. 유모차에 장착된 모니터가 삑삑 소리를 내고 램프가 깜박이는 걸 누군가 이상하게 쳐다볼 때면, 우리는 미소를 지으면서 "우리 아기는 배터리로 움직여요"라고 말했다.

한 나이 많은 여인이 활짝 웃는 얼굴로 말했다.

"아이와 좋은 시간 보내세요!"

그러다 마르야가 영양 공급용 튜브를 손에 쥐고 흔드는 날이 왔다. 또 갑자기 우유병을 단숨에 비우는 일도 생겼다. 특별한 날은 아니었지만 9월에 심장수술을 받고 난 뒤 어느 날이었다. 튜브를 사용했던 몇몇 아이에게서 관찰되는 것처럼 마르야가 허기를 느끼지 못하고, 튜브를 낀 지 일곱 달이나 돼서 스스로 목으로 빨아들이고 삼키는 걸 잊지는 않았을지 걱정했는데, 마음을 놓게 됐다. 의사는 마르야가 구토와 구역질을 자주 하는 쪽으로 발달하거나, 심지어 배에 구멍을 뚫어 인위적으로 외부에서 직접 영양분을 공급해야 될 수도 있다고 경고했다. 하지만 마르야는 우유병을 받아들였다. 그러자 맛있는 빵으로 미래의 아내를 유혹했던 남자의 딸인 마르야가 섭식장애 따위에 걸릴 사람이 아니라는 사실이 분명해졌다. 마르야는 즐기면서 우유병을 빨아댔고, 살기 위해 마셨다.

11월 1일에 마르야가 처음으로 죽을 먹었다. 귀와 머리카락, 눈까지 당근이 안 붙은 곳이 없었다. 우리는 턱받이를 사러 당장 달려갔다. 나는 아기용품 가게를 샅샅이 뒤지기 시작했다. 천을 들여다보면서 마르야에게 가랜드를 만들어주고 싶었다. 점박이 무늬가 새겨진 천이 좋을까 아니면 체크무늬 천이 좋을지 고민했다. 나는 '심방심실 판막'과 '뇌수' 같은 단어만 배우다가 '세모 깃발 가랜드'라는 새로운 단어를 배웠다. 요즘 아기들 방에 하나씩 있는 장식이라고 인터넷에서 보았다. 점원이 나에게 벌써 아이 방 색깔을 정했느냐고 물었을 때 나는 "아니요"라고 대답했다. 갑자기 몹시 행복하고 해방된 느낌이 들어 웃음이 나왔다. 낯선 점원 앞에서 기쁨의 만세라도 부르고 싶은 심정이었다. 이제 아이가 있다. 혼자서 먹고, 숨쉬고, 노는 아이가 있다. 방의 컬러 콘셉트는 아직 없지만, 온전한 아이이다.

2016년 1월

마르야가 열 달이 되다

첫돌이 되기 두 달 전에 마르야의 방을 드디어 완성했다. 핑크와 녹색으로 된 반짝이는 진주조개 조각 모빌이 창문 앞에 길게 늘어뜨려져 있다. 마르야의 눈이 좋기 때문이다. 마르야는 크리스토프와 내가 하는 모든 움직임을 다 바라보았다. 아이를 아는 사람은 모두 "아기가 아주 집중해서 잘 쳐다봐. 눈이 깨어 있어"라고 말했다. 나는 이 말을 계속 들어도 좋았다. 크리스토프가 직접 만든 기저귀 받침대는 마르야가 눕기에 벌써 너무 작아졌다. 마르야가 그 위에서 몸을 큰 동작으로 획 돌리면 받침대의 가장자리까지 닿았다. 뇌수가 빠지도록 하는 튜브 때문에 배를 굽힐 때면 볼록 나온 곳이 피부 아래서 느껴졌다. 내가 그곳에 입을 대고 꿀꿀 소리를 내고 푸푸 하면서 바람을 일으키면 마르야는 킥킥 소리를 내며 웃었다.

우리는 이제서야 마르야가 뱃속에 있을 때 뇌실에 물이 찬 이유를 알게 됐다. 세상에 태어난 뒤에 찍은 MRI는 초음파로 진단내릴 수 없는 다른 것을 보여주었다. 마르야는 선천적으로 '뇌수도관 협착증'이 있었다. 다시 말해, 관이 좁아서 뇌수가 제대로 빠지지 못했던 것이다. 이것은 뇌수종의 수많은 원인 중 좀더 그럴싸한 변형이다. 더 큰 뇌출혈이나 심각한 뇌 기형, 새로운 증상이 아니라 역학적 문제다. 이를 해결하기 위해 밸브와 튜브라는 역학적 해결 방법을 사용한다.

크리스토프와 내가 줄자를 대고 악어 인형을 벽에 달 때 다른 생각이 순간 머리를 스쳤다. 70센티미터부터 눈금이 시작된다. 그런데 마르야는 지금 누워서 쟀을 때 63센티미터였다. '마르야가 언젠가 일어선다면 악어 인형이 머리를 누르지 않을까? 왜 아니겠어?' 물리치료사가 마르야가 기어 다닐 때 필요한 동작을 지금 연습시키고 있는 중이다.

마르야의 이야기를 들은 사람 중에 몇몇은 가끔씩 나에게 용감하다고 말한다. 이런 말을 들으면 기쁘기도 하지만 한편 다른 생각이 든다. 나는 임신중절을 선택하지 못했을 뿐이다. 그냥 할 수 없었다. 할 수 있는 유일한 일을 한 것도 용감하다고 말할 수 있을까? 나는 윤리적인 이유 때문이 아니라 사랑하기 때문에 아이를 낳았다. 크리스마스에 마르야를 이리저리 찾아다녔지만 계속 찾지 못하는 꿈을 꾸고, 자면서 알지 못하는 고통을 느낀 다음부터 마음속 깊은 곳에서 아이를 절대 포기할 수 없다는 것을 알았다.

언젠가부터 임신했을 때 알게 된 의사와 심리학자, 여러 사람들에게 이메일을 쓰기 시작했다. 마르야와 크리스토프, 내가 셋이서 슈바르츠발트 지역으로 처음 휴가를 갔을 때는 우리가 찾아갔던 상담소에서 일하는 여성과 통화했다. 따뜻한 햇볕이 비치는 발코니에 서면 눈앞에 펼쳐진 초원에 소들이 서 있는 모습이 보였다. "그냥 당신에게 그다음에 어떻게 됐는지 알려주고 싶어서 연락했어요…." 왜 이런 일을 하느냐고? 나의 기쁨과 행복을 다른 사람들에게도 자랑하고 싶었다. '얘가 마르야예요, 우리 아이요. 보세요, 얼마나 멋진 아이인지! 얘가 바로 마르야예요.'

나는 이다에게 마르야가 살 가망이 없다고 말한 의사에게도 메일을 써야 할지 물어보았다. 이들을 비난할 마음은 없지만 내가 연락하면 그렇게 받아들이겠지? 웃는 아기의 사진이 이런 웃음을 포기했던 사람들에게 고발 외에 또 무엇으로 받아들여질까? "써!" 이다가 말했다. "다음번에 자기네가 확신하는 것을 알리기 전에 조금이라도 머뭇거리게만 하면 돼."

맞다. 나는 단지 그들의 확신에 대해 묻고, 애원하고, 때로는 간청

하기도 했다. 나는 메일을 썼다. 곰돌이 인형을 잡으려고 손을 뻗은 마르야의 사진을 첨부했다. 의사 중 한 명이 메일에 답장했다.

'지금까지 네 번의 수술로 역경을 겪었는데도 이토록 긍정적인 경험을 하신다니 특별히 더 기쁩니다. 유감스럽게도 항상 그런 것은 아니라서요.'

소아 병동에 있을 때 중증 장애가 있는 한 소녀가 지르는 소리가 종종 들렸었다. 매일 카페테리아의 테라스에서부터 병실로 뚫고 들어오는 거친 외침이었다. 마르야가 그 소녀라면 어떻게 했을까? 그랬더라도 산전검사 병원 의사에게 '마르야를 낳은 일이 일생에서 가장 잘한 선택이었습니다'라는 메일을 보냈을까? 부디 그러길 바란다. 나는 자신이 낳은 아이를 향한 사랑이 얼마나 무조건적인지 안다. 나는 휠체어에 탄 소녀의 뒤틀린 몸을 보고, 그 옆에 서 있는 소녀의 엄마를 보았다. 나는 이 두 사람과 이야기하는 사람을 한 번도 본 적이 없다. 하지만 이 둘이 행복하다는 것을 내가 어떻게 알까? 내가 무슨 수로 이들이 덜 행복하다고 믿을 수 있을까? 나 자신도 장애를 가진 아이의 엄마다. 마르야가 언젠가 할 수 있는 일을 다른 사람들은 낮게 평가할지도 모른다. 모르는 사람은 마르야의 삶이 행복과는 영 거리가 멀다고 생각할 수도 있다.

하지만 마르야는 자기를 위해 얼굴에 대고 푸푸 입방귀를 뀌고 노래를 불러주는 할머니의 보물이며, 실로폰을 연주해주는 할아버지의 공주다. 다른 할머니는 이름을 새긴 세모 깃발 가랜드를 만들어

주려고 재봉틀에 몇 시간이나 앉아 계시며, 또 다른 할아버지는 크리스마스에 이름이 새겨진 별을 선물해주셨다. 나의 부모님은 마르야에게 '사랑하는 마르야, 드디어 집에 온 걸 진심으로 축하한다. 우리를 행복하게 해줘서 고맙다. 수많은 하트를, 특히 엄마, 아빠, 그리고 양쪽 할머니, 할아버지로부터 보낸다! 너의 할머니, 할아버지가'라는 환영 축하 카드를 써주셨다. 요즘 크리스토프는 마르야를 '독일에서 뽀뽀를 가장 많이 받은 아이'라고 부른다.

마르야는 눈의 맛을 안다. 좋은 음악을 들을 때면 경건해진다. 발가벗은 채 폴짝거리고 엄지발가락을 빠는 걸 좋아한다. 따뜻한 애플 무스를 즐겨 먹는다. 마르야는 잘 지내는 것처럼 보인다. 크리스토프와 나는?

마르야와 함께 맞이하는 첫 번째 크리스마스이브에 우리는 시장에서 가장 큰 소나무를 사왔다. 크리스마스 날 이른 아침에 하늘에 아직 푸르스름한 빛이 남아 있을 때, 나는 마르야를 유모차에 태우고 눈이 내린 슈바르츠발트 지역의 마을을 걸으며 '눈 꽃송이, 하얀 꽃송이' 노래를 흥얼거렸다. 나는 마르야와 춤추는 걸 좋아한다. 내가 없을 때 크리스토프도 마르야와 몰래 춤을 춘다. 아니면 '늑대, 네가 우리 거위를 훔쳐 갔지'라는 동요를 으르렁대며 불러준다. 내가 제일 좋아하는 크리스마스 기념 사진을 보면 나는 다시 귀덮개가 달린 털모자를 쓰고 있다. 이번에는 내 팔 위에 마르야가 머리를 기대고 있다. 올해 엄마가 친구분들에게 보낸 성탄 카드에는 마르야가 크리스마스 소나무를 장식하는 방울을 들고 있는 사진이 붙어 있다.

나는 중환자실에서 만났던 한 엄마와 그 아들을 자주 생각했다. 마르야의 침대 맞은편에 있던 열두 살 남자아이이다. 절반은 축 처지고, 절반은 옆으로 마른 상체가 이상하게 휘어져 보였다. 자세가 너무 고통스러워 보여서 나는 그 아이를 똑바로 쳐다보지 못했다. 그 엄마는 반신마비인 아들을 휠체어에 태우고 몇 년 전부터 여러 병원으로 돌아다녔다. 동정심이 생겼다. 우연히 승강기에서 그 엄마와 마주쳐서 각자 아이에 대해 이야기를 나누었다. 여자는 아이가 전부 세 명이라고 했다. "우리는 행복한 가족이에요. 다른 사람과 유일하게 다른 점이라면 문제가 무엇인지 바로 눈에 보인다는 거죠."

내가 느낀 동정심이 그 엄마에게는 상처가 됐을지도 모른다. 그럴 수 있다. 내가 마르야가 네 번이나 수술을 받았다는 이야기를 하면, 수화기 저편에서 사람들이 '어머나, 불쌍해라' 하며 갑자기 장례식에서나 날 만한 목소리로 참담하게 이야기를 듣는다고 생각하면, 내 안에서 화가 올라왔다. 엄마인 내가 아니면 누가 마르야를 끝없이 불쌍하게 여기겠는가? 그런데도 내가 '본인이 처한 충격에 빠져 진흙탕 속을 뒹구는 듯하다'라고 부르는 톤이 있다. 내가 불공평한 것일 수도 있다. 하지만 진정으로 나를 위로한 사람은, 우리가 병원에서 오랜 시간을 보낼 때 "오늘은 염증 수치가 어떤가요? 의사 회진 때 어땠어요?"라고 마르야의 상태를 물어봐준 사람들이다. 장황하게 열변을 토하는 대신에 소소하게 물어봐준 사람들이다.

이와는 반대로 일부러 아무것도 아니라는 듯이 대하는 행동 역시도 낯설게 느껴진다. 지인이나 친구가 '건강한 애가 있더라도 마찬가지야'라고 말하면 상냥하게 있으려고 노력한다. '그래, 그렇겠지.' 그런데 이런 부모는 마르야의 머리에 들어 있는 튜브가 언제라도 막힐 수 있고, 두통, 시력 장애, 어지럼증을 동반하고 더 나아가 지각 장애, 의식불명, 사망으로 이어지지 않도록 응급 수술을 해야 한다는 상황을 잘 모른다. 그래서 뇌수가 축적되면 뇌가 압력에 반응하는 것을 막을 수 있다는 생각 따위는 할 필요가 없다. 이런 부모는 아이가 장애로 인해 '머리가 너무 아파요'라는 문장을 말할 수 있을지 고민할 필요도 없다. 내가 가장 무서워하는 것은 션트가 감염돼서 다시 뇌수막염에 걸리고, 이로 말미암아 다른 장애가 생길 수 있다는 사실이다. 나는 마치 몇 센티미터만 남겨둔 벼랑 끝에서 춤을 추는 느낌이었다. 이런 생각이 들 때면 "선물로 줄 뇌가 없어요"라며 우습지도 않은 농담을 했다.

좋은 날에는 우리도 다른 가족처럼 평범한 삶을 살았다. 하지만 아픈 아이나 장애가 있는 아이를 둔 가족에게 평범함이란 지금 이 순간이 괜찮다고 의식하는 삶이다. 또한 어느 정도는 힘들게 노력해서 얻은 보통의 삶이다. 다르게 보자면, 선물로 받은 평범한 삶이다. 평범은 정상 상태가 될 필요는 없다는 지식에서 나온 것이다. 그렇다면 나는 동정심을 원하는 편을 택하는 게 좋을까? 아니, 나는 동정심을 원하지 않는다. 당연히 내 딸에게 명복을 비는 말도 거부한다.

내가 원하는 것은 무엇보다 우리 삶을 인정하는 것이다. 한 친구의 말을 빌려 표현하자면 '삶의 가치'를 생각하기를 원한다

우리 별장에는 가장 가까운 곳의 비상 연락처와 가장 훌륭한 신경외과 연락처가 나란히 적힌 종이가 붙어 있다. 나는 휴가를 떠나는 길에 소아신경외과 교수가 연말에 일을 하는지 문의했다. 크리스마스 전에 마지막으로 초음파검사를 했을 때 마르야의 뇌실이 떨어진 것을 발견했기 때문이다. 분명 곧 새로운 밸브로 교체해야 했다. 튜브가 막힐 위험성이 이제 더 커졌다. 우리는 휴가를 떠나는 날에 먼저 병원 주소를 자동차 내비게이션에 입력했다.

이런 일이 있었는데도 나는 스스로에게 놀랐다. 언덕이 온통 하얗게 된 어느 날 아침에 크리스토프는 스키를 탄다며 집을 나섰다. 우리는 두 시에 스키 리프트를 타는 곳에서 만나기로 약속했다. 그다음에는 크리스토프가 마르야를 돌보기로 했다. 그가 환하게 웃으며 사라지기가 무섭게 나는 유모차를 밀며 마을의 스포츠용품점으로 향했다. 나는 30분 뒤에 스키 신발과 스키를 빌렸고, 네 명의 자녀를 둔 엄마인 점원은 나에게 웃으면서 45분 동안 마르야를 자기가 돌봐주겠다고 약속했다. 그러면 크리스토프와 내가 함께 스키를 타고 내려올 시간이 있었다. 나는 상점의 탈의실 옆에 마르야가 탄 유모차를 세워놓고 눈을 헤치며 행진했다. 의사와 간호사가 내가 이러고 있는 걸 알기라도 하면. '그 작은 마르야의 엄마 있잖아. 우리가 아이에게 약을 줄 때마다 쳐다보고, 누가 손을 소독하는지 아닌지 모두 기

억하고, 매일 아침에 미숙아 병동에 1등으로 찾아와서는 환자 차트를 들여다보던 마르야의 엄마 말이야. 그 엄마가 글쎄 스포츠용품점 구석에 아기를 놓고는 스키를 타러 갔대. 그것도 치마를 입고선!'

내가 나중에 스키를 돌려주려고 갔을 때 점원이 계산대 뒤에서 조용히 속삭였다. "뭘 좀 물어보고 싶어서요. 잠깐만요. 내가 앞으로 나갈게요." 점원은 나에게 마르야가 다운증후군이 있는 것을 봤다고 말했다. 그런데 임신 중인 친구가 어제 아기가 다운증후군이 있다는 말을 들었다고 했다. "친구는 매우…"라며 말을 잇지 못했다. 나는 "절망했죠?"라고 물으며 눈을 깜박였다. 점원은 고개를 끄덕였다. "미안해요. 지금 방해하고 싶지는…"이라며 잠시 말을 멈추었다. 점원은 나를 찬찬히 살펴봤고, 내 빨간 볼에 기쁨이 스치는 것을 보았다. 점원은 친구가 이미 결정을 내렸으며 다음 주에 병원에 예약을 잡았다고 했다. 모든 것이 너무 빨리 진행되는데, 혹시 친구가 나와 통화를 한번 해볼 수 있을지 생각했다는 것이다.

저녁에 10분 간격으로 휴대폰을 확인했다. 나는 마음이 들떠 있었다. 다른 사람에게 우리가 얼마나 행복한지 알려주고 싶었다. 그때 내가 알고 싶어 했던 것이 바로 이거 아니었나? 우리 마르야가 아직 태어나지 않은 아기에게 길을 열어준다니 얼마나 멋진 일인가! 나는 진정으로 생명의 은인이 되어주고 싶었다.

하지만 나는 그 당시에 적어도 며칠 동안은 생명의 은인 같은 목소리 톤을 견딜 수 없었다는 것도 안다.

스포츠용품점 점원의 친구가 나에게 전화를 했을 때 내가 떠올린 첫 번째 생각은 '목소리가 왜 그렇게 기분 좋게 들릴까?'였다. 장애가 있는 아이를 가진 엄마에게는 전혀 어울리지 않을 만한 명랑한 이야기가 이어졌다. 그녀의 남편은 나이가 좀 있고, 다른 두 아이는 굉장히 칭얼거리고 게다가 '사업'도 해야 한단다. 사업 때문에 밤에도 회계 업무를 하고 있다고 했다. 또한 대도시에서는 다운증후군이 있는 사람에게도 기회가 있겠지만, 자신이 사는 슈바르츠발트 같은 시골은 환경이 다를 것이라고 말했다. 나는 전에 갔던 임신부를 위한 상담소 이름을 가르쳐주었다. 또 퇴원한 뒤에 집으로 찾아와 간병 서비스 신청과 서류 작성을 도와준 '후속 돌보미 팀'의 사랑스러운 소아과 간호사에 대해서도 이야기해주었다. 장애인 단체 이름도 가르쳐주었는데 여자가 받아 적지도 않고, 질문도 하지 않는다는 걸 깨달았다. 그녀는 전화를 끊기 전에 나에게 좋은 휴가를 보내다 가기를 바란다고 말했다.

그날 밤에 나는 잠을 이루지 못했다. 마르야 같은 사람이 마르야 같다는 이유로 죽어야 한다고 생각하니 가슴이 아팠다. 다음 날, 별장에서 가장 가까운 곳에 있는 '레벤스힐페' 사무실을 찾아갔다. 그 엄마가 살고 있는 마을에서 차로 30분 떨어진 곳에 장애아를 위한 유치원이 있으며 조기 돌봄 프로그램, 집단 주거 공간, 그리고 집으로 찾아오는 가족 지원 서비스가 있다는 걸 알게 됐다. 그 엄마에게 다시 전화를 걸어도 될까? 휴대폰에 번호가 저장되어 있긴 했다. 나는 그 엄마가 마르야를 보고, 살펴봐도 좋다고 말하고 싶었다. 그녀가 마르야를 돌봐준 스포츠용품점 점원에게 "어때, 너도 그거라고 바로 알아봤지?"라고 물어본 걸 안다. 그거, 그렇다. 다운증후군.

다음 날, 나는 용기를 내 전화를 걸어 먼저 양해를 구했다. 그런데 상대는 기뻐하는 말투였다. 목소리가 전과는 완전히 다르게 부드러웠다. 상담소에서 막 돌아오는 길이라고 했다. 결정을 내리기까지 얼마 동안 시간을 두려고 한다고 했다. 이번에는 내가 말해주는 정보를, '레벤스힐페'의 담당자 이름과 전화번호를 모두 받아 적었다. 전화를 끊으면서 다시 연락하겠다고 말했다.

엄마에게 이 이야기를 했더니 엄마는 "이제 그 사람까지 더 힘들게 만들었구나"라고 말하셨다. 나는 "그렇게 하고 싶었어요"라고 대답했다. 다른 여자들이 분별없이 임신중절을 선택한다고 가정하는 게 독선이라는 것을 안다. 그래도 나는 한 생명이 걸린 일에 어떤 핑계도 있어서는 안 된다는 입장이다. 임신중절을 선택해도 좋지만, 그 선택과 함께 무슨 일이 일어날지는 알아야만 한다. 그리고 독일에는 장애아를 둔 가족이 받을 수 있는 도움이 무수히 많다는 것도 알아야 한다. 21번 세염색체증 장애가 사회의 규범에 적합한 임신중절 원인으로 인정받는 사회에서, 이런 장애를 가진 태아를 식별하는 일이 지금처럼 쉬운 적이 없다는 사실은 매우 역설적이다. 그리고 당연한 말이지만 장애인과 비장애인 통합에 심혈을 기울이는 것을 자랑으로 여기는 사회에서 다운증후군이 있는 아이를 키우는 일이 지금처럼 쉬운 적도 없다.

그 후로 슈바르츠발트 지역에 사는 임신한 여자로부터 연락은 오지 않았다. 나는 몇 주 내내 여자에게 전화를 걸고 싶은 충동에 안절부절못했다.

2016년 3월

마르야가 한 살이 되다

나는 오늘 고마운 마음에 가슴이 먹먹했다. 마르야가 우리 곁에 있고, 이제 체중은 6킬로그램이나 나간다. 마냥 행복했다. 하지만 가끔 슬픔이 밀려올 때도 있다. 마르야가 몸을 위로 쭉 펼 때 등을 바라보면 기분이 좋아진다. 뒤에서 보면 흉터가 보이지 않기 때문이다. 다른 아기들은 상처가 안 생길까? 마르야가 침이 잔뜩 묻은 손가락을 나에게 뻗으면 웃음이 나왔다. 그러다 손등에 있는 주삿바늘 자국이 제대로 아물지 않은 것을 보면, 누가 내 심장을 콕콕 찌르는 듯 아팠다. 모자를 쓴 모습도 마르야에게 잘 어울린다고 생각했다. 오른쪽 귀 아래로부터 관자놀이를 지나 이마까지 있는 튜브를 가려주기 때문이기도 했다. 나는 마르야의 혀가 축 늘어진 사진은 삭제하고 눈이 반짝거리는 사진만 사람들에게 보냈다. 가장 보기 좋은 건 마르야가 웃고 있는 사진이다. 다행히 그런 사진이 많았다.

나는 사람들이 다운증후군이 있는 자신의 아이를 언제나 '작은 태양'이라고 부르는 것이 싫다는 엄마들의 이야기를 자주 들었다. 다른 사람들이 장애가 있는 아이를 자기만의 성격을 가진 아이로 받아들이지 않고, 염색체 장애로 인해 선천적으로 기분이 좋은 상태로 태어난 아이로 보지 않기를 바라는 그들의 소망은 이해한다. 하지만 우리는 누가 마르야를 '작은 태양'이라고 부르면 기쁘다. 우리가 간절히 원하는 건 마르야가 웃는 게 전부니까.

매일 저녁에 마르야는 알록달록한 달팽이 인형 위에 손을 올려놓은 채 요람에서 잠이 든다. 달팽이 인형의 분홍색 촉수는 마르야가 하도 물어뜯어서 벌써 닳아 해졌다. 가끔은 달팽이 인형을 높이 들어 올리는데, 우리는 이걸 달팽이 싸움이라고 부른다.

임신했을 때 마르야를 낳겠다는 강렬한 바람이 '자연에 반하는 것'인지를 얼마나 자주 물었는지 모른다. 그런데 자연이란 무엇인가? 임신 5주차에 하혈한 뒤 유산을 막기 위해 의사가 처방한 프로게스테론 호르몬을 맞은 일은 자연에 반하는 일이 아니었나? 이미 수천 명의 여성들이 그렇게 하고 있다. 아기가 뱃속에서 충분히 영양을 공급받지 못한다는 이유로 실제 분만일까지 두 달 반이나 남았는데, 임신 28주 6일 만에 뱃속에서 꺼낸 건 자연에 반하는 일이 아니었나? 수천 명의 아기들이 이른 시기에 제왕절개로 목숨을 구한다. 이 가운데 350그램이 채 되지 못하는 아기도 있다. 마르야를 어린 나이에 사망으로 이끌 수 있는 심장 결손을 수술하는 일도 자연에 반하는 일이 아닐까? 사실은 아이를 살리기 위해 수천 번의 수술이 진행되고 있다.

여러 의사와 간호사가 다운증후군이 있는 아이가 그렇지 않은 아이보다 심장수술을 더 잘 견디고 회복도 빠르다는 이야기를 해줬다. 이상한 일이 아닌가? 그 원인에 대해서는 잘 모른다.

의사와 간호사가 아니었다면 마르야는 태어난 뒤에 생존할 기회를 얻지 못했을 것이다. 병원을 세 군데나 돌고, 병동을 여덟 군데나 오간 뒤인 지금에 와서 뒤돌아보면 이들이 실력 외에도 따뜻한 마음을 가졌다는 사실을 알게 된다. 이들은 수술 전에 설명을 듣는 자리에서 누군가 눈물을 흘리면 한 손을 가만히 등에 얹어주었다. 부모와 병실에서 면담을 하면서 "행운을 빕니다, 힘내세요"라는 말을 끝내기가 무섭게 등을 돌리고 나가버리는 의사가 대부분이다. 그런데 이들은 "우리가 널 돌봐줄게" 하며 마르야의 침대에서 진정한 마음을 담아 약속해주었다. 새로운 링거주사와 새로운 수치가 무엇을 의미하는지 친절하게 설명해준 의사도 있다. 우리가 병동을 떠날 때 "조심해, 아직 부모가 여기 있어!"라며 속닥거리던 간호사들과는 다르게 우리에게 필요한 설명을 해준 간호사도 있다.

기독병원의 산부인과 여의사와 소아신경외과 의사와는 여전히 가깝게 지내고 있다. 그들이 끔찍한 임신 기간을 보내고 마르야가 진단받은 뒤에 대답할 수 없는 질문을 해대는 나를 참고 견뎌준 일에 대해 깊은 감사를 느낀다. 의사도 중절 수술로 모든 것을 마무리하고 싶다는 유혹을 느낄 수 있기 때문이다. 마찬가지로 더 이상 인내하지도 못하고 기다리지도 못하고, 불확실한 상황, 절망, 더불어 결국에는 부모의 비난마저 감수해야 하는 상황에서 말이다. 임신중절 수술을 한다면 의사로서도 편했을지 모른다.

마르야를 알게 된 이후로 나는 이 아이가 살고 싶어 했음을 확신하게 됐다. 세상에 나올 때도 이런 굳은 의지를 큰 울음소리로 우리에게 알렸다. 마르야의 몸은 심한 감염에도 두 번이나 버텼고, 두 번의 심장수술과 두 번의 뇌수술도 큰 문제 없이 잘 넘겼다. 마르야의 뇌수술을 진행한 친절한 여의사가 한번은 웃으면서 "마르야는 항상 훌륭한 것을 고르는 것 같아요. 생산이 아니라 자기 몸을 관리하는 측면에서 말이죠"라고 말했다.

첫 번째 생일날까지 마르야는 콧물 한 방울도 흘리지 않고 건상했다.

2016년 4월

한 살 + 한 달

마르야의 눈을 들여다보면 내가 머릿속으로 그린 내 딸의 모습과 완전히 달라진 것을 안다. 특이한 눈 모양이나 간병 단계를 인정하는 의료보험 회사에서 작성한 평가서에 '21번째 세염색체증 분명한 징후'라고 쓰여 있기 때문이 아니다. 마르야의 눈동자는 하늘색이다. 그것도 13개월 때부터. 눈동자 색깔이 나중에 또 바뀔 수도 있겠지. 나나 크리스토프의 눈동자는 갈색이다.

나는 사람들이 마르야에게서 내 모습이 보인다고 하면 기분이 좋았다. 내가 임신한 동안 상담해준 심리학자에게 마르야의 사진을 보내자 '마르야가 엄마를 많이 닮은 것 같아요. 확고한 눈빛이 꼭 닮았네요'라고 답장을 보내왔다.

모든 부모는 자식에 대한 한 줌의 나르시시즘을 떨쳐내기 어려울 것이다. 마르야가 남들과 다르다는 것을 그대로 인정하는 일이 가끔 어려울 때도 있다. 마르야의 미래를 그려보면 농장에서 동물에게 먹이를 먹이는 모습을 떠올리는 일이 최선이다. 장애인 작업실에서 상표 스티커를 붙이거나, 종이 상자에 빨대나 지푸라기를 집어넣는 모습은 머릿속에서 바로 떨쳐버린다. 집 근처 해바라기 꽃으로 둘러싸인 곳에서 소와 닭이 행복하게 사육되는 농장이 있는데, 그곳에 장애가 있는 성인이 살고 있다. 어렸을 때 나도 농장에서 사는 것이 꿈이었다. 그런데 마르야가 소를 안 좋아하면 어쩌지?

유모차를 끌고 종종 지나다녔던 가게를 얼마 전에 다시 찾았다. 마르야의 이유식을 넣고 다닐 수 있는 가방을 사려고 했다. 남은 거라고는 비행기와 트럭, 헬리콥터 모양이 그려진 가방뿐이었다. 점원에게 남자아이에게 더 잘 어울릴 것 같다고 말했다. 그랬더니 점원이 "아니, 누가 알아요? 나중에 혹시 아이가…"라고 말을 하다가 멈쳤다. 점원은 우리를 알았다. 마르야가 다운증후군이 있다는 것도 알았다. 혹시 나중에 비행기 조종사가 될지도 모른다고 말하고 싶었을 것이다. 그러다가 아차 하고 생각이 났을 것이다. 점원은 어색하게 옆으로 시선을 옮겼다. 나는 아무것도 눈치 채지 못한 것처럼 행동했다.

어린이집을 보러 간 날에 처음에 입구를 잘못 찾아서 유치원에 갔다고 생각했다. 교실에 큰 소리를 내며 뛰어다니는 아이들이 가득했다. 보모는 제대로 왔다고 하며 아이들은 한 살 반에서 두 살이라고 했다. 잠깐 마음이 아팠다. 마르야가 다른 아이들과 비교했을 때 성장 면에서 크게 차이가 나는 것을 보았기 때문이다. 집에서는 비교할 대상이 없어서 몰랐는데, 와서 보니 다른 아이에 비해 마르야는 아직 아기였다. 그러다 '장애아'인 리나를 보았다. 어수선하고 떠들썩한 방 한가운데 등을 꼿꼿이 세우고, 발은 쭉 펴고 바닥에 앉아서는 주위를 둘러보고 있었다. 리나는 아직 못 기었다. 보모와 작은 아이용 의자에 구부정히 앉아서 대화를 나누는 동안에 나는 리나에게서 눈을 떼지 못했다. 갑자기 옆방에서 밝은 목소리로 아이들이 합창을 하는 소리가 들리자, 리나는 감격한 듯 팔을 위로 들고 손을 돌렸다. 우리는 웃었다. 마르야가 저럴 것이다. 리나처럼 감격하면서 한가운데 앉아 있을 것이다. 나중에 크리스토프는 그런 모습을 봤을 때 눈물이 났다고 말했다.

2016년 5월 27일

만약 마르야가 예정대로 1년 전 오늘 태어났더라면 나의 임신 기간은 식은 죽 먹기처럼 쉽게 지났을 것이다. 나는 오늘 마르야에게 예쁜 드레스를 입혔다. 축하할 일이 많다. 마르야가 이제는 기어 다닌다. 시칠리아 병원의 모니터에서 처음으로 심장 뛰는 것을 보고, 빨간 '밤비노' 바인더에 태아 사진으로 들어 있던 게 엊그제 같은데, 어느새 아이가 되어 오늘 '파스타 밤비니'라는 병에 든 이유식을 많이 먹었다. 마르야는 욕조에서 비누 거품이 잔뜩 올려진 날개 달린 '수호 오리'를 잡으려고 손을 뻗었다. 손으로 물 위를 찰싹찰싹 때리면, 인명구조대이자 수구 선수로 활약하며 잠수도 잘하는 크리스토프가 자기 딸을 자랑스럽게 바라봤다. 며칠 전에 마르야가 목욕할 때 같이 있던 엄마는 "지금 마르야가 꼭 너 어릴 때 같다"라고 하셨다. 내 딸이다. "눈썹은 이제 우리 집 눈썹이네." 마르야는 이제 할머니, 할아버지의 손녀다. 엄마의 인형의 집에는 한참 전부터 요람이 놓여 있다.

몇 가지는 내가 예상했던 것과 달랐다. 간병 서비스 회사에서 나온 사람이 초인종을 누르고, 낯선 사람이 집에 들락거리는 게 이전에는 꺼림칙했다. 치매에 걸린 할머니만 이런 서비스를 접했기 때문이다. 하지만 퇴원한 뒤 처음 얼마간 마르야를 돌봤던 소아과 간호사들이 마르야를 자기 나방이며, 부엉이고, 부드러운 볼이라고 부르며 챙겼다. 나는 간호사가 오는 것을 기쁜 마음으로 기다렸다. 간호사가 있으면 내가 잠을 설친 눈으로 각종 약 캡슐을 따서 물에 타 마르야에게 주지 않아도 되고, 잠을 푹 잘 수 있기 때문만은 아니다. 이제 간호사들은 거의 우리 가족 같았다.

임신했을 때부터 다운증후군이 있는 아이를 위한 물리치료 프로그램이 있다는 걸 알았다. 또한 이런 아이는 특정한 유형으로 울기 시작하며, 아이가 울면 엄마들도 같이 운다는 걸 읽은 적도 있다. 내 생각에 물리치료는 다운증후군 아이를 키우는 엄마라면 반드시 거쳐야 하는 의무적인 프로그램이다. 마르야와 나는 체조하는 데 큰 재미를 느꼈다. 팔을 접었다 폈다 하며 위아래로 움직이는 체조다. 물리치료사는 나중에 마르야가 말하는 것을 수월하게 해주는 동작을 벌써부터 가르친다. 다운증후군이 있는 아이는 듣는 것뿐 아니라 본 것을 훨씬 더 잘 이해하고 쉽게 기억하기 때문이란다. 마르야는 짐볼 위에서 균형을 잡고 앉고, 비스듬한 나무판 위를 기어오르고 물리치료사가 칭찬해주면 활짝 웃는다. 내가 보기에 매주 월요일 10시 30분에 마르야의 머리에서 반짝하고 불이 켜지는 것 같다. 마르야는 자기가 몸으로 할 수 있는 모든 것을 발견하고, 세상을 새로운 시선으로 즐겼다.

마르야는 처음으로 손가락 사이로 모래가 빠져나가게 하고, 풀줄기를 손으로 만져보고, 썰매 위에도 누워봤다. 마르야를 임신했을 때 상상했던 그림이 하나씩 하나씩 현실이 되었다. 예전에 745그램이던 미숙아는 이제 제대로 맞붙어 싸울 수도 있다. 최근에는 2주 동안 사진을 겨우 두 장밖에 찍지 않은 때도 있다. 처음에는 기쁨에 환호하면서, 동시에 우리에게 주어진 시간이 길지 않을지도 모른다는 생각에 되도록 많은 추억을 남겨야만 하는 듯이, 하루에도 몇 번씩 마르야라는 존재를 카메라로 찍어 기록하고 붙잡아 두려고 했다.

얼마 전에 파울과 파울의 부모가 와서 같이 바비큐 파티를 했다. 파울은 이제 여덟 살이다. 그를 바라보는 내 시선이 변한 걸 안다. 내가 가졌던 편견은 사라졌다. 나는 우리 정원에서 축구를 하는 파울이 멋져 보였다. 우리는 축구공을 찾으러 손을 잡고 이웃집을 돌아다녔다. 파울의 엄마가 파울이 우리 발코니에 무거운 기저귀 폭탄을 남겨놓았다고 말했을 때 웃을 수밖에 없었다. 헤어지면서 파울이 진지하고 단호하게 "우리 다시 올 거야"라고 말했을 때도 마찬가지였다.

2016년 7월

마르야가 첫 번째 생일을 맞이한 뒤에 나는 상담소에서 일하는 그 여성을 처음으로 다시 찾아갔다. 나는 마르야를 향한 사랑으로 임신 기간을 견딜 수 있었다고 말했다. 유일하게 이런 엄청난 사랑의 힘이 두려움과 이성에도 맞설 수 있게 했다. "아니면 그냥 무조건 아이를 낳고 싶어서 그랬을까요? 마르야를 사랑해서가 아니라 내 이기심을 채우려고 낳은 걸까요?" 나는 심리치료사에게 조용히 물었다.

"다들 약간은 그런 거 아닐까요?"라고 심리치료사는 질문했다. "그걸 정말 분리해서 생각할 수 있을까요? 세상에 아이를 선물로 주려고 낳는 건 아니지 않을까요?"

내가 마르야를 사랑하는 것보다 다른 아이를 더 많이 사랑할 수 없다는 걸 안다. 한 친구가 마르야와 정원에 자리를 펴고 놀면서 "사는 게 좋지, 그렇지 않아?"라고 귀에 대고 속삭이자, 마르야가 웃으면서 내 친구의 코를 잡았다. 나는 마치 무죄 판결을 받은 느낌이었다. 만약 마르야가 고통 속에서 살아가고 이렇게 많은 행운이 없었다면 나를 짓누를 죄책감의 무게가 어느 정도인지 알기 때문이다.

나는 21번 세염색체증과 심장 결손, 뇌수종이 있고, 몸무게가 745그램밖에 되지 않는 아이를 사랑하기 때문에 낳았다고 썼다. 사실이다. 하지만 이런 상황에서 낳지 않기로 결정한 사람이 있대도, 자기 아기를 충분히 사랑할 수 없기 때문에 그럴 거라는 반대론은 적합하지 않다. 우리가 사랑으로 내린 결정은 마르야가 받은 네 가지 진단 외에 또 다른 진단을 받았더라도 마찬가지였을 거다.

그런데 우리와 지금 함께 살고 있는 마르야는 태어나지 않은 마르야가 보여줄 수 없는 것을 매일 증명한다. 우리 아이는 의사들이 내린 여러 진단의 조합 그 이상이다. 발을 들어 허공에 대고 첫걸음을 뗄 때도 용감했다. 내 배 위에 서려고 스무 번이나 기어올라 마침내 흔들거리는 걸 보면 의욕도 넘친다. 내가 옷을 입히자마자 티셔츠를 머리 위로 벗으려는 걸 보면 반항적이다. 간지럼을 태우면 목청이 터질 듯 깔깔거리면서 웃고, 볼록한 배를 쑥 내미는 동시에 획 돌아버리는 걸 보면 장난기도 넘친다. 유모차 안에서 이리저리 몸을 돌리고 무릎을 굽혀서 똑바로 앉고, 손을 유모차 덮개에 놓고, 코로 바람을 쐬고, 숲에서 환호성을 지르는 것을 보면 호기심도 많다.

나는 모든 엄마들과 함께 이런 특별한 경험을 공유한다. 아프고 장애가 있는 아이를 둔 부모들의 단체 채팅방에 가끔 들어간다. 채팅방에 실린 짧은 소개란에서, 뇌출혈이나 간질과 같이 한 단어로 표현된 드라마 같은 인생에서 '누워 있는 아이와 금은보화', '자폐증에 걸린 기차-우리의 회오리바람', '왼다리 경직과 미소 짓는 생쥐' 같은 단어를 본다. 바로 이런 것이 초음파검사를 할 때는 볼 수 없던 아이의 성향이다.

우리는 어쩌면 두 번째 아이를 원할 수도 있다. 마르야가 태어나기 두 달 전에 산부인과 의사가 '1차 기형아 검사'를 하는 게 좋지 않겠냐고 조언했었다. 하지만 이제는 내가 어떤 검사도 하지 않으리라는 사실을 그도 이해할 것이다.

크리스토프는 검사에 찬성할 것이다. 그는 첫 번째 임신과는 모든 게 완전히 다르기를 바라지만, 그래도 기다리고 받아들일 것이다. 나는? 나는 왠지 모르겠지만 결정을 못 내리겠다. 첫 번째 임신에서 아무것도 배우지 못한 걸까? 내가 갑자기 임신중절을 선택할 수도 있다고 생각하는 걸까? 내 첫 번째 아이는 다운증후군 진단을 받아도 살아남았지만, 두 번째 아이가 같은 진단을 받는다면 또 버틸 수 있을까? 단순히 염색체 장애에만, 21번 세염색체 증후군에만 온통 신경을 쓰는 게 무슨 의미가 있을까? 산부인과 의사는 많은 부모가 혈액검사에서 눈에 띄는 특별한 징후가 없다고 나온 결과를 뱃속에서 아이가 건강하게 크고 있다는 증표로 삼는다고 설명했다. 하지만 태아에게 불행을 가져올 수 있는 요소는 염색체 장애를 제외하더라도 너무나 많다. 아기가 태어나기 전뿐만 아니라 태어난 뒤에도 많은 일이 일어날 수 있다. 어떤 아이가 나올지는 우리가 마음대로 통제할 수 없다는 사실을 인정해야 하지 않을까?

우리가 아프고, 장애가 있는 아이 두 명을 데리고 살아갈 수 있다고 믿을 수 있을지는 다른 문제다.

나는 내가 어떤 사람인지 안다. 무엇에 대해 알지 못하면 편안하게 가만히 있을 수 없다는 걸 안다. 임신 중에 알 수 있는 것에는 한계가 있다는 사실을 힘들게 배워야 했던 때와는 완전히 다르게 할 수도 있을 것이다. 모든 여자가 다 다르게 할 것이다. 그래도 나는 저명한 소아심장외과 의사와 소아신경외과 의사가 있는 병원에 대해 알아본 일이 기쁘다. 지금까지 마르야가 받은 수술 결과는 모두 최상이었다. 마르야는 태어나면서 내가 습득한 지식으로 이득을 봤다. 그렇다고 믿는다. 그리고 어쩌면 내가 처음에 느꼈던 실망감은 이미 오래전에 지워졌을 수도 있다. 모든 면에서 나는 준비를 갖췄다.

검사에 동의하기 전에 검사에서 어떤 결과가 나올지 미리 생각해 봐야 한다는 조언을 종종 듣는다. 이런 조언이 정말 진실과 일치하는지 잘 모르겠다. 사람들은 자신의 감정이 어떨지 잘 모를 때가 있기 때문이다. 어느 날 갑자기 자식의 죽음을 맞이할지 누가 알겠는가? 자식의 죽음을 갑자기 결정해야 한다면 누가 자신이 어떤 생각을 할지 예견할 수 있겠는가?

나는 두 번째 임신을 잘 해낼 수 있을지 확신이 서지 않는다. 건강한 둘째가 태어나면 좋겠다고 생각한다. 나와 크리스토프를 위해, 그리고 마르야를 위해. 두 아이가 같이 놀고, 마르야가 남동생 또는 여동생을 통해 배울 수 있다면 기쁠 것이다. 그리고 나중에 크리스토프와 내가 이 세상에 없을 때 둘째가 마르야의 옆에서 도울 수 있기를 바란다. 그런데 어떤 임무를 수행하기를 바라는 마음으로 아이를 낳아도 되는 걸까?

2016년 8월

버스정류장에서 남유럽에서 온 듯한 중년의 여성이 마르야를 보며 아들인지, 딸인지를 물었다. 유모차 안을 들여다보며 웃더니 내 얼굴과 눈을 바라보며 "우리 오빠 아이도 다운증후군이에요"라고 했다. 나는 미소를 보이면서 "그 아이는 어때요?"라고 물었다. "좋아요, 잘 지내요. 얼마나 예쁜지 몰라요!" 우리는 비좁은 길가에서 버스를 기다리는 사람으로 둘러싸였다. 여성은 몸을 앞으로 구부리더니 무엇인가 속삭였다. 나는 '다운', '야니스 사진 보여줄까요?'라는 단어만 들었다. 여성은 부지런히 스마트폰의 화면을 두드렸다. "만날 때마다 쓰다듬고 뽀뽀해주고 싶어요. 벌써 열여덟 살이에요." 나는 물었다. "말도 많이 해요? 그 아이와 이야기도 나누세요?" "말을 하죠"라며 하나씩 셀 때마다 손가락을 폈다. 검지를 펴면서 그리스어, 중지를 펴면서 독일어를 할 줄 안다고 했다. 잠깐 멈췄다가 말을 이었다. "나는 다 알아듣지 못하는데, 오빠랑 올케 언니는 전부 다 알아들어요."

버스가 오자 여성은 헤어지면서 내 팔을 살짝 쓰다듬었다. 버스 문 앞에 다가갔을 때 여성은 내가 있는 쪽으로 몸을 돌리더니 심장에 주먹을 갖다 댔다. "내가 사는 곳에서는 인자하신 하느님이 착한 사람에게만 이런 아이를 선물하신다고 말해요."

2016년 10월

마르야는 4일 전부터 어린이집에 다닌다. 더 정확하게 말하자면, 내가 어린이집에 다닌 지 4일째다. 우리 둘 다 어린이집에 적응해야 하기 때문이다. 마르야는 다른 아이들과 함께 지내는 일에 익숙해져야 하고, 나는 한 살 반밖에 안 되는 칭얼거리고, 꽥꽥거리는 아기를 떼어놓는 일에 익숙해져야 한다. 마르야가 이곳에서 다른 아이들에 비해 뒤떨어지지 않을까? 마르야는 타이츠를 신고 기어 다녔다. 다른 아이들은 비올 때 입는 방수 바지를 입고 뛰어다녔다.

마르야는 처음 30분 동안 내 품에 바싹 달라붙어 있다가 손을 뻗어 토르벤의 코를 쥐었다. 토르벤은 장애아와 비장애아가 같은 공간에서 생활하는 통합이라는 개념이 생기기 훨씬 이전인 옛날 옛적부터 보모 일을 해온 모자를 쓰고 수염이 난 사람이다. 마르야는 두 번째 날 아침부터 토르벤의 무릎에 자리를 잡고 앉아 있길 좋아했다. 내가 어린이집의 구석에 있는 매트 위에서 앉아 있는 동안, 마르야는 토르벤의 기타에 기어오르고 리나의 손가락을 잡아 기타 줄을 튕겼다. 토르벤은 그걸 보더니 '도구 사용'이라고 코멘트를 했다. 마르야는 '케이크를 구워요'라는 노래에 맞추어 손뼉을 쳤다. 토르벤은 그 사이를 이용해서 다른 아이들에게 들리지 않게 조심스럽게 이야기했다.

"우리 입장에서는 당연히 곰곰이 생각해봐야 했어요." 마르야가 있는 자리에서 동그란 션트 밸브 위에 머리핀을 꽂은 금발 머리의 소녀를, 다른 세 명의 아이와 북을 치면서 어디에서 음악 소리가 나는지 듣기 위해 토르벤의 기타에 귀를 바짝 갖다 댄 이 아이를 받아줄지 고심했다는 이야기를 듣고 있자니 가슴이 아팠다. 나는 거기서 내 모습을 보았다. 임신했을 때 내 아이에게 마르야라는 이름을 부르지 않고, 다른 어떤 추상적인 개념이라도 되는 것처럼 '그 아이'라고 말한 일을 깨달았다.

어린이집에서 장애가 있는 아이를 위해 한 반에 두 자리를 제공하는데, 그중 하나를 받게 된 일은 너무나 큰 행운이다. 1년 전부터 마르야를 아는 물리치료사가 매주 한 번씩 어린이집으로 와서 마르야와 다운증후군이 있는 또 다른 아이인 리나와 같이 운동을 했다. 며칠 전에 보모인 노라가 우리가 집에서 말할 때 어떤 동작을 사용하는지 물었다. 어린이집에서도 집에서 사용하는 방법으로 연습하고 싶다고 했다. 나는 "매우 중요하죠, 음악이요"라고 말하며 허공에서 지휘하는 동작을 했다. "그리고 당연히 엄마요." 그러면서 검지로 볼에 동그라미를 그렸다. "아빠." 엄지손가락으로 턱을 쓸어내렸다. "자고, 먹고, 일하고, 자동차. 아, 맞아요. 그리고 끝!"

토르벤은 처음 면담 시간에 어린이집에서는 아이들이 있는 시간 동안, 한 보모가 장애아를 계속해서 전담하고 돌봐주는 프로그램을 제공하지는 않는다고 이야기했다. 하지만 전체 열한 명의 아이를 세 명의 보모가 돌보기 때문에 아이들을 소홀히 다룰 거라는 생각은 들지 않았다.

나는 리나를 유심히 살펴보았다. '리나는 여기서 잘 지내나?' 리나의 엄마를 처음 알게 된 날, 리나가 어린이집에서 '이득을 보는 게' 굉장히 많다고 말했다. 지금은 덩어리가 들어 있는 죽을 먹기도 한다고 했다. 나는 리나가 다른 아이들과 함께 앉아 있는 걸 자주 보았다. 보모가 팔을 활짝 펼치면 서로 부둥켜안고 같이 앉아서 책을 볼 때도 많았다. 하지만 다른 아이가 리나와 따로 노는 모습은 본 적이 없다. 콘스탄틴이 오토를 등에 태우고, 레오니와 엠마가 서로 스카프를 걸어주는 것처럼 말이다. 나는 토르벤에게 "리나와 특별히 더 함께 노는 친구가 있나요?"라고 물어보았다. 사실 내가 물어보고 싶었던 건 리나에게 친구가 있는지였다.

토르벤은 "아니요, 없어요"라고 말했다. 함께 노래를 부르거나 냄비와 프라이팬으로 소꿉놀이를 하려고 모일 때면 다른 아이들은 그 시간 내내 자기들끼리 말을 하고, 그렇게 하다 보면 리나는 거기서 빠지게 된다. 여름방학이 끝나면 어린아이들이 새로 들어오니까 괜찮아질 거라고 했다. 한 예로, 활짝 웃고, 귀가 앞으로 선 스페인 여자아이도 들어온단다. 크리스토프와 내가 마르야를 위해 함께 만든 '좋은 소망 모빌' 종이에 파울네 부모가 '진정한 친구'라고 적어준 글귀가 생각났다.

오토가 "마르야도 비올 때 입는 방수 바지가 있어요?"라고 물으며 나를 진지하게 쳐다보았다. 나는 "아니, 아직 없어. 하지만 곧 생길 거야"라고 대답했다.

2016년 11월

'텍사스에서 온 카우보이 짐, 종일 말을 타고, 밀짚모자를 썼네. 그 속에 벼룩이 한 마리 있거든. 예피예, 예피예…' 닫힌 미닫이문 너머로 아이들이 노래 부르는 소리가 들려왔다. 나는 마르야가 좋아서 웃는 모습을 상상했다. 토르벤이 책을 들고 와서 옆방에서 읽으며 기다리라고 했다. 그래서 어린이집 한쪽 구석에 등에 쿠션을 대고 바닥에 앉아 있다. 내 눈앞에는 마치 동화책의 새로운 장처럼 마르야의 새로운 세계가 펼쳐져 있다. 낮은 식탁 위 나뭇가지를 엮어 만든 모빌에 알록달록한 털방울이가 걸려 있고, 눈사람으로 장식된 창문으로 햇빛이 비스듬히 방 안으로 들어왔다. 벽에는 정글에 사는 동물들이 그려져 있고, 천장은 하늘처럼 파랬다. 나는 문 위에 걸려 있는 시계를 보았다. 11시 30분이면 아이들이 이 방으로 몰려올 것이다. 아직 15분 남았다. 2년 전 11월 의학유전학 전문의가 전화를 한 뒤로 처음으로 심심하다고 느꼈다. 나는 책을 읽는 대신에 글을 쓰기로 했다.

얼마 전에 어린이집에서 마르야와 보모인 노라가 '어디 숨었을까 놀이'를 했다. '마르야 없네, 마르야 여기 있네'라며 몇 분 동안 놀았다. 노라가 천 뒤에 숨었다가 나타나면 마르야는 높은 목소리로 깔깔거리고 노라를 쳐다보면서 활짝 웃었다. 그런데 갑자기 마르야가 손을 뻗어 노라의 목걸이를 세게 잡아당겼는데, 얼굴 표정이 굳어지면서 벌겋게 변하고 눈빛이 달라졌다. 노라는 “아이고, 눈빛이 보통이 아닌데”라고 말하고는 고개를 뒤로 젖히면서 크게 웃었다. 그러고는 “나만 그렇게 보이는 건가요?”라며 나에게 순간 은밀한 시선을 보냈다. 사람들이 장애가 있는 내 아이를 두고 ‘보통이 아닌데’라고 말하면 나를 모욕한다고 생각해야 하나? 아니다. 나는 모욕을 당하지 않았다. 나는 노라가 마르야를 어린이집의 다른 아이들과 똑같이 대하는 방식이 좋았다. 이런 자연스러운 행동은 노라가 자신을 스스로 검열하지 않는다는 증거이기도 하다.

낯선 사람이나 간혹 아는 사람이라도 마르야를 장애아라고 말해도 되는지 주저하면서 멈칫할 때가 있다. 이런 일상적인 부자연스러움이 나를 힘들게 한다. 말과 행동 속에 들어 있는 이런 과도한 예의가 불편하다. 어딘가에는 21번 세염색체증이 있는 아이를 임신중절해도 된다고 찬성하는 90퍼센트에 속하는 사람이 있다. 그 90퍼센트는 사회에서 장애가 있는 사람을 올바르게 부르려고 애를 쓰며 입을 꾹 다문 채, 개인적으로는 장애가 있는 사람과 살지 않아도 되도록 신경을 쓴다. 나는 이런 글을 써내려 가면서 나 스스로 장애 문제를 다시 보게 하려는 개종자의 열의를 갖지는 않았는지 의심이 들었다. 내 생각도 다른 90퍼센트에 속하는 사람과 크게 다를 바 없다는 것을 안다. 그럼에도 이제 다운증후군이 있는 아이를 둔 엄마로서 세상을 바라보는 시점이 극단적으로 변했다.

나는 슈바르츠발트로 휴가를 갔을 때 알게 된 다운증후군 아이를 임신한 여자에 대한 생각을 떨쳐버릴 수 없었다. 아기는 이미 태어났을까? 아니면 오래전에 죽었을까? 우리는 두 달 뒤에 1년 전에 갔던 그곳으로 다시 스키를 타러 갈 계획이었다. 나는 인터넷으로 검색해서 전에 들렀던 스포츠용품점에 전화를 걸었다. 점원은 유모차에 태운 채 탈의실 앞에 세워놨던 마르야를 바로 기억했다. "친구는 안타깝게도 아이를 안 낳았어요. 솔직히 너무 빠른 결정이었어요." 자기라면 그렇게 하지 못했을 거라고 말했다. 나는 어차피 결정은 각자의 몫이라고 대답했다. 친구는 그 뒤 그 얘기를 절대 꺼내지 않는단다. "다른 사람들한테는 아이가 살 능력이 없었다고 말했대요. 사실 맞는 말이 아닌데도요."

침묵이 흘렀다.

"남자아이였대요. 그래도 아이를 기리는 예배에는 갔나 봐요."

"그래요. 그런 예배가 있는 건 정말 좋은 것 같아요." 나는 그 순간 눈물을 참을 수 없었다.

"마르야는 어떻게 지내요?"

"잘 지내요"라고 얼른 대답했다. 목소리는 계속 잠겼지만 웃었다.

"어린이집에도 다니고, 내 손을 잡고 한 발짝씩 걸어요."

"지금 이런 얘기를 들으면…."

나는 '스키 강좌에 장애가 있는 아이도 등록 가능할까?'라고 마르야를 뱃속에 가졌을 때 했던 생각이 떠올랐다. 스포츠용품점도 어린이 스키 강습을 한다고 했다. "혹시 스키 강습에 마르야를 받아주실 수 있으세요? 지금은 아니지만 나중에 몇 년 뒤에라도?"

"당연하죠. 한번 해보죠!"

나는 크리스마스를 지내고 마르야와 크리스토프와 함께 가게에 들르겠다고 약속했다.

크리스토프와 나는 때때로 어떤 미래가 마르야를 기다리고 있을지 걱정한다. 마르야에게 잘 맞는 학교를 찾고, 언젠가 성인이 된 우리 딸이 살 좋은 장소를 찾는 일은 현실적으로 다가온다. 우리는 혼자가 아니다. 아침마다 이메일을 확인하면 '레벤스힐페'로부터 메일이 몇 통씩 와 있다. 학교 입학과 새로운 간병 법규에 관한 정보와 '통합 무도회', '통합 어린이 연극', 주말 가족 모임, 농장 페스티벌의 초대장이 가득하다. 하지만 이런 초대장이 우리가 더 이상 이 세상에 없을 때 마르야의 미래에 대한 걱정을 덜어줄 수는 없다. 자전거로 출퇴근을 하는 크리스토프는 이제 국도 대신에 자전거 길로 집에 온다. '이제 사고를 내서는 안 된다'고 생각하기 때문이다. 내가 다시 옛날 직장으로 복귀했는데, 아이티의 지진이 발생한 곳이나 인도의 범죄 현장으로 가고 싶으냐고 묻는다면, 나도 '죽으면 안 됩니다'라고 대답할 것이다.

우리는 스스로를 아직도 불사조라고 생각하면서도 갑자기 유언에 대한 얘기를 꺼낸다. 마르야는 앞으로 18년 동안만 우리가 필요한 게 아니다. 이런 깨달음은 그 자체로 영향력이 크다.

그렇지만 크리스토프는 계속해서 자전거를 타고, 나도 다시 일을 하러 나갈 것이다. 우리는 에어백을 갖추고 살지만, 때로는 에어백 없이 사는 법도 배워야 한다.

마르야가 처음 바다에 가본 여름처럼. 우리는 마르야가 머리에 튜브를 달고 있지만, 외국에서 여름 휴가를 보내기로 결심했다. 인터넷에서 우리가 묵을 숙소를 찾을 때 두 가지 조건을 중요하게 생각했다. 해변과 가깝고, 병원과 가까운 곳. 우리가 찾은 곳은 차로 한 시간 거리에 소아신경외과가 두 군데나 있는 곳이었다. 우리는 아침에 마르야를 팔에 안고 풀밭을 지나 파도 속으로 달려갈 수 있는 오두막집도 찾았다. 아침을 먹고 있으면 돛단배가 앞으로 지나갔다. 마르야와 함께 따뜻하게 햇볕이 내리쬐는 테라스 나무 바닥에 눕고, 처음으로 셋이서 자전거 투어를 했다. 마르야는 해변으로 가는 들길에서 자전거 트레일러 안에 앉아 만족한 듯이 들썩거렸다. 마르야는 바닷가에서 입에 모래를 집어넣고 발과 손을 번갈아가면서 들어 올리고 자기 그림자를 보면서 신기해했다. 우리는 행복한 시간을 보냈다.

휴가 4일째 날 마르야가 오두막집 창문 밖에서 다시 안으로 올라오다가 미끄러졌다. 다섯 번은 문제없이 올라왔는데 이번에는 실패했다. 잇몸이 나무로 된 벽을 따라 긁히면서 미끄러지자 마르야가 울었다. 나도 울었다. 마르야의 입에서 피가 흘렀다. 유일하게 난 두 개의 유치가 더 이상 반듯이 서 있지 않고 앞으로 벌렁 누웠다. 피가 멈추지 않았다. 우리는 국도와 고속도로를 달려 병원으로 갔다. 마르야가 훌쩍이면서 지저분한 손가락을 입속으로 집어넣는 걸 막으려 했지만 소용없었다.

반쯤 흔들거리는 치아 때문에 걱정되는 게 아니었다. 필요하다면 이는 뺄 수도 있다. 그것보다는 세균이 몸으로 들어가서 션트가 감염되지 않을까 두려웠다. 병원의 소아과 의사는 "그렇지 않을 겁니다"라고 말했다. 소아신경외과 의사는 "전화로는 말씀드릴 수 없습니다"라고 말했다. 최근에 한 환자가 치과에서 스케일링을 받고 난 뒤 뇌종양에 걸린 경우가 있다고 말했다. 일주일간 항생제를 먹이고 마르야의 상태가 이상한 것 같으면 즉시 병원으로 오라고 했다. 이는 다시 자랄 수도 있다고 했다. 우리는 잠시 중단됐던 여름 휴가로 다시 돌아왔다. 이게 우리가 사는 모습이다. 소아과 의사는 션트 감염을 일으킬 수 있는 요인은 5백만 가지가 된다고 말하며 나열하기 시작했다. "중이염으로 일어날 수 있는데, 정확한 원인이 무엇인지는 잘 모르겠네요." 소아신경외과 의사는 "다 통제할 수는 없을 겁니다. 마르야가 맹장염에 걸리면 복강까지 연결된 튜브에서 가장 먼저 문제가 생길 거라고 봅니다"라고 설명했다.

다음 날, 우리는 마르야와 산책을 했다. 길가에서 내 생애 처음으로 네잎클로버를 찾았다. 나는 기뻐하면서 "우리 마르야에게 줘야지"라고 말했다. 유치하고 단순하긴 해도 네잎클로버 하나로 5백만 가지 감염 요인을 막아낼 수 있다면 상관없다.

다행히 아무 일도 일어나지 않고 여름은 무사히 지나갔다. 마르야는 몇 주 전부터 '엄마'라고 말한다. 오늘 처음으로 입술을 내밀고 소리를 내면서 제대로 뽀뽀도 해주었다. 크리스토프는 성 마르틴의 날에 마르야와 등불을 들고 처음으로 축제 행렬에 참여하기 위해 회의를 일찍 끝내고 집으로 왔다. 우리는 다른 부모와 아이와 함께 모닥불을 둘러싸고 큰 소리로 목청을 높여 노래를 불렀다. '하늘에는 별이 빛나고, 땅에는 우리가 빛나네.'

2017년 1월

"마르야 온다!" 아침에 어린이집 창가를 따라 유모차를 밀고 갈 때면 다른 아이들이 외치는 소리가 들린다. 내가 몇 가지 일을 처리하는 동안에 마르야는 이제 오전에 두 시간 동안 혼자서 어린이집에서 지낸다.

나는 마르야를 뱃속에서부터 알았던 소아신경외과 의사에게 전화를 걸었다. 의사는 태국에서 가족과 함께 휴가를 지내고 막 도착했다고 말했다. 너무나 부러웠다. 여름에 덴마크에서 멋진 휴가를 보내고 온 일을 생각하라고 스스로 타일렀다. 소아신경외과 의사는 마르야의 머릿속에 삽입된 션트가 막힐 경우, 태국에서도 응급 수술을 받을 수 있을 거라고 말했다. 방콕에 굉장히 훌륭한 개인 병원도 있고, 협회에서 매우 믿음직한 의사들도 알게 됐다고 했다. 나는 "정말

요, 정말이에요?"라고 몇 번이나 물어보았다. 그렇다면 크리스토프와 오늘 저녁에 샴페인 병을 따고 축하해야겠다고 말했다.

그날 저녁에 샴페인을 따르지는 않았다. 그 대신에 마트에서 망고를 사서 마르야가 있는 유모차에 넣었다.

오늘 어린이집에서 점심시간을 앞두고 있었던 일이다. 보모인 노라가 "책 읽는 건 어떻게 하지?"라고 묻자 몇몇 의욕적인 아이들이 손으로 책을 펼치는 모습을 해보였다. 나는 그 모습을 보고 "아하, 너희는 제대로 된 비밀 언어를 갖고 있구나!"라고 말했다. 마르야와 다른 아이들이 함께 무언가를 공유할 수 있다는 게 너무나 좋았다. '의사소통을 돕기 위한 수화'라는 말보다 비밀 언어라는 말이 훨씬 더 좋게 들렸다. 얼마 전에 두 돌이 된 리나가 새로운 단어를 많이 말해서 나를 놀라게 했다. 며칠 전에는 나를 보더니 "안녕!" 하면서 인사도 하고, 마르야에게 기어가더니 마르야의 신체 부위를 가리키며 "엉덩이! 배! 눈!"이라고 말했다. 머리를 옆으로 기울이면서 손바닥을 뺨에 갖다 대고는 "아기 자"라는 말도 했다. 그러더니 아기 인형을 방석에 눕혀 재웠다.

마르야는 리나보다 몇 달 어리고 아직 수화를 하지 못한다. 손을 사용하지 않지만 내가 그림책을 보면서 '생쥐'가 어디 있는지를 물으면, 내 손가락을 잡고 정확하게 생쥐가 있는 쪽을 가리켰다. '코', '귀', '입'과 다른 신체 부위도 알았다. 얼마 전에 크리스토프가 출근하면서 손동작으로 '아빠'와 '일하다'를 표현하자, 마르야가 스스로 손을 흔들어 인사했다. 손을 흔드는 것은 어린이집에서 마르야가 다른 아이들에게서 보고 배운 첫 동작이다.

레오니가 "아직 말을 못 해요"라고 하면서 마르야를 가리켰다. 나는 아직 어려서 그렇다고 대답했다. 레오니는 같은 반에서 가장 어린 마르야가 왜 자신들과 다른지에 대해 궁금해했고, 나는 아이들에게 말했던 내용을 반복했다. "마르야도 분명히 수다쟁이가 될 거야"라고 레오니에게 말했다. 레오니처럼 다른 아이들이 내가 하는 이런 설명을 언제까지 그대로 받아들일까?

희망사항이 되살아나는 것을 느꼈다. 어쩌면 더 솔직히 말해 희망사항이라기보다는 요구사항이다.

우리는 분명 일반적인 오류를 저지르는 평범한 부모가 됐을 것이다. 우리는 우리 아이를 다른 아이들과 몰래 비교한다. 마르야는 리나보다 훨씬 더 잘 기고, 리나는 마르야보다 언어 면에서 더 발달했다. 우리는 달리기 훈련을 할 때 마르야를 뒤에서 구부정하게 따라가면서 마르야의 작은 팔을 위로 쭉 잡아당긴다. 완전히 잘못된 자세다. 팔꿈치를 어깨 아래로 유지하라고 물리치료사가 크리스마스 연휴가 끝난 뒤에 가르쳤는데.

파울네 집에 초대받아 갔을 때, 파울의 엄마는 책장에 있던 다운증후군 아이를 위한 교육적으로 중요한 장난감을 보여주었다. 숫자 영역과 파울네 부모가 '문화 기술'이라고 부르는 것을 학습하는 데 도움을 주는 물건이었다. 파울의 엄마가 나에게 "마르야랑 진짜 열심히 연습해야 해요"라고 몇 번이나 강조할 때, 나는 '열심히 연습하기. 그래, 당연히 해야지!'라고 생각하기보다는 '열심히 연습하기. 에휴, 제기랄!'이라는 생각이 들었다. 그 순간 마르야의 장애가 성가시게 느껴지기도 했다.

이런 말을 해도 괜찮을까? 다른 엄마들도 가끔씩은 아이들에게 있는 문제나 아이들이 자신에게 무엇인가를 바란다는 사실 때문에 짜증이 날 때도 있지 않나?

나에게 얼마나 많은 것을 요구할지는 항상 새롭게 협상을 해야만 할 것이다. 마르야는 다운증후군이 있는 다른 아이들처럼 곧 입 주변 근육을 강화하는 재활치료법을 시작하고, 이것을 마치면 계속해서 언어교정 치료를 시작할 것이다. 이 말은 장애아를 위한 조기 활동 보조 프로그램 외에 일주일에 한 번 오후 시간에 한 가지 일정이 더 잡히는 것을 뜻한다. 마르야가 입을 꼭 다물 수 있도록 돕는 치료에 얼마나 많은 시간을 할애하고, 내 직업을 위해서는 얼마만큼의 시간을 투자할 수 있는 걸까? 오늘 마르야가 다니는 어린이집의 한 여자아이가 나에게 "왜 마르야는 만날 혀를 밖으로 내밀고 있어요?"라며 물었다. 나는 "마르야의 혀가 길기 때문이야"라고 대답했다. "어디, 네 혀도 좀 보자!"라며 우리는 키득거리면서 서로 혀를 쭉 내밀었다. 이걸로 오늘은 넘겼다, 오늘은.

나는 《가족과 전문가를 위한 지침서》라는 책에서 처음부터 언어와 의사소통 능력을 '주어진 상황에서 최상으로 지속적으로 발달할 수 있도록' 돕는 것이 매우 중요하다는 사실을 읽었다. 나는 마르야가 사는 동안 가능한 잘, 그리고 자율적으로 살 수 있도록 모든 것을 해주고 싶다. 하지만 마르야가 정말 모든 기회를 가질 수 있도록 내가 전부 책임져야 하나? 어떤 대가를 치르더라도? 나는 장애아를 둔 엄마들이 다른 엄마보다 죄책감을 자주 느낀다고 생각한다. 우리 아이들 같은 경우 저절로 굴러가는 것이 하나도 없기 때문이다. 우리는 아이와 함께하고, 같이 연습하고, 그러면서도 재미를 느끼는 일을 잊어버려서는 안 된다. 또 각자 자신의 삶이 있다는 점도.

나는 '우리 엄마들의 경우에는'이라고 쓴다. 전혀 곰곰이 생각하지도 않고. 이미 덫에 갇힌 것일까? 왜 아빠들은 아이들을 돕지 않지? 아빠들은 왜 오리를 수화로 어떻게 표현하는지 알지 못한 채 일요일에 그냥 오리가 있는 연못으로 가도 되는 걸까?

며칠 전에 크리스토프에게 이 모든 게 왜 나만의 문제냐며 화를 내면서 따졌다. 내가 어쩌다 아프기라도 하면 마르야를 위해 일해줄 사람이 아무도 없다는 것에 화가 났다. 내가 원고를 끝내고 출판사에 넘겨야 하는데, 마르야를 봐줄 사람이 아무도 없다는 것에 화가 났다. 사흘 뒤에 원고를 제출해야 하는데 어린이집에서 갑자기 머릿니가 돌아서 문을 닫고, 베이비시터는 전부 시간을 낼 수 없다고 하고, 물리치료와 조기 활동 보조 프로그램, 음악 강습 일정이 한꺼번에 다 잡혔다. 앞을 정면으로 똑바로 보지 못하고 사시가 심해서 안경을 맞추러 안경점에도 가야 하는 이 모든 일이 내 몫이었다.

크리스토프에게 "당신 삶은 지금까지 변한 게 없잖아!"라며 쏘아댔다. 우리가 지금 사는 곳을 서로 상의해서 구했기 때문에 내 말이 다 맞는 것은 아니다. 크리스토프는 매일 차로 출퇴근해야 한다. 그래서 자전거로 마르야를 데리러 어린이집에 갈 만한 시간이 없다. 나는 크리스토프가 마르야를 데리러 가는 일을 즐기는 것을 안다. 마르야를 임신했을 때 모든 진단 결과가 나온 뒤에 우리는 바라는 일이 무엇인지에 대해 이야기를 했었다. 나는 "마르야가 나랑 대화를 할 수 있으면 좋겠어"라고 했다. 크리스토프는 "마르야랑 같이 자전거를 탈 수 있으면 좋을 것 같아…"라고 했다. 그는 나 몰래 마르야의 첫 생일에 자전거 트레일러를 샀다. 그때는 아직 앉지도 못할 때였다.

우리의 삶은 마르야를 임신했을 때와 목사님 앞에서 서명을 하면서 계획했던 것과는 이미 다르게 흘렀다. 나는 인사과에 3년 동안 육아휴직을 한다고 신청하면서, 가능하다면 복귀 이전에 파트타임 자리라도 받을 수 있길 바란다고 했다. 그래도 지금까지 대부분은 우리에게 잘 맞았다. 마르야는 병원에서 4개월을 지낸 뒤에 집으로 돌아와서 쉴 수 있었고, 우리가 예쁜 집에 살 수 있도록 크리스토프가 힘을 써준 것에 감사하고, 아이가 마침내 우리 곁에 있다는 것이 기뻤다. 나는 임신했을 때 손으로 적은 메모를 실제로 책으로 만들고 있다. 크리스토프와 나는 우리 세 명이 어떻게 잘 살 수 있을지 새로운 계획을 짜야만 한다. 나는 예전에 적었던 종이를 치워놓았다가 어느 날 다시 꺼내 크리스토프에게 서명한 것을 보여줄 것이다.

제대로 균형을 이루기란 쉽지 않지만 크리스토프와 나는 해낼 것이다. 우리는 장애가 없는 아이를 둔 부모보다 실수를 더 많이 저지르지도 않을 것이다. 단지 다운증후군을 가진 아이가 있다는 이유만으로 사람들이 마치 우리 가족을 사회에서 돌봐야 하는 처지로 여기고, 도움을 필요로 하고 절망에 억눌린 사람처럼 보는 상황에 화가 난다. 흥미롭게도 이전에 편견이 가장 적을 것이라고 예상했던 곳에서 이런 태도를 만나게 된다. 예를 들어 직업상 장애가 있는 사람을 돌보는 기관의 사람들이 그랬다. 이들은 '육아 지침'이라는 대수롭지 않은 단어를 시작으로 점점 엄마와 가족의 역할을 강조했다.

파울이 얼마 전에 마르야에게 선물을 주었다. 파울의 엄마는 선물을 건네주며 "전문가가 전문가를 위해 선택한 것"이라고 웃으면서 말했다. 파울은 가게에서 반드시 이 장난감이어야 한다고 단호하게 말했다고 했다. 뱃속에서 음악이 나오는 곰 인형이었다. 나는 매일 아침에 곰 인형을 기저귀 가는 선반에 올려놓고 발을 톡톡 두드린다. 그러면 곰은 머리를 이리저리 흔들고, 엉덩이로 원을 그리는 듯 돌리고 팔을 움직인다. 내가 곰을 따라 하면 마르야는 아기 침대 속에서 깔깔거리며 손으로 침대 가장자리를 잡고 무릎을 굽혔다가 다시 일어나기를 반복한다. 크리스토프는 곰 인형에서 나오는 음악 소리가 들리면 "또 걸스 파티 열렸네"라며 소리친다. 파울이 이 순간 문을 열고 들어온다면 아침 8시에 아이 방에서 춤을 추고 있는 어른 두 명과 아이 한 명, 그리고 곰 한 마리의 모습을 볼 수 있을 것이다. 전문가가 준 선물에 맞추어서.

2017년 3월

마르야가 두 살이 되다

재생 버튼을 누르자 핑크색 상의에 까만 미니스커트를 입고, 긴 귀고리를 하고, 핑크빛 아이섀도와 립스틱을 바르고, 날씨를 알리는 일기도 앞에 다운증후군이 있는 여성이 서 있었다. 화장을 한 장애인은 처음 본다고 생각했다. 크리스토프에게 "이것 좀 봐"라고 말하며 그가 있는 부엌으로 노트북을 가져갔다. 3월 21일, 세계 다운증후군의 날에 우리는 가스레인지 앞에 서서 영상을 봤다. 크리스토프는 여느 때처럼 좌우가 다른 양말을 신고 있었다. 그는 몇 년 전부터 같은 것보다 다른 것이 좋다는 표시로, 양말을 짝짝이로 신기 시작했다.

며칠 전에 프랑스 텔레비전에서 이런 장면이 나왔다. 젊은 여성이었다. "프랑스의 날씨는 두 지역으로 나뉘었습니다. … 북부는 흐리고, 보르도 지역에는 비가 내립니다. … 프랑스 4분의 3에 해당하는 지역에 구름이 잔뜩 껴 있고, … 마르세유에는 비와 해가 … 프랑스제2채널과 함께 좋은 저녁 시간 보내시기 바랍니다!"

"나쁘지 않은데." 크리스토프는 감탄했다.

우리처럼 다른 사람들도 멜라니 세가르가 하는 방송을 손에 땀을 쥐고 흥미진진하게 보았을까? 이 방송은 프랑스에서 최고 시청률을 기록했고, 독일에서도 '다운증후군을 가진 미스 일기예보'라고 신문의 머리기사로 보도됐다.

다른 한편으로는 아쉬웠다. 내가 마르야를 임신했을 때 이런 영상을 봤더라면 얼마나 좋았을까? 나에게 얼마나 많은 용기를 주었을까? 이 프랑스 여성에게서 마르야의 모습을 보았다. 눈의 생김새가 마르야와 닮아서만은 아니다. 마르야 같은 사람이 자신의 꿈을 실현할 수 있다는 것을, 모든 것이 가능하다는 걸 이 영상을 통해 보았다. 멜라니 세가르가 페이스북 이용자와 프랑스 장애인부모연합회의 도움을 받아서 이룬 것처럼. 장애가 있는 사람을 공공장소에서 더 많이 볼 수 있도록 하는 데 중점을 둔 캠페인이었다. 나는 이를 통해서 마르야가 성인이 됐을 때 어떤 삶을 살 수 있을지 그림을 그릴 수 있었다. 마르야는 11일 전에 두 번째 생일을 맞이했다.

두 세계가 존재한다. 두 사람이 만나 한 사람을 만들었는데, 뱃속 아이의 염색체 장애 유무를 검사할 것인지 결정하는 순간에 갑자기 새로운 세계가 눈앞에서 벌어진다. 우리는 유치원과 학교, 직장에서 장애와 비장애의 통합이라는 주제에 있어서 얼마나 진보했는지 이야기한다. 텔레비전 아침 방송에서는 지적 장애인 운동선수를 위한 겨울 스포츠 경기를 보여주는 스페셜 올림픽을 중계한다. 비장애인 리포터가 스케이트 경기를 앞두고 있는 장애인 운동선수를 인터뷰한다. 우리는 이 모든 것이 장애가 있는 사람이 아예 더 이상 태어나지 못하도록 하는 것은 아닌가, 라는 점에 대해서는 거의 다루지 않는다. 젊은 부모는 오늘날 이런 질문에 각자 알아서 답을 해야만 한다.

그러다 갑자기 작은 배타적인 모임이 생긴다. 침묵할 의무로 이루어진 새로운 관계. 자신의 아이와 본인의 삶을 돌봐야 하는 부모와 의사다. 이 사이에 윤리학 교수가 없을 때가 가장 절망적이다. 장애가 있어도 생명을 사랑하라고 가르친 윤리학 강좌가 없다면. 하지만 우리는 그래도 산전검사 분야의 발전이 어디로 향하는지와 이것이 모두에게 무엇을 뜻하는지에 대해 이야기를 해야 한다. 이상이 있다는 결과를 받고 이리저리 뛰어다니며 갈피를 잡지 못하는 대신, 산전검사의 의미에 대해 한 번 더 생각해야 한다.

의학적 임신중절 요건은 '신체적 또는 정신적 건강 상태에 심각한 영향을 미침'에서 나를 보호해준다. 사실 의사는 심장 결손이나 뇌수 문제가 없었어도 '21번 세염색체증'이라는 진단 하나만으로 뱃속의 마르야를 중절 수술로 없앨 수도 있었다. 오늘 내 신체적·정신적 건강 상태는 뭐라고 얘기해야 할까? 가끔 친구들에게 "왠지 기분이 가라앉네"라고 하소연할 때도 있지만 괜찮은 편이다. 임신하기 전에는 족집게로 골라서 뽑을 정도로 적던 흰머리가 이제는 흰색 물줄기처럼 많아져서 더 이상 뽑을 수 없을 정도가 되긴 했지만 말이다. 조산사는 자기가 아는 다운증후군이 있는 아이와 부모는 모두 진심으로 행복한 사람들이라고 했다.

조산사의 말처럼 다운증후군이 있는 아이를 둔 부모가 모두 잘 지낸다고 단언할 수는 없다. 하지만 21번 세염색체증이라는 진단 결과를 들었을 때, 처음에는 "마치 커다란 바위 아래 묻히는 느낌이었어요"라는 문장처럼 슬프고, 화가 나고, 절망했던 모든 여성에게 임신중절 수술을 권하는 게 옳은 일일까? 특별한 경우가 아니라 일반적인 선택사항으로 두는 게 맞는 것일까? 나중에 분명히 다운증후군이 있는 아이 때문에 정신적으로 고통받을지도 모르니까? 다운증후군이 있는 아이 때문에 엄마가 아프고 우울증에 시달린다는 것은 입증된 사실인가? 우리는 정말 장애가 있는 아이로부터 엄마를 보호하거나 아니면 엄마로부터 장애아를 지켜야 하나?

이런 글을 쓸 때면 기분이 씁쓸해진다. 마치 내가 다른 여성들을 배신하는 것 같다. 뒤돌아봤을 때 자기 몸에서 일어난 일을 스스로 결정하려는 미래의 모든 여성에게서 용기를 빼앗는 듯한 기분이다. 하지만 90퍼센트나 되는 여성과 그 배우자가 장애아와 함께 사는 일이 견딜 수 없을 만큼 힘들기 때문에, 임신부의 미래에 '신체적 또는 정신적 건강 상태에 심각한 영향을 미침'을 전제로 해야 한다고 생각하는 것은 무엇인가 맞지 않는다. 우리는 성공적인 삶에 대해 어떤 그림을 그리고, 완벽하고 건강한 아이에 대해 어떤 기대를 마음속에 품고 있는가? 왜 이 외에 다른 모든 것은 그토록 끔찍하다고 미래의 부모에게 제시하고 있는가? 우리에게 어떤 두려움이 있는 걸까?

아니면 솔직하게 말해서 엄마의 고통이 아니라 다른 것이 문제일까? 미래의 부모와 의사, 그리고 우리 사회가 말은 하지 않지만 합의하고 공범자 역할을 한다는 것? 막을 수 있기 때문에 처음부터 피할 수 있는 끔찍한 일이라고 여겨 규격에서 벗어난 삶을 제재하고 싶은 것은 아닐까? 장애가 없는 태아를 찾기 위한 노력은 다운증후군 검사만큼 풍부하며, 이 검사들은 대부분 진단 후 임신중절을 전제로 하고 있다. 또한 독일 산부인과에서 대규모로 제공하는 검사는 염색체 장애를 찾는 일이 당연하다는 듯한 인상을 불러일으킨다. 이렇게 하는 것이 심지어 우리 사회에서 이성적이고 바람직하며, 규격에 맞는 태도라는 인상마저도 준다.

1995년에 와서 '태아의 질병'에 의한 임신중절 요건이 폐지됐다. 기형과 장애가 있는 뱃속의 아기를 차별하지 않겠다는 것이다. 그 후로 장래에 엄마가 될 사람이 자신의 위기를 어떻게 느끼고 묘사하는지가 중요해졌다. 몇몇 산부인과 의사는 이전에 태아에게 중대한 병이 있어서 임신중절을 선택했지만, 요즘 '의학적 임신중절 요건'만 충족하면 언제든 임신중절이 가능하다고 말한다. 이들은 21번 세염색체증이든 다른 질병이든 어떤 진단이 아이에게 내려졌기 때문에 여성이 갑자기 임신을 중단하고 싶어 하는 것이라며, 의학적 임신중절 요건이 속임수라고 말한다.

내가 원하는 것은 무얼까? 나는 마르야와 같은 사람이 살아도 되는 세상을 원한다. 나는 다른 여성이 미래에 자신을 위해 요구할 수도 있는 권리를 박탈하려고 하는 걸까? 그렇지 않다.

마르야와 함께 살수록, 또 어떤 상황에서는 마르야가 생기기 전의 나라는 사람이 점점 낯설게 느껴진다. 내가 점점 더 완고해지고, 원칙이 바뀌는 걸 느낄 때도 있다. 그럼에도 임신했을 때 외부에서 주는 압력이 우리 딸에게 더 가깝게 다가가도록 나를 돕지는 못했다는 걸 여전히 기억한다. 오히려 정반대였다. '아니요'라고 말해야 하는 상황이 가까워질 때, 그제야 진심으로 '예'라고 말할 수 있다.

나는 임신했을 때 알게 된 심리치료사에게 전화를 걸었다. 그녀가 나에게 말했다.

"내가 당신에게 아이를 낳아야 한다고 말했다고 상상해보세요…."

"알아요, 알아요."

"한 여성이 장애아를 키울 정신적 능력을 갖추었는지 누가 판단할 수 있을까요? 의사 아니면 상담소에서 일하는 내가? 그걸 판단할 수 있는 사람은 다름 아닌 여성 자신이에요."

심리치료사는 사람들이 한 여성에게 아이를 낳으라고 강요한다면 그것은 잘못된 일이라고 했다. 말한다고 되지도 않을뿐더러 여태까지 단 한 번도 그런 적이 없다고도 했다. 그러면 임신중절을 하려는 여성은 외국으로 갈 것이다. 심리치료사는 사회적 갈등을 여성 개개인의 책임으로 돌려서는 안 된다고 말했다.

나도 어떤 여성에게든 낳으라고 강요하려는 것이 아니다. 하지만 장차 부모가 될 사람이 우리가 장애아를 둔 평범한 가족이라는 걸 봤으면 좋겠다고 간절히 바란다. 엄마가 될 여성이 장애가 있는 아이를 낳겠다고 결정한다면, 이들이 혼자가 아니라는 사실을 알고, 사회를 믿고 의지할 수 있기를 바란다. 기형이나 장애를 가진 뱃속의 아기를 보호해야 한다고 말할 때, 엄마들이 타인의 기대를 충족시킬 필요는 없다는 것을 알았으면 좋겠다. 장애가 있는 사람을 사회에서 없애는 대신 이들과 함께 살아가는 일이 우리 모두에게 일상이 되기를 간절히 바란다.

심리치료사의 말에 의하면 다운증후군 진단을 받은 부모가 가장 큰 갈등을 겪는다고 한다. 수년간 임신부를 상담해오면서 계속 보았다고 한다. 같은 진단을 여러 번 받은 경우에 임신중절을 조금은 쉽게 결정한단다. "그래도 대부분의 사람이 죄책감을 가져요."

우리는 뱃속의 아기를 검사하고, 초음파를 찍고, 세세히 조사를 하는 일이 너무나 간단하고 이성적으로 보이기 때문에 그렇게 한다. 하지만 아기를 아직 직접 보지도 못한 엄마와 아빠가 임신중절을 결정할 때는 혼자서 모든 책임을 지고 위험을 감수해야만 한다. 심리치료사는 21번 세염색체증이 있는 태아를 낳지 않는 사람 대부분은 친척과 직장 동료에게 아이를 '잃었다'라고만 말한다고 한다.

내가 마르야를 갖기 전에 아직 태어나지 않은 아기에게 진단을 내리는 일이 우리 사회에 어떤 의미인지 골머리를 앓으며 생각한 적이 있었나? 의학유전학 의사가 나에게 검사 결과가 정상이라고 말했다면 이런 문제에 대해 깊게 생각했을까? 내가 만약 통계에서 그 1퍼센트에 속하지 않았더라면? 나는 그런 생각을 하지 않았을 것이다.

얼마 전에 엄마의 산모 수첩을 보게 되었다. 15장의 종이로 된 파란 수첩에는 1975년 4월 17일에 첫 기록이 적혀 있었다. 수첩의 앞면에는 '주의 깊게 잘 보관하고 의사 방문 시와 분만 시에 반드시 지참하세요'라는 문구가 쓰여 있었다. 글자의 절반 정도가 보이지 않을 정도로 인쇄 품질이 좋지 않았다. 이에 비하면 산부인과에서 내가 받은 산모 수첩은 32장이나 되고, 분홍색과 파란색의 장식이 새겨진 보호 비닐로 싸인 화려한 사치품이다. 산모 수첩의 앞면에는 '한 번의 클릭으로 바로 홈페이지로 연결될 수 있습니다. 엄마와 아기가 편안함을 느낄 수 있도록 모든 것이 다 들어 있습니다'라고 적혀 있다.

수첩을 펼치면 검사 결과 스티커와 초음파검사에 대한 표와 통상적인 질문으로 꽉 차 있다. '뇌심실 이상: 예, 소뇌증 징후: 예, 전면 복벽 결함: 아니요.' 이런 식으로 마주 보는 두 페이지에 질문이 가득했다. 나를 담당한 산부인과 의사는 애당초 위험 임신이라는 곳에 체크를 했다. 35세가 넘어서 '첫 출산'을 하는 사람은 피해 갈 수 없다.

이와는 반대로 1975년에 내 출생에 관해서는 짧게 정리만 되어 있었다. 여덟 번 산부인과에 가서 검사를 받는 칸이 있고, 각각 방문 시에 측정했던 몸무게와 태아의 상태, 심장박동, 혈압, 소변 검사 결과만 적혀 있었다. 이것뿐이다. '가족 병력: 없음, 내 병력: 없음, 이

상 징후: 없음. 첫 태동: 1975년 6월 26일.'

엄마에게 나를 임신했을 때에 어땠는지 물었더니 노르웨이로 휴가를 갔는데 음식이 다 맛있어서 너무 많이 먹었다고 이야기하셨다. 결과적으로 체중이 너무 불었고, 고혈압이 약간 생겼다고 했다. 나는 분만 예정일보다 5일 늦게 세상에 나왔고, 산모와 아기 모두 건강이 양호했단다. 가장 좋은 건 예정일보다 늦게 태어나는 바람에 내 별자리가 전갈자리가 아닌 사수자리가 된 일이다. 엄마는 전갈이 좋다고 생각한 적이 한 번도 없기 때문이란다.

마르야가 1975년에 태어났더라면 어땠을지 상상도 하기 싫다. 분명 뱃속에서 죽었을 것이다. 어디에 이상이 있는지도 발견하지 못했을 것이다. 40년이 지난 오늘날, 그냥 모든 것이 잘될 거라고 두 손 모아 빌고 있기는 힘들다. 우리는 더 이상 막연히 희망하는 것이 아니라, 적극적으로 알아낸다. 현재 병원에서 시행하는 혈액검사는 내가 2년 반 전에 받은 것보다 훨씬 저렴하고 결과도 빨리 받아볼 수 있다. 이를 통해 태아가 21번 세염색체증이 있는지 여부를 훨씬 더 쉽게 임신 초기에 알 수 있다. 산전검사 전문의들은 '태아를 더욱 정밀하고 상세하게' 화면에 보여주는 '고화질의 초음파 산전검사'를 할 수 있다고 광고한다. 하지만 더 많은 정보와 검사는 더 많은 불안감을 가져다준다. 검사 결과가 나온 뒤에야 '진단이 내려지긴 했지만 아무것도 해서는 안 돼'라는 말을 듣는다면? 의학유전학 병원의 그 여의사는 임신중절의 가능성을 판단할 수 있는 상황이 우리 학문의 결과라고 표현한 적이 있다.

산전검사의 발전을 이전의 상태로 되돌려야 한다고 말하려는 것이 아니다. 다만 태아가 각자 본인만의 속도로 여유 있게 발달하도록 자연이 우리에게 느림을 허락할 수 있기를 바란다. 한 예로, 뇌의 양쪽을 연결하는 뇌량은 일반적으로 임신 18주차가 되기 전에는 초음파검사로 알아볼 수 없다. 우선은 더 형성돼야 한다. 언젠가 더 좋은 기계가 나온다면 먼저 형성될 조직을 식별하고, 뇌와 뇌량이 어떻게 발달할지를 유추할 수도 있지 않을까? 내가 다니는 산부인과의 의사는 언젠가 태아가 생기는 순간에 기형이 생길지의 여부를 판별할 수 있는 날이 온다고 확신했다. 문제는 뇌량이 없거나 기형적으로 발달하는 것이 뇌의 다른 기형과 연관성이 크기는 해도, 뇌량 없이도 잘 살고 학교에 가고 대학에서 공부하는 사람도 있다는 사실이다.

우리는 의사에게 어떤 책임을 떠넘기고 있을까? 우리가 위급 상황에서 의학에만 매달리면 의사는 어떤 권력을 손에 쥐게 될까? 물론 의사들은 중립적 입장을 취할 의무가 있다. 하지만 이들이 어떤 식으로 조언을 하며, 어떤 시나리오를 짜고, 어떤 그림을 그릴지의 방식이 중요한 역할을 한다.

높은 수준의 기술을 갖춘 기계가 뱃속의 태아를 점점 더 정확하게 보여준다면 우리는 적어도 다른 한편으로는, 즉 아이가 태어난 뒤에 무엇인가 행동을 취해야 하지 않을까? 기형이라는 전조를 보여준 첫 번째 초음파 사진에서부터 다섯 살, 열 살 아이가 될 때까지 하나의 선으로 연결되는 수많은 연구가 필요하지 않을까? 그런 연구가 쌓이면 이런 아이를 세상에 태어나게 놔둬야 한다는 점을 인정할 수 있지 않을까? 뱃속에서부터 점점 더 미세한 징후를 발견하고, 새로운 증후군이라고 이름 붙이지만, 이것이 훗날 삶에 무엇을 의미하는지 말할 수 없는 것은 역설적이다. 산부인과 의사는 '출산 결과'에 대해 이전이나 지금이나 별반 아는 것이 너무 적다고 말한다.

우리의 '출산 결과'인 마르야는 겨울 휴가 때 처음으로 신발을 선물로 받았다. 크기가 150밀리미터인 분홍색 신발 끈이 달린 파란 신발이다. 마르야는 이 신발을 신고 우리 손을 잡고 처음으로 슈바르츠발트 지역의 숲을 백 미터 정도 걸었다. 마르야는 올해 축제 때는 개구리 왕자로 분장했다.

어떤 연구 결과도 우리에게 마르야가 이런 집단에 속할 거라고 미리 말할 수 없었다. 결국 모든 게 잘될 것이라고 희망을 가져야 할지 질문을 다시 해본다.

오늘날 우리는 희망만으로 임신을 지속할 수 있을까? 뱃속에서 자라는 아이에 대해 엄마가 알고 싶어 하지 않더라도 의사는 알게 된다. 그러면 모든 엄마는 의사의 눈과 얼굴, 목소리를 통해, 의사가 단지 산모 수첩에 명시되었기 때문에 정기적으로 아이를 검진하는 것이라는 사실을 알게 될 것이다.

나는 순수한 임신의 시대는 끝났다고 믿는다.

우리가 결혼식을 올린 교회에서 마르야가 세례를 받았다. 숲과 들 사이에 있는 하얀 돌로 세워진 교회다. 교회 옆에는 결혼식 날에 심은 사과나무가 자라고 있다. 그날 내 뱃속에는 마르야가 있었다.

나는 마르야의 유모차를 리본으로 장식하고, 안개꽃으로 화관을 만들어 마르야의 머리에 씌워주었다.

마르야가 네 번의 수술을 받을 때마다 크리스토프에게 병원에 있는 사제에게 세례를 받는 게 좋지 않겠냐고 물었다. 그는 그때마다 "다음에 크게 잔치를 열자"라고 말했다. 우리는 독일 전통 목조가옥의 정원에서 가족과 친구를 모두 불러 사슴 굴라시 수프와 슈페츨러 면을 차려놓고 잔치를 벌였다. 사람들이 번갈아 가며 마르야를 안아주었다.

목사님은 설교를 하면서 마르야의 이름으로, 우리가 아기를 낳은 것에 큰 감사의 마음을 전한다고 했다. 매우 아름답고, 동시에 슬픈 말이다. 한 사람이 태어났다는 사실에 감사해야 할 이유가 없기 때문이다.

마르야, 네가 우리 곁에 있어줘서 고맙다. 우리 멋진 딸.

감사의 말을 전하고 싶은 분이 많다. 마르야를 낳기 전과 후의 시간을 같이해준 것뿐만 아니라, 마르야의 이야기를 할 수 있도록 해준 것도 감사하다.

우리가 함께 겪은 힘든 시간과 나눌 수 있는 행복에 대해 아름다운 대화를 자주 할 수 있게 해준 크리스토프에게 진심으로 감사하다.

이 책을 쓰도록 처음부터 나를 믿어주신 엄마, 아빠께도 감사의 말씀을 전한다. 내가 책을 쓰는 동안 손녀를 열심히 돌봐주신 것에 대해서도.

마르야가 커가는 모습을 지켜봐주고 우리 마르야의 있는 모습 그대로를 사랑해주는 모든 친구에게 감사하다.

나와 마르야에게 많은 지식과 따뜻함으로 항상 힘이 되어준 기독병원의 산부인과 의사 선생님과 소아 전문 신경외과 의사 선생님께도 감사의 말을 전한다. 상담소의 심리학 교수님과 위기 상황에서도 감동을 주신 목사님께도 감사하다.

이 책을 쓰는 데 조언을 아끼지 않고 출간에 힘써준 디아나 슈텁스 편집장께도 감사의 인사를 전한다.

이 자리를 빌려 마르야가 책에 나오는 다른 인물들과 마찬가지로 사실은 다른 이름이 있다는 말을 하고 싶다.

나는 지금 햇볕이 내리쬐는 벤치에 앉아 나무 위에서 지저귀는 새소리를 들으며 감사의 말을 쓰고 있다. 아침을 먹기 전에 내 친구 도로가 웃으면서 차가운 바다로 뛰어들 만한 그런 날씨다. 도로는 내 분만 예정일을 듣자 "5월에 마르야가 태어나면 나는 퇴원해서 다시 집에 있을 거야"라고 말했다. 도로는 암보다 살고자 하는 자기 의지가 더 강하다고 믿었다.

도로가 내 곁에 없었다면 나는 힘든 임신 기간을 이겨내지 못했을 것이다. 도로에 대한 기억은 내 인생의 절반을 차지한다. 언제나 도로가 그리울 것이다. 도로는 마르야가 병원에서 퇴원하기 며칠 전에 숨을 거두었다. '마르야는 정말 멋있는 사람으로 자랄 거야.' 호스피스 병동에서 도로가 나에게 마지막으로 보낸 문자를 오랫동안 기억할 것이다.

엄마는 너를 기다리면서,
희망을 잃지 않는 법을 배웠어

초판 1쇄 인쇄 2020년 7월 2일
초판 1쇄 발행 2020년 7월 7일

지은이 | 잔드라 슐츠
옮긴이 | 손희주

발행인 | 박재호
편집팀 | 고아라, 홍다휘, 강혜진
마케팅팀 | 김용범, 권유정
총무팀 | 김명숙

디자인 | 이경란
교정교열 | 전은희
종이 | 세종페이퍼
인쇄·제본 | 한영문화사

발행처 | 생각정원
출판신고 | 제25100-2011-000320호
주소 | 서울시 마포구 양화로 156(동교동) LG팰리스 814호
전화 | 02-334-7932 **팩스** | 02-334-7933
전자우편 | 3347932@gmail.com

ISBN 979-11-969574-8-3 03850

이 도서의 국립중앙도서관 출판예정도서목록(CIP)은 서지정보유통지원시스템 홈페이지(http://seoji.nl.go.kr)와 국가자료종합목록 구축시스템(http://kolis-net.nl.go.kr)에서 이용하실 수 있습니다.(CIP제어번호: CIP2020022440)